NÓS

EUGENE ZAMIÁTIN

Tradução
ROBERTA SARTORI

COPYRIGHT © FARO EDITORIAL, 2025
Todos os direitos reservados.

Avis Rara é um selo da Faro Editorial.

Nenhuma parte deste livro pode ser reproduzida sob quaisquer meios existentes sem autorização por escrito do editor.

Diretor editorial **PEDRO ALMEIDA**
Coordenação editorial **CARLA SACRATO**
Assistente editorial **LETÍCIA CANEVER**
Tradução **ROBERTA SARTORI**
Preparação **ARIADNE MARTINS**
Revisão **BÁRBARA PARENTE E PAMELA OLIVEIRA**
Imagem de capa **FARO EDITORIAL**

Dados Internacionais de Catalogação na Publicação (CIP)
Jéssica de Oliveira Molinari CRB-8/9852

Zamiátin, Eugene
  Nós / Eugene Zamiátin ; tradução de Roberta Sartori. — São Paulo — São Paulo : Faro Editorial, 2025.
  224 p.

  ISBN 978-65-5957-633-3
  Título original: We

  1. Ficção russa I. Título II. Sartori, Roberta

24-3368   CDD 891.7

Índice para catálogo sistemático:
1. Ficção russa

1ª edição brasileira: 2025
Direitos de edição em língua portuguesa, para o Brasil, adquiridos por FARO EDITORIAL

Avenida Andrômeda, 885 — Sala 310
Alphaville — Barueri — SP — Brasil
CEP: 06473-000
www.faroeditorial.com.br

sumário

Introdução 7

Nota do tradutor 19

Resenha de George Orwell 27

NÓS

1º REGISTRO: Um comunicado. A mais sábia das linhas. Um poema. 33

2º REGISTRO: O balé. A harmonia quadrada. X. 35

3º REGISTRO: O casaco. A muralha. A Tábua. 40

4º REGISTRO: Um selvagem com um barômetro. A epilepsia. Se. 44

5º REGISTRO: O quadrado. Os dominadores do mundo. Uma função

aprazível e útil. 48

6º REGISTRO: Um incidente. O maldito "É claro". Vinte e quatro horas. . . 51

7º REGISTRO: Um cílio. Taylor. O meimendro e o lírio-do-vale. 57

8º REGISTRO: Uma raiz irracional. R-13. O triângulo. 62

9º REGISTRO: Uma liturgia. Os iambos e os troqueus. A mão de ferro. . . . 67

10º REGISTRO: Uma carta. Uma membrana. O meu eu peludo. 71

11º REGISTRO: Não, não posso, que fique assim mesmo, sem resumo. 78

12º REGISTRO: Limitação do infinito. O anjo. Reflexões sobre poesia. 82

13º REGISTRO: A névoa. "Tu". Um incidente totalmente absurdo. 86

14º REGISTRO: "Meu". Impossível. Um chão frio. 91

15º REGISTRO: A campânula. O mar de espelho. Eu vou queimar no

fogo eterno. 94

16º REGISTRO: Amarelo. Uma sombra bidimensional. Uma alma incurável. . . 98

17º REGISTRO: Através do vidro. Morri. Corredores. 104

18º REGISTRO: As selvas da lógica. Ferimentos e curativos. Nunca mais. . . 110

19º REGISTRO: Infinitesimal de terceira ordem. Debaixo da testa.

Por cima do parapeito. 115

20º REGISTRO: A descarga. O material das ideias. Rocha zero. 120

21º REGISTRO: O dever do autor. O gelo distendido. O amor mais difícil. . . 123

22º REGISTRO: Ondas petrificadas. Tudo está sendo aperfeiçoado.
Eu sou um micróbio. 128

23º REGISTRO: Flores. A dissolução de cristal. Se ao menos. 131

24º REGISTRO: O limite de uma função. A Páscoa. Riscando tudo. 135

25º REGISTRO: Descida do céu. A maior catástrofe da história. O que é
conhecido acabou. 139

26º REGISTRO: O mundo existe. Erupção. 41° C. 145

27º REGISTRO: Sem resumo — impossível. 149

28º REGISTRO: Ambas. Entropia e energia. Parte não transparente
do corpo. 155

29º REGISTRO: Fios no rosto. Brotos. Compressão nada natural. 162

30º REGISTRO: O último número. O erro de Galileu. Não seria melhor? . . 165

31º REGISTRO: A grande operação. Eu perdoei tudo. Colisão de trens. 169

32º REGISTRO: Eu não acredito. Tratores. Uma sobra humana. 176

33º REGISTRO: (Não tem resumo, registros feitos apressadamente; final) . . 182

34º REGISTRO: Os desobrigados. Noite ensolarada. A Rádio Valquíria. . . . 184

35º REGISTRO: Em um aro. Um toco de cenoura. Assassinato. 192

36º REGISTRO: Páginas vazias. O Deus cristão. Sobre minha mãe. 198

37º REGISTRO: Infusório. Fim do mundo. O quarto dela. 202

38º REGISTRO: (Não sei qual. Talvez todo o resumo possa ser: uma bituca
de cigarro descartada.) 206

39º REGISTRO: Fim. 209

40º REGISTRO: Fatos. O sino. Tenho certeza. 214

Referências bibliográficas 217

Notas 219

Introdução

Eugene Zamiátin nasceu em 1º de fevereiro de 1884, na cidade de Lebedian, na Rússia Central — ainda durante a vigência do Império Russo —, e morreu em Paris, em 10 de março de 1937 — quando a Rússia já estava sob o regime stalinista. Engenheiro naval, matemático, revolucionário, escritor, tradutor, palestrante, crítico literário e crítico e teórico da literatura russa e soviética,[1] Zamiátin foi um homem de convicções e de uma honestidade intelectual que aplicou, antes e acima de tudo, para avaliar a si mesmo e também para seguir e assumir as consequências de suas convicções aonde quer que, racional e logicamente, o levassem. Na vida, procurou respaldar abertamente com ações aquilo que defendia.

O preço foi sofrer forte perseguição. Por um lado, tanto por parte do czar quanto do Partido Comunista; por outro, por parte daqueles que, por hipótese, seriam seus pares. Sob o regime czarista, foi preso e exilado duas vezes. Sob o regime bolchevique, especialmente a partir da Guerra Civil que se seguiu à Revolução de Outubro de 1917, deparou-se não apenas com a conformidade forçada fruto de um totalitarismo sem precedentes, aspecto que denunciou e satirizou em seus textos dos mais diversos gêneros, mas também se viu em um desgastante embate com escritores e o *establishment* de uma literatura, na verdade, de uma cultura como um todo, subserviente a um Estado cada vez mais controlador, que sequestrou e puniu, de diversas formas, e entre tantas coisas, a liberdade de expressão e a criatividade. Seus textos e suas ideias — e ele próprio — passaram a ser cerceados e rechaçados dentro da União Soviética, tanto pela censura formal quanto pela pressão de um tipo de campanha que hoje chamaríamos de cancelamento:

> Ele se tornou objeto de uma campanha frenética de difamação. Foi demitido de seus cargos editoriais; revistas e editoras fecharam-lhe as portas; aqueles que se aventuraram a publicar sua obra foram perseguidos; suas peças foram retiradas do palco. Sob a pressão dos inquisidores do Partido, os seus amigos começaram a ter medo de vê-lo, e muitos dos seus camaradas do Sindicato dos Escritores

denunciaram-no. Ele foi, com efeito, confrontado com a escolha entre repudiar o seu trabalho e os seus pontos de vista, ou ser totalmente expulso da literatura.[2]

Em 1929, em vez de se render, Zamiátin enviou uma carta renunciando à sua filiação à União dos Escritores Soviéticos.[3] O isolamento e as consequência de uma campanha desse porte acabaram fazendo com que, em 1931, ele escrevesse a Stálin lhe pedindo permissão para deixar o país. Em um trecho emblemático, muito citado quando se fala em Zamiátin, ele corajosamente diz ao ditador: "Não desejo esconder que a razão básica do meu pedido de permissão para viajar para o exterior com minha esposa é minha situação desesperadora aqui como escritor, a sentença de morte que foi pronunciada contra mim como escritor aqui em casa".[4] O autor recebe a permissão, especialmente depois de Máximo Górki (1868-1936) ter intercedido por ele junto ao ditador, e parte para a França, onde passa dificuldade financeira e morre de um infarto seis anos depois.

Antes de falar sobre o romance *Nós*, é preciso conhecer um pouco a respeito da formação do autor, como ele reagiu à inclinação, à realidade e aos eventos do seu país e de que modo isso gerou nele uma rebeldia e, por um lado, fortaleceu um caráter incorruptível e uma vontade inabalável. Em *The Life and Works of Evgenij Zamjatin*,[5] de 1968, o professor Alex M. Shane (1910-2003) apresenta um traço elucidativo a respeito dos grandes paradoxos que caracterizaram Zamiátin e sua obra, "ele *foi* um escritor russo soviético no sentido de que viveu, escreveu e publicou seus trabalhos na União Soviética [...], mas, do ponto de vista do crítico soviético, entretanto, Zamiátin não era, de forma alguma, um escritor russo soviético", pois, segundo outro estudioso e professor russo, L. I. Timofeev (1904-1984), "o conceito de escritor soviético não era, de modo algum, geográfico; [mas] foi, desde o início, um conceito político, e aqui reside a sua [do conceito] força, valor e honra".[6]

Tendo esse cenário como pano de fundo, vejamos um pouco mais de perto quem é Eugene Zamiátin, como surge *Nós* em tudo isso, e como seu amadurecimento, enquanto homem, revolucionário e ser humano e como sua integridade e sua fé na visão do que deveria se esperar da Revolução fizeram dele um grande escritor e pensador — mas, ao mesmo tempo, também um pária e um dos personagens mais importantes da literatura russa, em especial, do período pós-Revolução. Zamiátin também alcançou o Ocidente e se revelou não apenas o precursor do gênero utopia/distopia — com ênfase específica no totalitarismo político, na crueldade despótica e na reengenharia social —, mas também o inspirador, como vimos, de algumas das obras de natureza semelhante mais importantes do século

INTRODUÇÃO

xx, como *Admirável mundo novo* (1932) de Aldous Huxley (1849-1963), *Cântico* (1938) de Ayn Rand (1905-1982) e *1984* (1949) de George Orwell (1903-1950).

Em agosto de 1902, o jovem Zamiátin, para o alívio do indócil e obstinado rapaz, aos dezoito anos, finalmente deixa o interior e viaja mais de mil quilômetros a fim de ingressar no cobiçado e conceituado Instituto Politécnico de São Petersburgo, onde inicia seus estudos em engenharia naval em 1º de outubro daquele mesmo ano; associando-se, não muito tempo depois, ao Partido Bolchevique. Em 1903, presencia, pela primeira vez, uma demonstração pública; e não tardou a se envolver com atividades subversivas — chegando a ter uma imprensa ilegal sediada em seu quarto.[7]

Mais tarde, em uma autobiografia, ele reconheceu que, num primeiro momento, sua decisão de se unir aos bolcheviques havia sido motivada mais por seu espírito rebelde — especialmente em relação a tudo o que caracterizava a vida provinciana — do que por considerações políticas concretas.[8] "Ser um bolchevique naqueles dias significava seguir o caminho de maior resistência, então, nesse sentido, eu era um bolchevique", afirmou. É como se no movimento revolucionário ele encontrasse um local para expressar seu repúdio a essa vida provinciana e tudo o que ela representava. Contudo seu envolvimento com as atividades revolucionárias acabou se tornando mais sério, especialmente com a Revolução de 1905.

A reação do governo a esse advento veio com uma forte e aberta onda de violência policial. Não apenas revolucionários foram presos, torturados, mortos ou exilados, civis também foram alvo de perseguições. "Um ataque surpresa ao quartel-general revolucionário do distrito de Vyborg apanhou trinta pessoas, incluindo Zamiátin, debruçadas sobre planos de batalha e um esconderijo de armas".[9] Todos foram detidos, revistados, surrados e presos. Zamiátin passou vários meses em uma solitária. Solto em 1906, acabou exilado e enviado para sua província natal, Lebedian.

Ainda assim, ilegalmente retorna a São Petersburgo e, por uma série de erros burocráticos no que tange ao monitoramento dos exilados, em 1908 consegue concluir os estudos no Instituto Politécnico. A sua formatura coincide com o afastamento do Partido Bolchevique, embora tenha se mantido um socialista por toda a vida; seja como for, aqui acaba o estudante revolucionário, mas não o dissidente.

Depois de se graduar, trabalha por alguns anos como engenheiro naval na construção de embarcações. Entre 1909 e 1915, passa a fazer palestras e a escrever artigos de natureza técnica para importantes publicações da sua área, muitos deles, em especial, envolvendo problemas de arquitetura naval; escreveu também sobre o desenvolvimento de projetos de navios, dragas, submarinos e quebra-gelos, além de ser conhecido como "um vigoroso defensor da substituição do vapor pelo motor de combustão interna".[10]

Nesse meio-tempo, em 1911, é descoberto e novamente exilado. A essa altura, já havia escrito alguns contos e estava bastante envolvido com a literatura. Em 1913, de novo é anistiado e volta a São Petersburgo. Nesse período, ainda atuava em ambas as áreas, engenharia e literatura. No que tange à sua produção criativa, duas publicações merecem destaque. Com a primeira, "Provincial Tale" ["Coisas de província"] (1913), ela lança, de fato, sua carreira como escritor literário. Nesse conto, Zamiátin satiricamente aborda a tediosa vida provinciana russa. No segundo texto, "At the World's End",[11] ["No fim do mundo"] igualmente uma sátira, faz um ataque à vida militar, o que lhe rendeu uma condenação pelos censores czaristas. Embora levado ao tribunal, acabou sendo absolvido, mas o texto foi recolhido e destruído.[12] Seja como for, a essa altura ele já havia chamado a atenção e recebido o respeito de membros do *establishment* literário, entre eles do próprio Máximo Górki — mas nunca foi unanimidade, e, com o tempo, ficaria cada vez mais longe disso.

Durante a Primeira Guerra Mundial, já anistiado, Zamiátin é enviado para a Inglaterra a fim de atuar na construção de navios quebra-gelo para o governo russo, trabalhando nos estaleiros de Armstrong Whitworth, em Walker, e nos estaleiros adjacentes Swan Hunter, em Wallsend — à época morava em Newcastle--upon-Tyne. Ao longo desse período, o autor inicia a redação de "The Islanders" ["Os ilhéus"] (1917), também uma sátira, agora a respeito da natureza mesquinha e da repressão emocional da vida inglesa. É importante considerar que o mundo estava vivendo o período da Segunda Revolução Industrial, caracterizada, entre tantos aspectos, por produtos derivados do petróleo, pelo uso da eletricidade. Como veremos, esses elementos aparecem marcadamente em *Nós*. De fato, muitos estudiosos e críticos apontam "The Islanders" como o texto que prefigura *Nós*.

Entretanto, em 1917, ao tomar conhecimento da situação política da Rússia, com a Revolução às portas, Zamiátin retorna ao país a fim de acompanhar os acontecimentos. E, embora há muito estivesse afastado do Partido Bolchevique, ele saudou a Revolução. Após seu retorno, deixa o trabalho como engenheiro e passa a se dedicar à vida literária soviética atuando mais intensamente na comunidade literária, publicando contos e traduções russas de autores ingleses, incluindo H. G. Wells (1866-1946), também considerado uma influência importante na escrita de *Nós* —[13] não podemos esquecer que o autor foi um dos precursores da ficção científica na literatura.

Já se pode, contudo, identificar o início e o constante agravamento da sua desilusão e discordância com o rumo do governo bolchevique ainda pouco

INTRODUÇÃO

antes da Guerra Civil que se seguiu à Revolução. E a mesma insatisfação que sentiu e expressou em relação ao regime czarista passou a sentir e expressar pelo regime bolchevique. Isso ficava cada vez mais claro nos seus textos tanto ficcionais quanto não ficcionais nos quais ele criticava abertamente as políticas e os métodos dos bolcheviques, especialmente com o golpe de outubro, quando eles fecharam à força a Assembleia Constituinte democraticamente eleita. E essa atuação despótica do Partido e da ideologia bolchevique não se restringiu à esfera política. Zamiátin

> também ficou consternado com a evolução do cenário cultural. De 1918 a 1920, durante os anos tumultuados da Guerra Civil, os bolcheviques permitiram que o movimento radical *Proletkul't* [Cultura Proletária] assumisse um monopólio virtual sobre as políticas culturais. Esses escritores proclamaram o seu desprezo pela arte tradicional com um poema programático de Vladimir Kirillov intitulado *Nós*, no qual prometiam queimar as pinturas de Rafael e demolir museus em nome de um futuro em que artistas exclusivamente proletários glorificariam as realizações dos trabalhadores fabris.[14]

Na Rússia, tudo era mais do mesmo, apenas sob nova administração: censura, proibições de publicações, cerceamento da criatividade e da liberdade em todos os demais aspectos, econômicos, políticos etc. Zamiátin passou a ser conhecido como *poputchik*, ou "companheiro de viagem", era assim que faziam referência a artistas e intelectuais que, embora acreditassem nos objetivos da Revolução, nem sempre concordavam que os princípios marxistas ou comunistas eram o modo mais eficaz de promover novas e melhores condições.

Nesse aspecto, o envolvimento de Zamiátin ficou longe de se restringir à escrita e à tradução. Pelo contrário, ele passou a atuar mais intensamente ainda na comunidade literária como um todo, participou da edição de revistas, foi membro do comitê da editora Literatura Mundial, além de atuar em tudo o que pôde, enquanto pôde, pela defesa de uma produção cultural livre e na formação de novos escritores, como sua atuação na Casa das Artes e no grupo chamado Irmandade Serapião bem ilustra.

A Casa das Artes foi criada em Petrogrado, por iniciativa de Máximo Górki, em 1919, sendo extinta em 1923, e tinha por objetivo mais geral organizar noites, concertos, exposições e publicar livros (em 1921, o conselho editorial da Casa era composto por M. Górki, A. Blok e K. Tchukóvski).[15] Tratava-se também de uma espécie de escola avançada que tinha como propósito acolher tanto escritores consagrados quanto jovens talentos e oferecer preparo para esses futuros escritores. Górki organizava estúdios literários e de tradução para treinar jovens escritores e convidou Zamiátin para dar palestras sobre as técnicas da ficção.[16] A Casa também oferecia palestras sobre literatura, estúdio de poesia, e chegou a acolher mais de trezentos estudantes e a oferecer alojamento residencial para mais de sessenta deles.

Nos círculos literários, Zamiátin era visto como um líder. A Irmandade Serapião é emblemática como ilustração daquilo contra o que o autor se posicionava. A Irmandade consistia em um grupo dedicado à comunhão entre autores e à defesa da ideia de que a arte não tem conteúdo ou propósito ideológico específicos, o que interessava era o estudo e o desenvolvimento das histórias em todos os seus aspectos técnicos. Zamiátin, mesmo sendo membro, também atuava na orientação de jovens autores.

Como alerta à tentativa de fazer um uso utilitário da arte pelo *Proletkul't* e dos que pensavam como eles, fossem artistas ou líderes políticos, Zamiátin "advertiu que eles acabariam por criar uma cultura de escravos e destruiriam completamente a arte. E traçou uma distinção entre aqueles que tais políticas autoritárias iriam 'domesticar' e aqueles espíritos livres que permaneceriam 'indomados'".[17] É em meio a essa convulsão de eventos e ideias — e pressão — que, entre 1920 e 1921, Zamiátin escreveu o romance *Nós*.

A essa altura, Zamiátin já havia conhecido muito a respeito do mundo da tecnologia da época, já estava experimentado em vários aspectos da literatura e da linguagem criativa, já havia provado a perseguição de ideias e se conscientizava cada vez mais do aumento do sequestro e do controle da arte por uma unicidade de pensamento nas mãos de um governo totalitário. Ele estava pronto para um golpe de misericórdia no ego do regime. E o deu com a elegância de um escritor brilhante, com a precisão de um matemático e com força de um filósofo.

Zamiátin escreveu o romance *Nós* entre 1920 e 1921. Entretanto, no seu país de origem o texto só foi publicado, pela primeira vez, em 1988, ou seja, após impressionantes 68 anos. Isso somente foi possível com o advento das políticas de abertura, em especial com a glasnost, além da perestroika, colocadas em prática pelo secretário-geral à época, Mikhail Gorbatchev (1931-2022), que propôs a proibição do livro. As primeiras traduções, contudo, ficaram disponíveis ainda na década de 1920. A primeira, em inglês, foi publicada em Nova York, em 1924, a partir de um manuscrito contrabandeado para os Estados Unidos pelo próprio Zamiátin. Houve também uma publicação em tcheco, de 1927, na revista *Volia Rossii* (1927)[18] igualmente a partir de um manuscrito, mas esse contrabandeado sem a autorização do autor, por se tratar de um texto incompleto. Em francês, a primeira tradução apareceu em 1929.

INTRODUÇÃO

O texto é um romance de ficção científica. Há, contudo, uma discussão a respeito de se tratar de uma distopia ou de uma antiutopia. O sentido original de "utopia", tal como proposto por Thomas More (1478-1535), na sua obra homônima, *Utopia* (1516), é fruto da união do prefixo *u* (não) e da palavra *tópos* (lugar), significando lugar nenhum ou um não lugar. Esse local que não existe se caracteriza, basicamente, por pessoas que levam uma vida plena e feliz. Já no sentido mais moderno, uma utopia aproxima-se mais de uma fantasia, algo vão, irrealista; quando ligada à questão política, trata-se de um conjunto de instituições sociais totalmente impraticável.

A utopia tem seus contrapontos, basicamente distinguidos em dois tipos. A distopia, *dis* (mau) + *tópos* (lugar), ou seja, um lugar ruim, se opõe à utopia por ser o resultado de uma tentativa fracassada de se criar uma utopia. Por fim, há a antiutopia, termo que alguns preferem usar ao se referirem a Zamiátin e ao próprio George Orwell. Acontece que, na antiutopia, a oposição à distopia é mais nítida, pois não se tenta criar um mundo bom para todos e, por algum motivo, fracassa-se. O que interessa é criar um mundo em que alguém ganhe, tire vantagem, sobre outro alguém, daí a noção de controle ser muito mais impositiva.

Seja como for, dado que não se tem um acordo definitivo a esse respeito, os estudiosos preferem, também para fins de tornar o entendimento mais intuitivo, empregar o termo "distopia" de modo a abranger também a noção de antiutopia ou não utopia. Nessa perspectiva, *Nós* será tratado como uma distopia, no sentido de "um lugar em que os princípios organizadores da utopia não produziram exatamente ideais utópicos ou extinguiram com sucesso os desejos humanos orgânicos (como os instintos maternais, o amor, a busca por significado mais profundo)".[19]

A história é contada ao longo de quarenta Registros,* escritos pelo narrador, que também é o personagem principal. Os eventos se passam em algum lugar num futuro pós-apocalíptico, em uma sociedade coletiva chamada Estado Único, que vive mergulhada em uma ditadura totalitária e é regida na figura do despótico, poderoso e implacável Benfeitor, que conta com a ajuda da polícia secreta na forma dos "Guardiões".

Essa sociedade é formada praticamente pelos que restaram depois de uma cruenta guerra de duzentos anos que dizimou quase toda a população. Desse remanescente, após a aplicação de um profundo processo de reengenharia social,

---

* Embora em várias traduções, tanto em português quanto em outros idiomas, os registros tenham sido traduzidos como "nota" ou "anotação", mantive o termo "registro", pois no russo a palavra empregada é "zapis", ou seja, "registro". Também usei esse termo, pois está mais alinhado com a palavra "log", que é o termo mais usado em contextos como o do livro. (N. T.)

emerge uma civilização altamente tecnológica, porém asséptica e controlada em tudo e ao extremo. As pessoas não têm nomes próprios, não têm mais identidade, possuem agora apenas uma identificação, formada por uma combinação de letras e algarismos, são referidas como "números" cujo único motivo é viver para o Estado.

A vida deles é absolutamente controlada, chegando ao cúmulo de haver um número de mastigações estipulado para cada bocado de comida, o qual deve ser levado à boca por todos, exatamente no mesmo momento, como se todas as mãos fossem uma só. Até uma das atividades mais fundamentais do ser humano como dormir deve ser feita tendo em vista o benefício do Estado, afinal, quem não cumpre as horas de sono está deixando de trabalhar no seu máximo potencial, roubando assim o Estado.

Os números moram individualmente em prédios divididos em "células". Embora existam paredes, elas são de vidro e tudo é iluminado — todos são vistos o tempo todo —, para que nada seja feito à revelia do Estado. Cada prédio tem, na entrada, alguém responsável por verificar quem entra, quem sai, em quais horários. Nas ruas, os números não têm apenas seus movimentos monitorados, as suas falas também são igualmente fiscalizadas: uma espécie de membrana foi desenvolvida para ouvir tudo. Todas essas informações são levadas aos Guardiões, o braço policialesco do Estado.

A vida social se resume a passeios, precisamente formatados, todos com hora para acontecer e com tempo rigorosamente cronometrado para iniciar e acabar. Um dos aspectos mais impressionantes está nas datas que marcam o centro da vida em sociedade: elas são caracterizadas por execuções públicas dos "inimigos da felicidade", como são definidos pelo Benfeitor, as quais são glorificadas também pelo nível de aperfeiçoamento que alcançaram. Esses inimigos apanham com chicotes que são elogiados pelo narrador como o ápice da tecnologia, não são mais meras cordas grotescas, mas raios. O método usado para a execução é, como também nos informa o narrador, fruto de um aperfeiçoamento invejável: as pessoas são reduzidas a uma poça de água limpa e cinzas.

Nesse controle também está incluída a atividade sexual. Ninguém tem exclusividade sobre ninguém. Só pode haver encontros sexuais por meio de marcação prévia através de um sistema de cupons. Quando a burocracia dos cupons é cumprida, as pessoas têm direito a um tempo prefixado e a persianas que fechariam a célula durante determinado período, igualmente estipulado pelo Estado.

Disso se pode começar a perceber a inexistência da noção de família nos seus mais variados aspectos, o que é corroborado ao longo dos registros do narrador. Não há laços afetivos, se houver afeto, ele é colocado em segundo plano. As

INTRODUÇÃO

crianças nascidas são educadas por terceiros, em escolas administradas por números especificamente determinados para isso.

É atribuída a Stálin a declaração: "A morte de uma pessoa é uma tragédia, a morte de milhões é uma estatística". Dizem que o ditador teria falado algo nesse sentido em 1947, ou seja, mais de um quarto de século depois de Zamiátin ter escrito *Nós*, e há um evento no livro, como se verá, que ilustra muito bem essa visão de absoluto descaso para com a vida humana, segundo a qual um indivíduo não passa de uma mera engrenagem que, se avariada, pode ser imediatamente substituída de modo que não só sua perda não faz diferença como o trabalho pode continuar sem um transtorno que prejudique a produção... seja lá do que for.

Uma das maiores preocupações de Zamiátin sempre foi o controle da atividade intelectual. E, em *Nós*, ele mostra as consequências assustadoras de um tal poder. No livro, toda a produção intelectual — poemas, literatura, registros de natureza histórica etc. —, absolutamente tudo é orientado e conduzido segundo a filosofia do Estado. E uma dessas consequências, que fica clara desde o início do livro, que é inclusive o propósito de acordo com o qual o narrador começa a criar o seu diário, é a exaltação do Estado Único, dos seus feitos e como, por meio dele, foi possível alcançar a felicidade. Não existe, portanto, liberdade de expressão. Disso se segue a uniformização do pensamento e a aniquilação da história, do ensino familiar e das tradições culturais, o que, por sua vez, acarreta, o alcance do objetivo: a lavagem cerebral e a total submissão.

O narrador dos registros, D-503, é um matemático e engenheiro construtor e principal responsável pela nave espacial *Integral*. Ele é absolutamente devotado ao Estado Único e ao Benfeitor. O objetivo de construir a nave é viajar para outros planetas e levar para seus habitantes a doutrina desenvolvida por seu governo: a de que a total submissão a um governo e a completa fé na racionalidade podem, sim, garantir a felicidade. O primeiro carregamento da *Integral* é uma produção fruto do seguinte comunicado: "todos aqueles que se sentirem capacitados têm o dever de compor tratados, poemas, manifestos, odes e outras obras a respeito da beleza e da grandeza do Estado Único". Logo no primeiro registro do livro, Zamiátin mostra a que vem e o nível de sua crítica.

Esse estado de graça de D-503, mergulhado na lógica, na matemática e na racionalidade, é interrompido quando conhece outro número, um número feminino, I-330. A partir daí, todos os encontros que ele tem com ela, combinados ou fortuitos, são motivo de perturbação e curiosidade; mais tarde, com o desenrolar da trama, de repulsa e desejo; e, por fim, de amor.

Por um tempo, ao que tudo indica, apenas os sujeitos do Estado Único foram os que sobreviveram à guerra de duzentos anos. Mas, com I-330, ficamos sabendo que há um remanescente da civilização antiga e que ele fica fora dessa cidade estéril. D-503 começa a tomar conhecimento disso também, o que vai aos poucos colocando seu mundo e suas certezas de cabeça para baixo, ou seja, vai revertendo esse estado de lavagem cerebral. A partir desse momento, o mundo aquarelado e saneado vai começando a tomar cores... e sabores e outras formas. Desde a revolução, tudo o que os números comem é um alimento à base de um derivado do petróleo. Desde a revolução, tudo o que os números vestem é um uniforme. Com I-330, para além da Muralha que separa o Estado Único dessa civilização, ele prova novos sabores, aprende a ver, a ler e a admirar os contornos não de um número feminino em um uniforme ou nu, mas de uma mulher em um vestido, com um decote.

Tudo isso começa a desafiar seus axiomas e corolários. De certas premissas, ele começa a chegar a outras conclusões. E mais, ele percebe que as premissas podem ser alteradas, que conclusões lógicas podem ser perfeitamente derivadas delas; seu mundo interior colapsa e ele adoece. Essa doença é a imaginação, e ele passa a ter uma alma. No entanto, sua situação piora quando ele fica sabendo algo mais sobre I-330. Ela faz parte de um grupo que quer acabar com o Estado Único, que quer derrubar o Benfeitor.

Quando essa conspiração é descoberta pelo Benfeitor, este descreve os conspiradores como inimigos da felicidade e coloca os Guardiões a caçá-los. Ao perceber que sua lavagem cerebral não era imune à imaginação e à alma, o Benfeitor anuncia o golpe de misericórdia sobre aquilo que ele chama de infelicidade, a saber, o querer livre, a vontade própria e o agir sobre ela. A solução do Estado: uma intervenção que acabará com essa infelicidade e tornará a felicidade permanente. Trata-se da Grande Operação: um procedimento, obrigatório, que, pela remoção do centro da imaginação, tornará os que já não tinham identidade em algo mais impessoal, em autômatos semelhantes a máquinas.

Como foi possível observar, o Estado Único é fruto de um profundo processo de reengenharia social. Se tirarmos os óculos da criatividade, das figuras de linguagem, tudo o que Zamiátin mostra era o que estava acontecendo na sociedade russa sob a égide bolchevique leninista naquele momento e, de modo profético, para onde tudo se encaminhava.

No livro *A tragédia de um povo*, Orlando Figes relata o que alguns dizem ser lenda, mas vale para fins de ilustração.

Em outubro de 1919, segundo a lenda, Lênin fez uma visita secreta ao laboratório do grande fisiologista I. P. Pavlov para descobrir se o seu trabalho sobre os reflexos condicionais do cérebro poderia ajudar os bolcheviques a controlar o comportamento humano. "Quero que as massas da Rússia sigam um padrão comunista de pensamento e reação", explicou Lênin. "Havia demasiado individualismo na Rússia do passado. O comunismo não tolera tendências individualistas. Eles são prejudiciais. Eles interferem em nossos planos. Devemos abolir o individualismo". Pavlov ficou surpreso. Parecia que Lênin queria que ele fizesse pelos humanos o que já havia feito pelos cães. "Você quer dizer que gostaria de padronizar a população da Rússia? Fazer com que todos se comportem da mesma maneira?", ele perguntou. "Exatamente", respondeu Lênin. "O homem pode ser corrigido. O homem pode tornar-se aquilo que queremos que ele seja".[20]

Se ocorreu ou não, se foi assim ou exatamente assim, nunca saberemos. Mas a obra *Nós* coloca o dedo em mais essa ferida bolchevique, afinal, uma das características mais evidentes de sistemas totalitários, e o comunismo é um deles, consiste em quebrar o indivíduo.

Em *Nós*, Zamiátin mostra de modo excepcional o efeito cascata desastroso e desolador que o sequestro, por parte do Estado, e a entrega, por parte das pessoas, da liberdade pode causar — especialmente quando nas mãos de um governo totalitário foi ofertada em sacrifício a produção intelectual. Sem ela, o ser humano deixa de ser um indivíduo com vontade e autonomia e, sem isso, tudo mais colapsa: a vida pessoal, familiar, social, afetiva, cultural, política, e por aí segue, e tudo acaba ofertado no altar do deus Estado. E o que é excepcional nisso tudo é como ele descreve essa decadência.

Há autores que trouxeram o Leviatã para tratar do Estado, mas Zamiátin trouxe o diabo em pessoa: "Tudo isso te darei se prostrado me adorares". O diabo prometeu reinos e riquezas a Jesus. O Estado enquanto diabo promete aos seres humanos igualmente o que não pode dar, a saber, a felicidade. Se os humanos tivessem aprendido pelo menos isso com Jesus, veriam que jamais devemos nos prostrar diante de qualquer coisa criada, mas ei-nos, *Nós*.

A tradutora

Nota da tradução

A linguagem de *Nós* e o processo tradutório

Nós é uma obra vanguardista em muitos aspectos. Mesmo não sendo a primeira distopia propriamente dita, ainda assim tem papel determinante no estabelecimento do gênero justamente pelos elementos que a tornam única em seu tempo e espaço. Podemos iniciar com o fato de ela ter como objeto de atenção, discussão e crítica o totalitarismo político e a reengenharia social, localizados em um ambiente futurista, tecnológico e marcado pela brutalidade e total falta de liberdade em todas as suas expressões que dizem respeito ao ser humano. Já no que tange à linguagem empregada, *Nós* também caracteriza uma espécie de mudança de paradigma em relação tanto à concepção e representação do texto quanto à escolha lexical, à configuração sintática e à produção de efeitos de expressão.

De modo geral, Zamiátin escreveu a obra à luz do conceito de sintetismo. Embora o termo esteja orginalmente ligado ao estilo simbólico de representação da realidade observada, essa visão de que uma obra de arte deve sintetizar o objeto em questão com as emoções do artista e com suas preocupações estéticas, em vez de promover uma representação meramente naturalista, era defendida pelos pintores franceses do século xix.[21] No entanto, não muito tempo depois, a aplicação do termo foi estendida para outros domínios artísticos, incluindo a literatura. Segundo Krzychylkiewicz,

> o sintetismo permite ao artista moderno retratar as complexidades da vida moderna e reconhecer a mudança na percepção e compreensão da realidade que ocorreu como resultado das recentes descobertas científicas e tecnológicas. Assim, embora Zamiátin tenha se inspirado nos sintetizadores franceses e elogiado muitos dos seus dispositivos formais por serem úteis à nova arte, ele colocou o seu método no contexto mais amplo da sua relação real com a contemporaneidade.[22]

No ensaio *On Synthetism* [Sobre o sintetismo], de 1922, Zamiátin apresenta de modo mais detalhado a sua ressignificação do conceito de sintetismo para a literatura, introduzindo-o como orientação de um método de escrita. Nessa nova perspectiva:

> o sintetismo implanta um deslocamento integrado de planos. No sintetismo, aqueles fragmentos do mundo que são colocados dentro de um quadro espaço-temporal *nunca chegaram lá por acaso; eles são fundidos através da síntese*, e mais cedo ou mais tarde os eixos projetados a partir dessas partes separadas inevitavelmente se encontram em um único ponto, *algo inteiro sempre emerge desses fragmentos*.[23] (grifo nosso)

Como se está falando em literatura, na criação e representação de um mundo por meio da linguagem, para Zamiátin, é no manejo da palavra escrita e nesses movimentos intricados e intencionais de arranjo e rearranjo de planos e de fragmentos — tanto de conteúdo quanto de linguagem — que o sintetismo ocorre, suscitando e implementando, desse modo, a fusão entre fantasia e realidade, eliminando, assim, a distinção entre prosa e poesia — ou seja, passa-se a ter uma prosa poética ou uma poesia em prosa —, o que permite tratá-las como uma e a mesma coisa, uma vez que esse todo está a serviço do mundo sendo criado, representado. Trata-se da expressão da criatividade não apenas no conteúdo, mas também na forma.

Assim, nesses recortes e nas sínteses, "as velhas descrições lentas e arrastadas passam a ser coisas do passado: hoje a regra é a brevidade. Devemos comprimir num único segundo o que antes cabia num minuto de sessenta segundos".[24] De modo prático, na brevidade, à luz do sintetismo de Zamiátin, o léxico exige um vocabulário poderoso, mas econômico, toda palavra deve ser sobrecarregada de alta voltagem, diz ele. Essas propriedades do vocabulário se refletem, por exemplo, em neologismos e empregos improváveis para certos termos.[25] A sintaxe "fica elíptica, com frases cada vez mais curtas e, inclusive, fragmentadas. Nessa sintaxe volátil, as complexas pirâmides dos períodos são desmontadas pedra por pedra em frases independentes".[26]

Por outro lado, Zamiátin enfatizou a importância de dispositivos complementares para o escritor moderno, como "falsas negações e afirmações, associações omitidas, alusões e reminiscências". Aqui, de modo mais geral, podemos dizer que ele se refere aos elementos contextuais intra e extratextuais que vão cooperar para essa construção de sentido — dessa significação complexa —, por um lado, enxuta na codificação linguística; mas, por outro, rica em possibilidades e

A LINGUAGEM DE NÓS E O PROCESSO TRADUTÓRIO

derivações interpretativas. Esses dispositivos, em combinação com a economia lexical, "a imagem refletida" e "a vivacidade e palpabilidade", definiram a missão do escritor moderno de levar seu público a ler nas entrelinhas.[27]

> O objetivo desse recurso é a criação rotineira de uma imagem até que ela *gere* "todo um sistema de *imagens derivadas*", expressão que pode ter sido tomada emprestada da linguagem matemática, sugerindo *um tipo de cálculo de linguagem que produz construções cada vez mais complexas e primorosamente detalhadas.*[28] (grifo nosso)

A seguir, ilustraremos esses tópicos com trechos do livro enquanto apontamos alguns aspectos importantes para o processo tradutório.

Um ponto que é sempre importante lembrar quando estamos diante de obras como *Nós* é que o texto, apesar das suas inúmeras estranhezas, tem um sentido enquanto objeto autônomo, tudo o que o autor fez e como fez tem uma lógica que está a serviço de criar e representar um mundo, com suas imagens, ideias e seus raciocínios — ou seja, um mundo que, em si, tem sim a sua lógica interna. Como Zamiátin apontou, uma das características do sintetismo é fazer convergir planos, muitas vezes por meio de fragmentos de conteúdos, de imagens, ideias e raciocínios, os quais são rigorosamente orientados pelo autor; orientação essa que se manifesta nas escolhas lexicais singulares, nas estruturas sintáticas incompletas, mas que, no seu conjunto, dentro de um contexto, indicam para onde a obra se encaminha.

O autor, por um lado, está intencionalmente orquestrando cada palavra inusitada, cada frase incompleta; por outro, está contando que, com essas marcas linguísticas que ele deixa, seu leitor será capaz de encontrar não apenas os significados codificados, mas também aqueles que devem ser construídos nessa união texto e leitor. Temos em toda a leitura basicamente dois processos de identificação de conteúdo, aquele que vem por meio da decodificação — o que vem pelo significado semântico que está marcado nas palavras da sentença — e aquele que vem pela inferência — o que é recuperado pelo que se conhece por interpretação ou leitura nas entrelinhas. Esse conteúdo não está em realidade ali codificado, mas em possibilidade inferencial, sim. Sem ele, o que se lê não passa da compreensão semântica, e, nesse sentido, comunicacionalmente, não produz efeito algum.

O fato de que uma mesma ideia possa ser representada linguisticamente de diferentes formas nos permite dizer que não existem traduções mais certas, desde, é claro, que estejamos considerando textos sem erros, que não deturpem nem corrompam a transposição do conteúdo textual do idioma fonte para o idioma

NÓS

alvo. Contudo, pode-se falar em traduções mais fiéis ao que o autor propõe ao leitor. E isso envolve a máxima manutenção dos recursos que o autor usou. No caso de *Nós*, a manutenção da brevidade, especialmente no que tange à estrutura sintática, foi uma das maiores preocupações. Isso sem falar em conduzir a tradução de modo que o que precisa ser recuperado pela decodificação está na estrutura do texto, o que deve ser lido nas entrelinhas será recuperado pela interpretação.

Um exemplo de brevidade em que a escolha lexical precisa e a sintaxe elíptica gera encadeamento de impressões pode ser visto na descrição que o protagonista faz, no 17º registro, de um corredor. Sinalizamos cada frase dentro do trecho com um número entre parênteses para apontarmos os efeitos.

(1) (1a) Um corredor. (1b) Um silêncio de uma tonelada. (1c) Sob abóbadas redondas, pequenas lâmpadas — uma infinita, incandescente, tremeluzente linha pontilhada. (1d) Parecia um pouco com os "túneis" dos nossos metrôs subterrâneos, só que muito mais estreito [...].

Em (1a), por meio do narrador, Zamiátin estabelece o local. Ele não escreve "Entrei em um corredor", "Quando dei por mim, estava em um corredor", ou qualquer coisa do tipo. A mera menção do substantivo em uma brevíssima frase nominal já é suficiente para ambientar a cena. Em (1b) e (1c), igualmente por frases nominais, o autor vai caracterizando o local. Observe-se que não há verbos, nem apostos, nem trechos explicativos, nem elementos coesivos, nem encadeamentos conjuntivos ou subordinativos. A fim de caracterizar esse corredor, Zamiátin vale-se de dois recursos: em (1b) e (1c), faz uma enumeração de adjetivos e em (1d) estabelece uma relação associativa. E tudo mais vai ficar como leitura nas entrelinhas.

Esse é o poder da concisão — da relação uma estrutura sintática mínima, na qual o autor acomoda um léxico cirurgicamente escolhido. A palavra em si não necessariamente é poderosa ou carregada com alta voltagem. Ela recebe esses atributos quando intencionalmente selecionada e localizada em contextos sintático-semântico-pragmáticos, ou seja, comunicacionais — é isso o que favorece o acesso ao que Zamiátin denominou de dispositivos complementares. Vejamos como isso ocorre. E como o que deve ficar na estrutura da frase e o que deve ser recuperado das entrelinhas deve ser rigorosamente observado pelo tradutor.

Iniciemos com (1b). A força informativa, expressiva e até argumentativa de uma proposição está também nas relações entre a forma e o conteúdo. Isso os sofistas já tinham visto na e para a expressividade e força da argumentação, mas os poetas também o viram nos efeitos que essas relações emprestavam para a

22

A LINGUAGEM DE NÓS E O PROCESSO TRADUTÓRIO

expressividade literária. A força expressiva pode estar em um neologismo, sim. Mas também pode estar em uma relação incomum, ou até mesmo em uma relação comum contextual e intencionalmente bem localizada.

Ao usar a noção de "tonelada" para caracterizar o silêncio, o autor estabelece uma relação que, à primeira vista é absurda, mas, dado que aparece em uma obra literária, esse leitor vai então para além do significado semântico, vai buscar o que o escritor queria dizer com o que disse. Um silêncio não pode ser pesado, mas, no contexto, tanto intratextual, do fluxo da história e o da vida propriamente ditos, pode evocar impressões de opressão, sufocamento, prisão, entre tantos outros. De um ponto de vista extratextual, para quem vivia o totalitarismo bolchevique, essa pequena frase também gera interpretações.

Esses efeitos não precisam estar codificados no texto para serem lidos. Essa é a beleza da significação complexa em que, ao se mexer na forma da linguagem, ela permite a geração de outros conteúdos — e o encadeamento deles, tal como prevê o sintetismo quando diz querer criar imagens derivadas, cada vez mais complexas e detalhadas. E, a fim de tornar mais vivo e mais rico esse significado de peso, opressão, o autor, imediatamente, vale-se de mais uma associação, agora com os "túneis" do metrô subterrâneo.

Agora vejamos a questão tradutória sobre o que deixar explícito e o que deixar implícito. Na edição de *Nós* de 1924, ao passar (1b) do russo para o inglês, o tradutor optou por escrever, por codificar na estrutura da frase, o que era para ser lido nas entrelinhas. Em vez de "Um silêncio de uma tonelada", ele traduziu como "Um silêncio pesado". Dá para entender, claro que sim. É uma tradução errada, não. Mas os efeitos imagéticos na e da interpretação diminuem à medida que a impressão se cristaliza em um sentido apenas.

Ao dizer que o corredor se parece com os "túneis" e que são "mais estreitos", ele dirige não apenas o acesso a outros conteúdos por parte do leitor, mas acentua seus efeitos. Ressalte-se: ele não está relacionado com *estação* de metrô, mas com *túneis* subterrâneos do metrô.

Na pragmática lógico-cognitiva, essa inter-relação entre linguagem codificada e as alusões, associações etc., é explicada pela seleção vocabular que, ao ser lida/decodificada, faz o leitor, ao entender o significado semântico, passar a buscar na sua memória enciclopédica não apenas informações lexicais sobre o significado de "tonelada", além de "túnel" e "subterrâneo". O leitor busca informações que tem armazenadas sobre esses conceitos: imagens gráficas, lembrança de sons, cheiros, escuridão, e até de sentimentos, como medo, claustrofobia etc. — essas informações podem vir de experiências pessoais, de leituras, de suposições, e assim por diante.

Pode-se observar que essa interpretação vai se estendendo como círculos formados na água. O ponto de partida é praticamente o mesmo — o mesmo vocábulo com o mesmo conteúdo semântico, mas, conforme o leitor vai acessando os dispositivos complementares de informações, essa leitura vai sendo enriquecida.

Usaremos do trecho a seguir em (2), e, mais especificamente, o fragmento (2a) repetido abaixo, para marcar como Zamiátin usa tanto o contexto interno da obra como o contexto histórico-espaço-temporal no qual ele vivia na época a fim de tornar três palavras uma grande dor de cabeça para ele e para os bolcheviques.

(2) Dei um pulo:
— Isso é impensável! Isso é absurdo! Você não vê: o que você está planejando — isso é revolução?
— Sim, uma revolução! Por que isso é absurdo?
— É absurdo porque não pode haver uma revolução. Porque a *nossa* — não é você, mas eu que estou dizendo —, a nossa revolução foi a final. E não pode haver outras revoluções. Todos sabem muito bem que...
O afiado e mordaz triângulo de sobrancelhas se seguiu.
— Meu querido, você é um matemático. E mais ainda: você é um filósofo da matemática. Bem, então, me diga o último número.
— Como é que é? Eu... eu não entendo, que *último* número?
— Ora, o último, o mais elevado, maior.
— Mas, I... isso é um absurdo. Uma vez que o número dos números é infinito, como você pode ter um último número?
— E como você pode ter uma *última* revolução? Não existe uma última revolução, (2a) as revoluções são infinitas.

Essa afirmação foi feita por I-330, o número feminino revolucionário que está lutando contra o Estado Único, em um diálogo com o protagonista, D-503. Aqui a riqueza expressiva não está tanto em neologismos ou em uma sintaxe fragmentada, como, em especial, nos trechos (1a), (1b) e (1c), mas sim nas escolhas vocabulares precisas e na associação argumentativa com a matemática e com o raciocínio lógico-matemático e com a palavra "revolução".

De um ponto de vista semântico, qualquer pessoa pode entender o significado de "revoluções são infinitas". Esse é o significado da sentença. No entanto, embora seja necessário conhecer esse significado, ele não é suficiente para se saber qual o papel dela nos lábios da revolucionária falando com o narrador, alguém completamente cego pelo Estado Único como a expressão última e máxima de sociedade.

A LINGUAGEM DE NÓS E O PROCESSO TRADUTÓRIO

Para esse diálogo, vemos como Zamiátin prepara o trecho anterior à fala emblemática de I-330. Para tanto, os termos: "revolução", "matemático" e "número" são fundamentais. Eles são as palavras que vão recuperar no conhecimento enciclopédico do leitor — dos dispositivos complementares — os elementos que irão tornar a fala tão perigosa tanto no livro, para D-503, quanto fora do livro, para os leitores — em especial, para os bolcheviques.

No contexto do livro que leva à afirmação sobre o fato de as revoluções serem infinitas, ao tratar da matemática e ao fazer a pergunta sobre a existência de um número último, final, a um matemático, na verdade, a um filósofo da matemática, I-330 está de certa forma garantindo que a resposta que ele der é carregada de autoridade, ela está garantindo a praticamente irrevocabilidade da resposta de que não, não há um número final. Com isso, ela, por associações e implicações, estabelece a força argumentativa do por que as revoluções também seriam infinitas.

Na vida real, a força dessa afirmação, que é uma das mais comentadas e analisadas em estudos sobre *Nós*, tem a ver com a afronta que fazia à Revolução Bolchevique. O histórico endurecimento do totalitarismo comunista após a tomada de poder, a insatisfação cada vez maior das pessoas com o regime e a escalada da violência e da amplitude da contrarrevolução no formato da Guerra Civil que se seguiu eram motivos que expunham para Lênin e seus companheiros o fracasso do que haviam implantado.

Vejamos, a título de última ilustração dos dispositivos complementares para a leitura nas entrelinhas, como pessoas diferentes teriam alcances diferentes a partir de (2a). Para tanto, suponhamos um bolchevique, um contrarrevolucionário e uma pessoa que mal conhece a situação da Rússia naquele período. Ao lerem "revoluções são infinitas", todos eles entenderiam da mesma forma o conteúdo semântico do trecho. Contudo, enquanto um contrarrevolucionário encontraria esperança nessa afirmação, um bolchevique a tomaria como uma ameaça, o leigo apenas poderia especular sobre o que de fato o autor estaria querendo dizer.

Mais algumas considerações sobre o processo tradutório.

A obra usada para a tradução que o leitor tem em mãos foi a tradução anotada de Vladimir Wosnuik, de 2015. Na introdução, ao falar sobre a linguagem, o tradutor esclarece que optou por deixar a sintaxe o mais enxuta possível, a fim de mantê-la o mais próxima do original russo — o qual não tem mais de 50 mil palavras. Um dos maiores desafios foi o trabalho com a frase fragmentada. Vejamos duas versões de um mesmo trecho do original — retirado do 2º registro.

(1924)[29]

But the sky! The sky is blue. Its limpidness is not marred by a single cloud.
Mas o céu! O céu é azul. Sua limpidez não é prejudicada por uma única nuvem.

(2015)

But then the sky! Blue, not spoiled by a single cloud.
Mas, e este céu! Azul, sem a violação por uma única nuvem.

Comparando as duas traduções do russo para o inglês, note-se que a de 1924 optou pelo acréscimo de um pronome coesivo "sua" e pelo acréscimo do substantivo "limpidez", como reforço para a ideia de que não havia "uma única nuvem". A nossa proposta ficou mais próxima da sintaxe mínima — sempre procuramos a forma mais enxuta — desde que, é claro, o conteúdo não fosse deturpado.

Espero que esses dois exemplos possam ilustrar, mesmo que de modo tão simples, a profundidade e a grandeza do que se pode encontrar em *Nós*. A quantidade e a beleza dos fenômenos e recursos que, como leitora e tradutora, tive o privilégio de encontrar em *Nós* é algo que, felizmente, não tenho como compartilhar aqui. Tudo o que é belo precisa ser mais do que meramente decodificado por alguém para outro alguém, mas deve ser apresentado para o outro de modo que ele possa ter o privilégio de desfrutar.

LIBERDADE E FELICIDADE

Resenha de Nós *de Eugene Zamiátin*

POR GEORGE ORWELL

Vários anos depois de saber de sua existência, finalmente consegui um exemplar de *Nós*, de Zamiátin, que é uma das curiosidades literárias desta era da queima de livros. Olhando para o *25 Years of Soviet Russian Literature* [*25 Anos de Literatura Russa Soviética*], de Gleb Struve (1898-1985), descobri que sua história foi como segue.

Zamiátin, que morreu em Paris em 1937, foi um romancista e crítico russo que publicou vários livros antes e depois da Revolução. *Nós* foi escrito por volta de 1923 e, embora não seja sobre a Rússia e não tenha nenhuma ligação direta com a política contemporânea – é uma fantasia que trata do século XXVI d. C. –, teve sua publicação recusada na condição de que era ideologicamente indesejável. Uma cópia do manuscrito saiu do país, e o livro apareceu em traduções para inglês, francês e tcheco, mas nunca em russo. A tradução inglesa foi publicada nos Estados Unidos e nunca consegui obter uma cópia: mas existem cópias da tradução francesa (o título é *Nous Autres*), e finalmente consegui uma emprestada. Tanto quanto posso julgar, não é um livro de primeira ordem, mas é certamente incomum, e é surpreendente que nenhuma editora inglesa tenha sido suficientemente diligente para reeditá-lo.

A primeira coisa que alguém notaria sobre *Nós* é o fato – nunca apontado, creio eu – de que o *Admirável Mundo Novo* de Aldous Huxley (1894-1963) deve ter sido parcialmente derivado dele. Ambos os livros tratam da rebelião do espírito humano primitivo contra um mundo racionalizado, mecanizado e indolor, e ambas as histórias supostamente acontecerão daqui a cerca de seiscentos anos. A atmosfera dos dois livros é semelhante e, grosso modo, trata-se do mesmo tipo de sociedade que está sendo descrita, embora o livro de Huxley mostre menos consciência política e seja mais influenciado por teorias biológicas e psicológicas recentes.

No século XXVI, na visão de Zamiátin, os habitantes da Utopia perderam tão completamente a sua individualidade que são conhecidos apenas por números. Vivem em casas de vidro (isso foi escrito antes da invenção da televisão), o que

NÓS

permite à polícia política, conhecida como "Guardiões", supervisioná-los com mais facilidade. Todos usam uniformes idênticos, e um ser humano é comumente referido como "um número" ou "um unif" (uniforme). Eles vivem de alimentos sintéticos e sua diversão habitual é marchar em grupos de quatro enquanto o hino do Estado Único é tocado nos alto-falantes. Em intervalos determinados, têm permissão para baixar as cortinas em torno de seus apartamentos de vidro durante uma hora (conhecida como "a hora do sexo"). É claro que não existe casamento, embora a vida sexual não pareça ser completamente promíscua. Para fazer amor, todos têm uma espécie de livreto de racionamento com ingressos cor-de-rosa, e o parceiro com quem a pessoa passa uma de suas horas sexuais designadas assina o talão. O Estado Único é governado por uma personagem conhecida como O Benfeitor, que é reeleito anualmente por toda a população, sendo a votação sempre unânime. O princípio orientador do Estado é que felicidade e liberdade são incompatíveis. No Jardim do Éden, o homem era feliz, mas, na sua loucura, exigiu liberdade e foi expulso para o deserto. Agora, o Estado Único restaurou a sua felicidade ao retirar-lhe a liberdade.

Até agora, a semelhança com *Admirável Mundo Novo* é impressionante. Mas, embora o livro de Zamiátin seja menos bem elaborado – com um enredo bastante fraco e episódico, que é demasiado complexo para ser resumido –, tem um ponto político que falta ao outro. No livro de Huxley, o problema da "natureza humana" é, em certo sentido, resolvido, porque pressupõe que, por meio do tratamento pré-natal, dos medicamentos e da sugestão hipnótica o organismo humano pode ser aperfeiçoado da forma que se desejar. Um trabalhador científico de primeira linha é tão facilmente produzido quanto um semi-idiota Epsilon* e, em ambos os casos, os vestígios de instintos primitivos, como o sentimento maternal ou o desejo de liberdade, são facilmente tratados. Ao mesmo tempo, não é dada nenhuma razão clara para que a sociedade deva ser estratificada na forma elaborada como foi descrita. O objetivo não é a exploração econômica, mas o desejo de intimidar e dominar também não parece ser um motivo. Não há fome de poder, nem sadismo, nem dureza de qualquer tipo. Os que estão no topo não têm motivos fortes para permanecer no topo e, embora todos sejam felizes de uma forma vazia, a vida tornou-se tão inútil que é difícil acreditar que tal sociedade possa perdurar.

O livro de Zamiátin é, em geral, mais relevante para a nossa situação. Apesar da educação e da vigilância dos Guardiões, muitos dos antigos instintos humanos ainda existem. O narrador da história, D-503, que, embora seja um

---

* Em *Admirável Mundo Novo*, eles são os piores de todos os grupos de castas sociais. (N. T.)

28

LIBERDADE E FELICIDADE

engenheiro talentoso, é uma pobre criatura convencional, uma espécie de Billy Brown utópico da cidade de Londres, fica constantemente horrorizado com os impulsos atávicos que se apoderam dele. Ele se apaixona (isso é um crime, é claro) por uma certa I-330, que é membro de um movimento de resistência clandestino e que consegue, por algum tempo, levá-lo à rebelião. Quando a rebelião irrompe, parece que os inimigos do Benfeitor são de fato bastante numerosos, e essas pessoas, além de conspirarem para derrubarem o Estado, chegam, inclusive, a se entregar, no momento em que as cortinas são fechadas, a vícios como fumar cigarros e beber álcool. D-503 é finalmente salvo das consequências de sua própria loucura. As autoridades anunciam que descobriram a causa dos distúrbios recentes: é que alguns seres humanos sofrem de uma doença chamada imaginação. O centro nervoso responsável pela imaginação já foi localizado e a doença pode ser curada por tratamento com raios X. D-503 é submetido à operação, após a qual é fácil para ele fazer o que sempre soube que deveria fazer – isto é, trair os seus confederados à polícia. Com total serenidade, ele observa I-330 sendo torturada por meio de ar comprimido sob um sino de vidro:

> Ela ficou olhando para mim, enquanto agarrava firmemente os braços da cadeira, até fechar completamente os olhos. Eles, então, a retiraram de lá, rapidamente, com a ajuda de eletrodos, fizeram-na recuperar os sentidos, e depois a colocaram, novamente, sob a Campânula. Repetiram isso três vezes, e, mesmo assim, ela não disse uma única palavra.

> Outros, que foram trazidos com essa mulher, revelaram-se mais honesto: muitos deles começaram a falar logo na primeira vez. Amanhã subirão os degraus da Máquina do Benfeitor.

A Máquina do Benfeitor é a guilhotina. Há muitas execuções na Utopia de Zamiátin. Elas são realizadas publicamente, na presença do Benfeitor, e são acompanhadas de odes triunfais recitadas pelos poetas oficiais. A guilhotina, claro, não é o velho instrumento rudimentar, mas um modelo muito melhorado que literalmente liquida a sua vítima, reduzindo-a, num instante, a uma nuvem de fumaça e a uma poça de água límpida. A execução é, na verdade, um sacrifício humano, e a cena que a descreve recebe deliberadamente a cor das sinistras civilizações escravistas do mundo antigo. É essa compreensão intuitiva do lado irracional do totalitarismo – o sacrifício humano, a crueldade como um fim em si mesma, a adoração de um Líder a quem se atribuem atributos divinos – que torna o livro de Zamiátin superior ao de Huxley.

29

É fácil ver por que a publicação do livro foi recusada. A seguinte conversa (que eu resumi um pouco) entre D-503 e I-330 teria sido suficiente para colocar os lápis azuis* em funcionamento:

– Você percebe que o que você está sugerindo é uma revolução? – É claro, é uma revolução. Por que não?

– Porque não pode haver uma revolução. Nossa revolução foi a última e nunca poderá haver outra. Todo mundo sabe.

– Meu querido, você é matemático: diga-me, qual é o último número?

– Como assim, o último número?

– Bem, então, o maior número!

– Mas isso é um absurdo. Os números são infinitos. Não pode haver um último.

– Então por que você fala sobre a última revolução?

Existem outras passagens semelhantes. Pode muito bem acontecer, no entanto, que Zamiátin não pretendesse que o regime soviético fosse o alvo especial da sua sátira. Ao escrever por volta da época da morte de Lênin (1870-1924), ele não pode ter tido em mente a ditadura de Stálin (1878-1953), e as condições na Rússia em 1923 não eram tais que alguém se revoltasse contra elas, alegando que a vida estava se tornando demasiado segura e confortável. O que Zamiátin parece visar não é a um país em particular, mas sim aos objetivos implícitos da civilização industrial. Não li nenhum de seus outros livros, mas soube por Gleb Struve que ele passou vários anos na Inglaterra e escreveu algumas sátiras contundentes sobre a vida inglesa. Fica evidente em *Nós* que ele tinha uma forte inclinação para o primitivismo. Preso pelo governo czarista em 1906, e depois preso pelos bolcheviques em 1922, no mesmo corredor da mesma prisão, ele tinha motivos para não gostar do regime político sob o qual viveu, mas o seu livro não é simplesmente a expressão de uma queixa. Na verdade, é um estudo da Máquina, o gênio que o homem impensadamente deixou sair de sua garrafa e não consegue recolocar. Esse é um livro a ser procurado quando uma versão em inglês aparecer.

Publicado no *Tribune*, 4 de janeiro de 1946.

George Orwell é autor de diversos livros, entre eles *1984*, uma das distopias mais conhecidas mundialmente, *Revolução dos Bichos*, entre outros.

---

* Um lápis azul é um lápis tradicionalmente usado por um copidesque ou subeditor para mostrar correções em uma cópia escrita. A cor é usada especificamente porque não aparecerá em alguns processos de reprodução litográfica ou fotográfica, conhecidos como lápis azuis não fotográficos. https://en.wikipedia.org/wiki/Blue_pencil. (N. T.)

NÓS

1º REGISTRO

Resumo

Um comunicado.
A mais sábia das linhas.
Um poema.

Estou apenas copiando, palavra por palavra, do que foi publicado hoje na *Gazeta do Estado Único*:

"Em 120 dias, a construção da INTEGRAL estará concluída. A grande hora histórica se aproxima, na qual a primeira INTEGRAL ascenderá à vastidão ilimitada do universo. Há mil anos, nossos heroicos antepassados subjugaram toda a esfera terrestre à autoridade do Estado Único. E um feito ainda mais glorioso está diante de vocês: quando, por meio da INTEGRAL, toda feita de vidro, elétrica e respirando fogo, a infinita equação do universo será integrada. Diante de vocês está o que irá sujeitar os seres desconhecidos que habitam outros planetas e que, talvez, ainda se encontrem em um estado primitivo de liberdade, ao benéfico jugo da razão. Se eles não entenderem que o que estamos proporcionando é uma felicidade matematicamente perfeita, será nosso dever forçá-los a serem felizes. Mas, antes das armas, recorreremos à palavra.

"Em nome do Benfeitor, comunica-se a todos os números do Estado Único:

"Todos aqueles que se sentirem capacitados têm o dever de compor tratados, poemas, manifestos, odes e outras obras a respeito da beleza e da grandeza do Estado Único.

"Esse será o primeiro carregamento que a INTEGRAL irá transportar.

"Vida longa ao Estado Único, vida longa aos números, vida longa ao Benfeitor!"

Enquanto escrevo, sinto o meu rosto ardendo. Sim, integrar a grandiosa equação do universo! Sim, desmanchar a curva primitiva, endireitá-la em uma tangente — uma assíntota — uma linha reta. Pois a linha do Estado Único é reta. A grande, divina, precisa e sábia linha reta — a mais sábia das linhas...

Eu, D-503,* o construtor da *Integral*, sou apenas um dos matemáticos do Estado Único. A minha caneta, acostumada a algarismos, não é capaz de criar a música das assonâncias e dos ritmos. Procuro apenas registrar o que vejo, o que penso. Sendo mais exato, o que nós pensamos (precisamente isso: nós, e que esse "nós" torne-se o título dos meus registros). Mas, sendo esses registros um derivado da nossa vida, da vida matematicamente perfeita do Estado Único, então não acabarão sendo, em si mesmos, independentemente da minha vontade, um poema? São sim; eu acredito e sei.

Enquanto escrevo, sinto meu rosto ardendo. Provavelmente, isso se assemelha ao que uma mulher experimenta quando ouve, pela primeira vez, dentro de si o batimento de um novo ser humano, ainda minúsculo e cego. Sou eu e, ao mesmo tempo, não sou eu. Por longos meses será necessário alimentá-lo com minha própria essência, meu próprio sangue e, depois, dolorosamente arrancá-lo de dentro de mim e colocá-lo aos pés do Estado Único.

Mas estou pronto, assim como todos, ou quase todos nós. Estou pronto.

---

* Os nomes próprios dos personagens são expressões alfanuméricas. Os homens têm nomes que começam por consoantes, seguidas de números ímpares. Os nomes das mulheres iniciam por vogais, seguidas de números pares. (N. T.)

2º REGISTRO

Resumo

O balé.
A harmonia quadrada.
X.

Primavera. Do outro lado da Muralha Verde, das selvagens e desconhecidas planícies, o vento traz o pólen amarelo melífluo de alguns tipos de flores. Esse pólen adocicado resseca os lábios, daí acabamos passando a língua sobre eles o tempo todo; e, muito provavelmente, todas as mulheres que encontramos têm os lábios doces (obviamente, também os homens). O que, de alguma forma, interfere no meu pensamento lógico. Mas, e este céu! Azul, sem a violação por uma única nuvem (quão primitivo tinha que ser o gosto dos antigos a ponto de seus poetas se inspirarem nesses aglomerados de vapor absurdos e disformes que estupidamente colidem entre si). Eu amo e estou convencido de não me enganar se digo que *nós* amamos apenas um céu estéril e irrepreensível como este. Em dias assim, o mundo inteiro, bem como todas as nossas construções, parece moldado do mesmo vidro inabalável e eterno da Muralha Verde. Em dias como este, pode-se ver mais azulada a profundidade das coisas e suas formidáveis equações, de certo modo, até então, desconhecidas — você vê as equações em tudo, até naquelas coisas mais habituais e prosaicas.

Bem, tomemos isto como exemplo. Esta manhã, eu estava no hangar onde a *Integral* está sendo construída, quando, de repente, acabei olhando os tornos: as esferas dos reguladores giravam com os olhos fechados e em um abandono abnegado; os pistões piscavam para a esquerda e para a direita; a roda de balanço oscilava orgulhosamente os ombros; o cinzel do torno dançava ao ritmo de uma música desconhecida. De repente, vi toda a beleza desse grandioso balé mecânico, inundado por um sol azul-claro. Em seguida, me perguntei: Por que belo? Por que a dança é bela? Resposta: porque é um movimento *não livre*, porque todo o significado profundo da dança está precisamente na subordinação estética absoluta, na *não liberdade* ideal. E, se é verdade que os nossos antepassados se entregavam à dança nos momentos mais inspirados da sua vida (nos mistérios religiosos, nos desfiles militares), então isso significa apenas uma coisa: que o instinto de não

35

liberdade é organicamente inerente ao ser humano desde tempos imemoriais; e que nós, na nossa vida atual, temos consciência disso.

Vou ter que terminar mais tarde: o intercomunicador tocou. Quando olho, vejo que é O-90, é claro. Em meio minuto ela estará aqui, veio me buscar para um passeio.

Querida O! Sempre achei que ela se parece com o próprio nome. Ela é mais ou menos dez centímetros mais baixa do que a Norma Maternal, o que resulta em formas completamente arredondadas, como se tivesse sido usinada; sem contar aquele O rosado — a boca — que se abre para ir ao encontro de cada palavra minha. E mais, ela tem uma dobrinha redonda e gordinha no pulso, como as das crianças. Quando ela entrou, o volante da lógica ainda zumbia com toda a força dentro de mim e, em razão da inércia, comecei a falar sobre uma fórmula que eu havia acabado de elaborar, da qual todos nós fazíamos parte, bem como as máquinas e a dança.

— Maravilhoso, não é? — perguntei.

— Sim, maravilhoso. É primavera! — respondeu O-90 com um sorriso rosado para mim.

Bem, era o que me faltava, ouvir sobre a primavera… ela falava sobre a primavera! Mulheres… Fiquei em silêncio.

Descemos. A avenida estava cheia. Quando o clima está assim, nós geralmente usamos a nossa Hora Pessoal de depois do almoço para um passeio extra. Como de costume, a Usina de Música, em todos os seus alto-falantes, entoava a Marcha do Estado Único. Em fileiras previamente determinadas, os números caminhavam, quatro a quatro, mantendo com entusiasmo o tempo rítmico; centenas, milhares de números, em unifs* azul-claros, com placas de ouro no peito e o número estatal de cada homem e mulher. Eu também, ou melhor, nós, nós quatro, formávamos uma das inúmeras ondas dessa poderosa torrente. À minha esquerda, O-90 (se quem estivesse escrevendo isso fosse um dos meus antepassados peludos de alguns milhares de anos atrás, ele provavelmente teria se referido a ela usando aquela palavra esquisita, *"minha"*); à direita, estão dois números desconhecidos, um feminino e um masculino.

Um céu magnificamente azul; os minúsculos sóis, como se fossem de brinquedo, em cada uma das nossas placas; rostos não ofuscados pela loucura dos pensamentos… Tudo se associa em um material único, radiante e sorridente; como raios, entende. E o ritmo dos metais: "Tra-ta-ta-tam. Tra-ta-ta-tam", esses escalões de bronze brilham ao sol, e a cada escala você sobe mais alto — na

---

* Provavelmente derivado da antiga palavra "uniforme".

O BALÉ. A HARMONIA QUADRADA. X.

direção de um azul vertiginoso... E, então, exatamente como nesta manhã no hangar, eu vi, de novo como se estivesse vendo tudo pela primeira vez na vida: as ruas invariavelmente retas, os vidros das calçadas salpicados de raios, os divinos blocos das construções transparentes, a harmonia quadrada das fileiras cinza-azuladas. É como se não tivesse havido gerações inteiras, mas como se eu, precisamente eu, tivesse derrotado o velho Deus e a velha vida, como se precisamente eu tivesse criado tudo isso. E como se eu fosse uma torre, tive medo de que, se movesse o cotovelo, com isso, provocasse o colapso das paredes, das cúpulas, das máquinas...

E, no instante seguinte, um salto através dos séculos, fui do + para o -. Lembrei-me (evidentemente, por uma associação de contraste), de repente, de um quadro que vi num museu: a avenida daquela época, do século xx, luminosamente heterogênea, com uma multidão desordenada e confusa de pessoas, rodas, animais, cartazes, árvores, cores, pássaros... E, bem, dizem que isso existiu de fato, que era assim mesmo.

Isso tudo me pareceu tão improvável, tão absurdo que não consegui me aguentar e de repente caí na gargalhada. E, imediatamente, um eco; uma risada à direita. Eu me virei e, bem diante dos meus olhos, vi dentes incomumente brancos e afiados e o rosto de uma mulher desconhecida.

— Perdoe-me — ela disse —, mas eu o vejo escrutinar tudo de um modo tão inspirador; como uma espécie de deus mitológico no sétimo dia da criação. Parece-me que você está convencido de que foi você, e não qualquer outro, quem criou até mesmo a mim. Sinto-me muito lisonjeada...

E tudo isso sem um sorriso; eu diria que até com certo respeito (talvez ela saiba que eu sou o construtor da *Integral*). Mas, não sei se nos olhos ou nas sobrancelhas, havia um estranho e irritante X, e eu simplesmente não conseguia entendê-lo, colocá-lo em uma expressão numérica.

Por alguma razão, fiquei envergonhado; e, um tanto confuso, comecei a buscar uma base lógica para meu riso.

— Estava perfeitamente claro que esse contraste, esse abismo intransponível era entre as coisas do presente e as do passado...

— Mas, como assim, intransponível? — (Que dentes brancos!) — Sempre se pode lançar uma ponte sobre um abismo. Imagine só: tambores, batalhões, fileiras — ora, tudo isso também existiu — e, portanto...

— Claro, sim, está claro! — exclamei.

Essa foi uma impressionante coincidência de pensamentos; ela expressou, praticamente com as minhas próprias palavras, o que eu tinha escrito antes da sair para caminhar. Vocês percebem? Até mesmo os pensamentos. É por isso que ninguém é *um*, mas *um entre muitos*. Somos tão idênticos...

Ela:

— Você tem certeza disso?

Notei as sobrancelhas dela erguidas até as têmporas, formando um ângulo agudo, como as pequenas hastes afiadas de um X. E, de novo, por algum motivo, fiquei perplexo; olhei para a direita, para a esquerda... À minha direita, estava ela, I-330, esbelta, cortante, obstinadamente maleável como um chicote (agora consegui ver o número dela); à esquerda, estava O, um tipo completamente diferente, toda feita em uma esfera, com uma pequena dobra infantil na mão; e, na outra extremidade do nosso quarteto, um número masculino que eu desconhecia, ele era, duas vezes, curvado sobre si mesmo, parecendo a letra S. Éramos todos diferentes...

A da direita, I-330, ao que parece percebeu o meu olhar perplexo, e com um suspiro:

— Sim... lamentavelmente!

Em essência, esse "lamentavelmente" era perfeitamente apropriado. Mas, de novo, havia algo no seu rosto ou na sua voz...

Com uma aspereza incomum para mim, eu disse:

— Não há razão para esse "lamentavelmente". A ciência está avançando, e isso está claro, se não exatamente agora, então em cinquenta, cem anos...

— Inclusive para o nariz de todo mundo...

— Sim, o nariz! — Eu estava agora quase gritando. — Uma vez existindo, não faz diferença qual é a base da inveja... Se eu tenho um nariz no formato de botão e a outra pessoa tem um no formato de...

— Ora, o seu nariz é até, como diziam antigamente, um tanto "clássico". Mas as suas mãos... Não, vamos, apenas mostre-as, apenas mostre suas mãos!

Não suporto que olhem para minhas mãos: são peludas, desgrenhadas — um atavismo absurdo. Estendi uma mão, e, com uma voz tão indiferente quanto possível, eu disse:

— De um macaco.

Ela olhou as minhas mãos; e depois, o meu rosto:

— Sim, há uma conformidade das mais interessantes.

Ela me avaliava com os olhos como se em uma balança, e as pequenas hastes brilharam de novo na ponta das suas sobrancelhas.

— Ele está inscrito no meu nome — disse a rósea boca de O-90, toda feliz.

Seria melhor que ela tivesse ficado em silêncio; o que ela fez foi absolutamente descabido. De modo geral, O é adorável, mas, como eu deveria colocar isso... a velocidade da língua dela é incorretamente calculada: a velocidade da língua por fração de segundo deve ser sempre um pouco menor do que a velocidade do pensamento por fração de segundo; jamais o contrário.

Na Torre Acumuladora, no final da avenida, o sino tocou bem forte, 17h. Fim da Hora Pessoal. I-330 afastou-se com o número masculino na forma de S. Ele inspira muito respeito, e olhando bem, tem um rosto que parece familiar. Eu já o vi em algum lugar, só não estou me recordando agora. Ao se despedir, I, sempre com aquele sinal de X, sorria para mim.

— Passe no Auditório 112 depois de amanhã.

Eu dei de ombros:

— Se meu destacamento estiver precisamente designado para o auditório que você mencionou...

E ela, com uma confiança impossível de entender, respondeu:

— Estará.

Essa mulher tinha um efeito sobre mim tão desagradável quanto o de uma componente irracional insolúvel que acidentalmente entra em uma equação. Por isso, agradou-me ficar, mesmo que por pouco tempo, sozinho com a querida O. De mãos dadas, passamos por quatro fileiras de avenidas. Em uma das esquinas, ela teve que ir para a direita; e eu, para a esquerda.

— Eu gostaria muito de ir até você hoje e baixar as persianas. Hoje mesmo, agora — disse-me O, timidamente levantando para mim seus olhos redondos de cristal azul.

Ela é engraçada. Mas o que eu poderia dizer a ela? Ela esteve na minha casa ontem e sabe tanto quanto eu que nosso dia sexual mais próximo é depois de amanhã. Essa mania dela de "exceder a velocidade do pensamento" era basicamente a mesma coisa que o excesso de faíscas acabar ligando um motor cedo demais — esse excesso pode acabar estragando o motor.

Ao deixá-la, eu a beijei duas vezes... não, devo ser exato: eu a beijei três vezes naqueles maravilhosos olhos azuis, intocados pela menor nuvem.

3º REGISTRO

Resumo

O casaco.
A muralha.
A Tábua.

Examinando tudo que escrevi ontem, percebi que não descrevi com clareza suficiente. Ou seja, tudo isso é perfeitamente claro para qualquer um de nós. Mas como saber: talvez vocês, os desconhecidos para quem a *Integral* vai levar meus registros, só tenham lido o grande livro da civilização até a página na qual nossos antepassados pararam, há cerca de novecentos anos. Talvez vocês nem sequer conheçam os princípios básicos como a Tábua dos Horários, as Horas Pessoais, a Norma Maternal, a Muralha Verde, o Benfeitor. Para mim, é engraçado, e, ao mesmo tempo, muito difícil falar a respeito disso tudo. É como se um escritor de um tempo qualquer, digamos, do século XX, tivesse que explicar em seu romance o que é "casaco", "apartamento" e "esposa". E, no entanto, se o seu romance acabasse sendo traduzido para os selvagens, seria concebível evitar alguma nota explicativa sobre o que significa "casaco"?

Tenho certeza de que, se algum selvagem alguma vez visse um "casaco", iria se perguntar: "Bem, mas para que serve isso? Deve ser uma coisa que incomoda". Parece-me que vocês também vão reagir da mesma forma quando eu lhes disser que, desde a época da Guerra dos Duzentos Anos, nenhum de nós esteve do outro lado da Muralha Verde.

Mas, prezados leitores, é necessário pensar um pouco, ajuda muito. Ora, é claro: toda a história humana, dado o que conhecemos dela, é a história da transição de formas migratórias para formas cada vez mais sedentárias. Na verdade, não se conclui disso que a forma mais sedentária (que é a nossa) é, também, a mais aperfeiçoada? Se as pessoas avançavam de um extremo a outro da Terra, isso acontecia apenas nos tempos pré-históricos, quando havia nações, guerras, comércio, as descobertas das diferentes Américas. Mas para que e para quem isso é necessário agora?

Admito: habituar-se a essa estabilidade não foi algo que se alcançou sem dificuldade, e não foi algo imediato. Quando, no curso da Guerra dos Duzentos

O CASACO. A MURALHA. A TÁBUA.

Anos, todas as estradas foram arruinadas e ficaram cobertas de mato, no início, provavelmente parecia muito desconfortável viver nas cidades, isoladas umas das outras pela selva verde. Mas e daí? Depois que a cauda do homem caiu, é provável que ele não tenha aprendido imediatamente a espantar as moscas sem a ajuda dela. Sem dúvida, no início, ele deve ter lamentado ficar sem o rabo. Mas, agora, você consegue se imaginar com uma cauda? Ou consegue se imaginar na rua, nu, sem um "casaco"? (É possível que você ainda ande por aí com "casacos".) Seja como for, nesse caso, trata-se exatamente da mesma coisa: eu não consigo conceber uma cidade que não esteja cercada por uma Muralha Verde; não consigo imaginar uma vida que não seja regrada pela tabela numérica que é a nossa Tábua dos Horários.

A Tábua... Neste momento, aqui, da parede do meu quarto, os números púrpuros sobre o fundo dourado me olham nos olhos com severidade e ternura. Sem querer, me vem à mente aquilo que os antigos chamavam de "ícone", e vejo nascer em mim a vontade de compor poemas ou preces (que, no fundo, são a mesma coisa). Ah, por que não sou um poeta? Assim cantaria louvores dignos de você, ó Tábua, ó coração e pulso do Estado Único!

Todos nós (e talvez você também) lemos, quando ainda crianças, na escola, o maior monumento que chegou até nós da literatura antiga — o *Horário das Estradas de Ferro*. Mas coloque até mesmo ele ao lado da nossa Tábua dos Horários, e será como ver grafite ao lado do diamante: ambos contêm o mesmo elemento — C, carbono —, mas quão eterno e transparente é o diamante, como brilha. Quem não tem o espírito arrebatado ao folhear as páginas do *Horário*? Contudo, na verdade, é a Tábua dos Horários que transforma cada um de nós em verdadeiros heróis com seis rodas de aço, daqueles que se encontra em um grande poema. Todas as manhãs, com a precisão de quem tem seis rodas, na mesma hora e no mesmo minuto, nós, milhões, nos levantamos como se fôssemos um só. Exatamente na mesma hora, começamos a trabalhar, como milhões-em-um; e também como milhões-em-um paramos de trabalhar. Fundidos num único corpo com milhões de mãos, tal como determinado pela Tábua, no mesmo segundo, todos levamos os talheres à boca e, também no mesmo segundo, saímos para passear e vamos ao auditório ou ao Salão de Exercícios Taylor,* ou vamos dormir...

---

* Frederick W. Taylor (1856-1915), inventor e engenheiro mecânico norte-americano conhecido como o pai da administração (ou gestão) científica. Seu sistema, o taylorismo, propõe a utilização de métodos científicos de natureza cartesiana na administração de empresas, a fim de aumentar a produtividade, reduzindo o tempo empregado na realização de cada tarefa a partir da organização e divisão das funções dos trabalhadores. Sua principal característica é a maior especificidade das funções dos trabalhadores. (N. T.)

NÓS

Serei totalmente sincero: mesmo entre *nós*, ainda não existe uma solução absolutamente precisa para o problema da felicidade. Duas vezes por dia, das 16h às 17h e das 21h às 22h, esse poderoso organismo unificado se divide em células separadas: essas são as Horas Pessoais estabelecidas pela Tábua. Nessas horas você verá, nos quartos de alguns, as persianas recatadamente abaixadas, outros caminharão ao longo da avenida ao ritmo metálico da Marcha, outros ainda, como é o meu caso agora, estarão sentados às suas escrivaninhas. Mas creio firmemente que — mesmo que me chamem de idealista e sonhador —, mais cedo ou mais tarde, um dia também encontraremos um lugar para essas Horas Pessoais na fórmula geral, um dia esses 86.400 segundos irão fazer parte da Tábua dos Horários.

Já tive a oportunidade de ler e ouvir tantas coisas improváveis sobre aquele tempo quando as pessoas ainda viviam em condições livres, isto é, quando ainda eram desorganizadas e primitivas. Mas o que me pareceu ainda mais improvável foi o seguinte: como uma autoridade estatal, mesmo que rudimentar, pôde permitir que as pessoas daquela época vivessem sem nada que se assemelhasse à nossa Tábua, sem passeios obrigatórios, sem uma regulamentação precisa dos horários das refeições; eles se levantavam e iam dormir quando lhes vinha à cabeça; alguns historiadores chegam, inclusive, a dizer que as pessoas passeavam a pé ou de carro pelas vias durante a noite toda; ao que parece, naquele tempo, as luzes ficavam a noite inteira acesas nas ruas.

Isso é algo que, de modo algum, eu não consigo entender. Ora, não importa quão limitado fosse seu raciocínio, de alguma maneira, eles deveriam compreender que tal vida não passava de um genuíno assassinato em massa, só que lento, dia após dia. O Estado (por ser compassivo) proibia que se matasse um, mas não proibia o semiassassinato de milhões. Matar uma pessoa, ou seja, diminuir a duração individual da vida humana em cinquenta anos, isso é criminoso; mas, por outro lado, diminuir a soma geral da vida humana em cinquenta milhões de anos, não, isso não é criminoso. Vai dizer que isso não é realmente cômico. Entre nós, qualquer Número de dez anos de idade é capaz de resolver esse problema matematicamente moral em meio minuto; já *eles*, nem com todos os seus Kants* juntos conseguiriam resolver (porque nenhum desses Kants cogitou construir um sistema de ética científica, ou seja, baseado em subtração, adição, divisão e multiplicação).

---

* O filósofo e idealista alemão Immanuel Kant (1724-1804) dedicou-se profunda e largamente a discutir a importância da liberdade na atuação racional do homem no mundo. Para o filósofo, não se pode obrigar alguém a sacrificar sua liberdade em nome dos desejos de outro alguém. Em Kant, a dignidade humana está intrínseca e necessariamente ligada à liberdade. (N. T.)

O CASACO. A MURALHA. A TÁBUA.

Além disso, não é um absurdo que o Estado (e ousava se autointitular Estado!) permitisse a vida sexual sem nenhum controle? Quem, quando e quantas vezes alguém quisesse... Perfeitamente não científico, como animais. E tal como animais, eles cegamente geravam filhos. É engraçado, conhecer a horticultura, a avicultura, a piscicultura (temos dados precisos de que eles conheciam tudo isso), e não serem capazes de chegar ao último degrau dessa escada lógica, a puericultura, e nem sequer desenvolver algo como Normas Maternas e Paternas.

É tão engraçado, tão improvável, que depois de ter escrito isso, temo que, de repente, vocês, leitores desconhecidos, me tomem por um brincalhão perverso. De repente vocês podem pensar que estou apenas zombando de vocês, que estou lhes contando, em um tom sério, as mais perfeitas bobagens.

Mas, primeiro de tudo: não tenho a capacidade de fazer piadas; em cada piada está inserida uma mentira como uma função implícita; e segundo, a Ciência do Estado Único confirma que a vida dos antigos era exatamente assim, e a Ciência do Estado Único não comete erros. E como, naquela época, eles poderiam ter essa lógica estatal, uma vez que viviam em condições de liberdade como feras, macacos e rebanhos? O que poderia ser exigido deles, quando, mesmo agora, em nosso tempo, ocasionalmente ainda se pode ouvir, vindo lá do fundo, das nossas profundezas peludas, o eco de um macaco selvagem?

Felizmente, é só de vez em quando. Felizmente, trata-se apenas de pequenas avarias das peças, todas de fácil reparação sem que seja necessário parar o grande e eterno movimento da Máquina como um todo. E, para que o pino torto seja retirado, temos a hábil e pesada mão do Benfeitor, temos o olhar experiente dos Guardiões...

Aliás, acabei de me lembrar: aquele que é curvado como um S, tenho a impressão de tê-lo visto saindo do Departamento dos Guardiões. Entendo agora por que tive aquele sentimento instintivo de respeito por ele, e por que tive certo constrangimento quando aquela estranha I, que estava com ele... Tenho que confessar que essa I...

Tocaram o sinal da hora de dormir: 22h30. Até amanhã.

4º REGISTRO

Resumo

Um selvagem com um barômetro.
A epilepsia.
Se.

Até agora, tudo na vida sempre esteve claro para mim (não é à toa, ao que parece, que tenho certa predileção justamente por essa palavra, "claro"). Mas hoje... Eu não entendo.

Primeiro: de fato, fui designado para o Auditório 112, exatamente como ela me disse. Embora a probabilidade disso fosse 1.500/10.000.000 = 3/20.000 (sendo 1.500 a quantidade de auditórios; e 10.000.000 a de números). E, em segundo lugar... É melhor, entretanto, observar a sequência das coisas.

O auditório. Um enorme hemisfério de vidro compacto completamente iluminado pelo sol. Fileiras circulares de cabeças nobres, esféricas e perfeitamente raspadas. Com o coração quase parando, olhei em volta. Acho que o que eu estava procurando era ver se, sobre as ondas azul-claras dos unifs, em algum lugar, não estaria brilhando um crescente rosado, os queridos lábios de O. Não é que me deparo com dentes afiados e incomumente brancos de alguém que parecia ser... Mas não, não era. Esta noite, O virá me ver às 21h, e desejar vê-la aqui era perfeitamente natural.

Então, o sinal. Levantamo-nos, cantamos o Hino do Estado Único; e, no palco, o fonoconferencista, cujo espírito sagaz brilhava com seus alto-falantes de ouro.

— Estimados números! Recentemente, arqueólogos desenterraram um livro do século xx. Nele, o irônico autor conta a história de um selvagem e de um barômetro. O selvagem percebeu que toda vez que o barômetro parava em "chuva", efetivamente chovia. E como o que o selvagem queria era chuva, ele mobilizava a quantidade de mercúrio para que o nível permanecesse em "chuva" — (na tela, um selvagem usando penas, movendo o mercúrio: risos.) — Vocês riem, mas não lhes parece que o europeu daquela época fosse ainda mais digno de risos? Assim como o selvagem, o europeu queria "chuva", chuva com letra maiúscula, uma chuva algébrica. Mas ele ficava na frente do barômetro como uma galinha molhada. O selvagem, pelo menos, teve mais coragem e energia, e

UM SELVAGEM COM UM BARÔMETRO. A EPILEPSIA. SE.

lógica — mesmo que tosca —; ele conseguiu perceber que havia uma conexão entre efeito e causa. Ao mover o mercúrio, ele foi capaz de dar o primeiro passo nesse grande caminho, ao longo do qual...

Nesse momento (torno a repetir, escrevo sem esconder nada), por um tempo, tornei-me como que impermeável às correntes vivificantes que se derramavam dos alto-falantes. De repente, me pareceu que eu havia vindo aqui em vão (por que "em vão", e como poderia deixar de vir, uma vez que me havia sido dada uma ordem?); tive a impressão de que tudo estava vazio, vazio como uma concha. E, com dificuldade, só voltei a prestar atenção quando o fonoconferencista já havia passado para o tema principal: o da nossa música, da composição matemática (a matemática é a causa; a música, o efeito), da descrição do recentemente inventado musicômetro.

— Basta apenas rodar esta manivela aqui, e qualquer um de vocês pode produzir até três sonatas por hora. E quanto esforço isso exigiu dos seus antepassados. Eles conseguiam criar somente se fossem tomados por ataques de "inspiração" — uma forma desconhecida de epilepsia. E eis aqui uma ilustração muito divertida do que eles conseguiram, a música de Scriabin,* do século xx. Eles chamavam essa caixa preta (no palco, abriram a cortina e lá estava o instrumento mais antigo deles) de "Royale" ou "Monarca", o que, mais uma vez, prova o quanto toda a sua música...

E, então, de novo, não me lembro do restante, muito possivelmente porque... Bem, vou dizer diretamente, porque ela, I-330, se aproximou da caixa "Royale". Com toda certeza, fiquei chocado com isso, com sua aparição inesperada no palco.

Ela estava usando um traje de época fantástico: um vestido preto colado ao corpo, nitidamente destacando o branco dos ombros e colo expostos, e aquela sombra quente que se levantava pelo arfar da respiração entre; ... e os dentes ofuscantes, quase malignos...

Um sorriso, quase como uma mordida, direto na minha direção, aqui embaixo. Ela se sentou, começou a tocar. Uma música primitiva, convulsiva, variada, como era a vida deles naquela época; não se via sequer uma sombra de uma mecanicidade racional. E, claro, todos à minha volta riram, e com razão. Mas houve alguns que..., mas por que eu também, eu estava entre eles?

Sim, a epilepsia é a doença mental, um sofrimento... Uma dor lenta e doce — como uma mordida que, quanto mais profunda, mais dolorosa. E, então, lentamente, o sol. Não o nosso, não este sol pálido, de um tom azul cristalino e

---

* Alexander Scriabin (1872-1915), compositor russo de piano e música orquestral conhecido pelas harmonias incomuns através das quais procurou explorar o simbolismo musical. (N. T.)

uniforme que atravessa os blocos de vidro, não. Trata-se do sol primitivo, impetuoso e abrasador, que queima tudo, deixando apenas partículas.

O que estava sentado ao meu lado esquerdo me olhou de canto de olho e deu uma risadinha. Por alguma razão, isso me marcou, como uma memória: lembro muito bem de ver uma bolha microscópica de saliva saltar e estourar nos seus lábios. Essa bolha me trouxe de volta a mim. Eu era eu de novo.

Como todos os demais, eu também agora só ouvia o som absurdo e barulhento das cordas. Comecei a rir. Tudo voltava a ser fácil e simples. O talentoso fonoconferencista descreveu-nos, de uma forma muito viva, aquela época selvagem. Isso foi tudo.

E, então, com que grande prazer ouvi a nossa música atual! (Foi demonstrada ao final para estabelecer um contraste.) Escalas cromáticas cristalinas que convergiam e divergiam em séries infinitas... Os acordes breves das fórmulas de Taylor* e MacLaurin;** os movimentos sonoros completos e fortemente quadrados do teorema de Pitágoras;*** as tristes melodias de um movimento agonizantemente oscilatório; os ritmos claros que se alternavam com linhas de pausas fraunhoferianas;**** uma análise espectral dos planetas... Quanta grandeza! Que regularidade inquebrantável! E quão lamentável é a música dos antigos, obstinada, limitada por nada exceto uma imaginação selvagem...

Como de costume, todos saíram do auditório em harmoniosas filas de quatro, pelas largas portas. Perto de mim, uma figura familiar de curvas duplas passou rapidamente; inclinei respeitosamente a cabeça.

Dentro de uma hora, a querida O deverá chegar. Sentia-me prazerosa e proveitosamente animado. Chegando em casa, corri rapidamente até o gabinete do atendente de serviço, entreguei-lhe meu cupom cor-de-rosa e recebi o certificado de direito às persianas. Temos esse direito apenas para os dias sexuais. Normalmente, vivemos sempre à vista de todos, cercados pelas nossas paredes transparentes, como se fossem tecidas de ar cintilante, e eternamente banhados em luz. Não temos nada a esconder uns dos outros. E mais, esse modo de vida alivia o

---

* Brook Taylor (1685-1731), matemático e advogado; mais conhecido por conceber o conceito de cálculo de diferenças finitas, a ferramenta de integração por partes e, claro, a representação de funções em série de Taylor. (N. T.)

** Colin Maclaurin (1698-1746) foi um matemático escocês que desenvolveu e ampliou o trabalho de Sir Isaac Newton em cálculo, geometria e gravitação. (N. T.)

*** Filósofo e matemático grego (c. 570-c. 495 a. C.). (N. T.)

**** Relativo a Joseph von Fraunhofer (1787-1826), físico alemão. Nas áreas da física e da óptica, as Linhas de Fraunhofer (ou Espectro de Fraunhofer) são um conjunto de linhas espectrais associadas originalmente a faixas escuras existentes no espectro solar, e são de suma importância para a pesquisa da composição de corpos celestes que emitem energia eletromagnética. (N. T.)

UM SELVAGEM COM UM BARÔMETRO. A EPILEPSIA. SE.

trabalho pesado e nobre dos Guardiões. Se não fosse assim, sabe-se lá o que aconteceria. É possível que tenham sido justamente as estranhas e opacas habitações dos antigos que tenham dado origem à sua lamentável psicologia de gaiola. "Minha (sic!) casa é minha fortaleza" — eles realmente tiveram que bater muito a cabeça para chegar a isso!

Às 22h baixei as persianas, e naquele exato minuto O entrou um pouco ofegante. Ela estendeu para mim sua pequena boca rosada — e o bilhetinho rosado. Rasguei-o do talão, e não consegui me afastar daquela boca rosada até o último momento — às 22h15.

Mais tarde, mostrei a ela meus "registros" e falei — ao que parece, muito bem — sobre a beleza do quadrado, do cubo, da linha reta. Ela ouvia com um ar rosadamente encantador. E, de repente, naqueles olhos azuis, brotou uma lágrima, uma segunda, uma terceira, exatamente sobre a página aberta (a página 7). A tinta ficou borrada. Bem, agora vou ter que passar a limpo.

— Querido D, se ao menos você... Se ao menos...

Ora... Se o quê? Se o quê? De novo, a mesma e velha história, um bebê. Ou quem sabe algo novo, algo relacionado a... relacionado com aquela outra mulher? Mesmo que, de fato, fosse isso... Não, isso já seria absurdo demais.

5º REGISTRO

Resumo

O quadrado.
Os dominadores do mundo.
Uma função aprazível e útil.

Mais uma vez, não se trata disso. De novo, estou falando com você, meu desconhecido leitor, falando como se você fosse... Bem, digamos, como se fosse meu velho camarada, R-13, o poeta, aquele de "lábios negroides". Bem, digamos que, sim, todo mundo o conhece. Enquanto isso, você, leitor, pode estar na Lua, em Vênus, em Marte, em Mercúrio — vai saber quem você é, onde você está.

A situação é a seguinte: imagine um quadrado, um quadrado belo e vivo. E ele tenha que falar com você sobre si mesmo, sobre a vida dele. Você deve compreender que a última coisa que passaria pela cabeça de um quadrado seria falar sobre o fato de que todos os seus quatro ângulos são iguais, ele nem sequer pensaria a respeito, considerando que já se trata de algo assimilado por ele, corriqueiro. Pois eu me encontro, esse tempo todo, na mesma condição do quadrado. Ora, considere os cupons cor-de-rosa e tudo o que está relacionado a eles: para mim, eles são aquilo que a igualdade dos ângulos é para o quadrado, mas para você talvez seja algo mais misterioso do que o binômio de Newton.

Pois bem. Um certo sábio da Antiguidade disse, naturalmente por acaso, é claro, uma coisa inteligente: "O Amor e a Fome dominam o mundo". Portanto, para dominar o mundo, os humanos devem dominar o que o domina. A um alto preço, nossos antepassados, por fim, subjugaram a Fome: falo a respeito da Grande Guerra dos Duzentos Anos, da guerra entre a cidade e o campo. É provável que, devido a preconceitos religiosos, os cristãos selvagens fossem teimosamente apegados ao seu "pão".* Mas, no 35º ano antes da fundação do Estado Único, o nosso alimento atual, um derivado do petróleo, foi inventado. É verdade que apenas 20% da população da esfera terrestre sobreviveu. Mas, depois, livre dessa

---

* Esta palavra foi preservada entre nós apenas na forma de uma metáfora poética: a composição química desta substância nos é desconhecida.

O QUADRADO. OS DOMINADORES DO MUNDO. UMA FUNÇÃO APRAZÍVEL E ÚTIL.

sujeira milenar, como a face da Terra ficou radiante! E, assim, esses 20% que restaram experimentaram a felicidade nas mansões do Estado Único.

Mas não ficou claro que a felicidade e a inveja são o numerador e o denominador dessa fração chamada felicidade? E qual o significado dos inúmeros sacrifícios da Guerra dos Duzentos Anos se, na nossa vida, ainda permanecessem razões para se ter inveja? Mas algumas permaneceram, porque restaram narizes de "botão" e narizes "clássicos" (essa foi a nossa conversa da hora do passeio), porque muitos conquistam o amor de alguns; outros, de ninguém.

É natural que, tendo subjugado a Fome (algebricamente falando, o sinal "=", uma equivalência à soma dos bens externos), o Estado Único tenha liderado uma ofensiva contra o outro dominador do mundo — contra o Amor. Finalmente, esse elemento também foi vencido, isto é, foi organizado, matematizado, e, há cerca de trezentos anos, nossa histórica Lex Sexualis foi promulgada: "Qualquer número tem direito a qualquer outro número como a um produto sexual".

Bem, e o que se seguiu é uma questão meramente técnica. Eles examinam você minuciosamente nos laboratórios do Departamento Sexual, determinam com precisão o índice dos hormônios sexuais no sangue e elaboram uma Tabela de dias sexuais adequada para você. Depois você faz uma declaração de que, nos seus dias, você deseja fazer uso deste ou daquele número e recebe o devido talão (que é cor--de-rosa) de cupons. E está feito.

É claro que assim, agora, já não há motivos para a inveja, o denominador da fração fica reduzido a zero, e a fração se converte em um infinito magnífico. E exatamente aquilo que para os antigos era uma fonte inesgotável das mais estúpidas tragédias, entre nós foi reduzida a uma função harmoniosa e aprazivelmente útil do organismo; o mesmo que acontece com o sono, o trabalho físico, a alimentação, a defecação etc. A partir disso, pode-se ver como a grande força da lógica limpa tudo aquilo que consegue tocar. Ah, desconhecidos, se tão somente vocês também percebessem essa força divina, se também aprendessem a segui-la até o fim.

Estranho, hoje escrevi sobre os picos mais elevados da história da humanidade, e, durante todo o tempo, eu respirava o mais puro ar da montanha do pensamento e, ainda assim, de alguma forma, por dentro tudo ficou nebuloso, como se coberto por teias de aranha; por uma cruz, uma espécie de X com quatro patas. Ou seriam essas patas as minhas mãos, que ficaram por muito tempo diante dos meus olhos — as minhas patas peludas. Não gosto de falar delas — não gosto delas: são o vestígio de uma época selvagem. Será que, de fato, existe lá, dentro de mim...

Quis riscar tudo isso, porque ultrapassa os limites do resumo. Contudo pensei bem e decidi que não vou riscar. Mesmo que meus registros, como o sismógrafo mais delicado, tracem as curvas até mesmo das oscilações cerebrais mais insignificantes — ora, às vezes, são precisamente essas oscilações que servem como um prenúncio de...

Mas isso sim é um absurdo, isso realmente deveria ser riscado: todos os elementos foram canalizados por nós, não há como ocorrer catástrofes.

Agora tudo ficou perfeitamente claro para mim: o sentimento estranho dentro de mim tem a ver completamente com a mesma situação do quadrado do qual falei no início. E não há nenhum X em mim (isso não é possível) — eu apenas tenho medo de que fique em vocês algum X, meus desconhecidos leitores. Porém acredito que vocês não irão me julgar de modo muito severo. Creio que vocês vão entender que para mim escrever é tão difícil como para qualquer outro autor no curso de toda a história humana: alguns escreveram para contemporâneos; outros, para descendentes. Mas ninguém jamais escreveu para antepassados ou seres semelhantes aos seus mais remotos e primitivos antepassados.

6º REGISTRO

Resumo

Um incidente.
O maldito "É claro".
Vinte e quatro horas.

Eu repito, coloquei sobre mim mesmo a obrigação de escrever sem esconder nada. Portanto, não importa o quão triste seja, devo apontar que, mesmo entre nós, o processo de solidificação, de cristalização da vida, evidentemente ainda não chegou ao fim; ainda faltam alguns passos para o ideal. O ideal (é claro) se estabelecerá quando *nada mais acontecer*, mas aqui entre nós... Neste momento, isso ainda não é o caso: li hoje, na *Gazeta do Estado Único*, que daqui a dois dias haverá a comemoração da Festa da Justiça na praça do Cubo. Isso significa que, novamente, algum número perturbou o movimento da grande Máquina do Estado, novamente algo imprevisto, não calculado, *aconteceu*.

E, além disso, também *aconteceu* algo comigo. É verdade que isso foi durante a Hora Pessoal, ou seja, durante o tempo especialmente alocado para imprevistos, mas mesmo assim...

Por volta das 16h (para ser mais exato, eram 15h50), eu estava em casa. De repente, tocou o telefone.

— D-503? — perguntou uma voz feminina.

— Sim.

— Está livre?

— Sim.

— Sou eu, I-330. Estou passando agora mesmo aí para pegá-lo, e nós iremos para a Casa Antiga. Tudo bem?

I-330... Essa I me irrita e me repugna — quase chega a me assustar. Mas justamente por isso eu disse sim.

Em cinco minutos, já estávamos no aero. O céu de maio era de um azul vibrante, e o sol suave, em seu próprio aero dourado, zumbia em nosso encalço, sem ficar adiante ou atrás de nós. Mas, lá na frente, começava a se erguer uma nuvem, branca como uma cachoeira, e ela ia se espalhando e ficando gordinha como as bochechas de um antigo "cupido"; e isso, de alguma forma, era um pouco perturbador. A janelinha da frente estava levantada, e o vento ressecava os lábios; e nós, involuntariamente, ficávamos passando a língua neles, o tempo todo ocupados com isso. E agora, já visíveis de longe, como borrões, podíamos ver as manchas esverdeadas do outro lado da Muralha. Então, sentimos o coração parar por um momento — e fomos descendo, descendo, descendo, como se de uma montanha íngreme, e chegamos à Casa Antiga.

A construção como um todo era estranha, dilapidada e sem graça; e inteiramente coberta por uma camada de vidro, não fosse assim, sem dúvida, já teria desabado há muito tempo. À porta de vidro está uma velha senhora, toda enrugada, principalmente na boca não há nada além de rugas e pregas; os lábios haviam afinado e agora estavam voltados para dentro. Com uma boca dessas, era bastante improvável que ela conseguisse falar. No entanto, mesmo assim, ela começou a falar.

— Então, meus queridos, o que vocês vieram ver, a minha casinha? — E as rugas brilhavam (ou quem sabe, elas provavelmente se juntaram como se fossem feixes de raios, o que deu a impressão de estarem "brilhando").

— Sim, vovó, eu queria ver de novo — disse-lhe I.

As pequenas rugas brilharam de novo:

— Que sol, hein? Bem, o quê, como? Ah, sua malandra, ah, sua malandra! Eu conheço você, eu conheço! Tá bom, tá bom. Entrem sozinhos; estou melhor aqui, ao sol...

Hum... A minha companheira, provavelmente, vem aqui com frequência. Quero tirar algo de mim, algo que estava me incomodando: provavelmente é a forma visual intrusiva daquela nuvem no suave céu azul.

Quando subimos a escada larga e escura, I disse:

— Eu a amo, eu amo aquela velhota.

— Por quê?

— Não sei. Talvez por causa da boca. Ou, talvez, por nenhum motivo. Eu amo, só isso.

Dei de ombros. Ela continuou sorrindo discretamente ou quem sabe nem tenha sorrido.

— Eu me sinto muito culpada. É claro que não se deveria um "amo e pronto", mas sim um "amo porque". Todos os elementos deveriam estar presentes...

— É claro — falei, mas ao ouvir a palavra "claro" parei de falar... e, disfarçadamente, olhei para I. Será que ela percebeu?

Ela estava olhando não sei para onde, era para baixo; as suas pálpebras estavam abaixadas como as persianas.

Algo me ocorreu. À noite, por volta das 22h, quando é o horário de se caminhar pela avenida, passa-se pelas células transparentes e bem iluminadas, algumas

UM INCIDENTE. O MALDITO "É CLARO". VINTE E QUATRO HORAS.

estão escuras, com persianas abaixadas, e ali, atrás das persianas... O que ela tem feito ali atrás das suas persianas? Por que ela me ligou hoje e para que tudo isso?

Abri uma porta, pesada e opaca, que rangia — e nos encontramos em um cômodo escuro e desordenado (entre eles, era chamado de "apartamento"). Ali estava aquele mesmo estranho instrumento musical, o "Royal", sem contar cores e formas primitivas, desorganizadas, loucas e variadas, como a música daquela época. Acima, havia um teto branco; as paredes eram azul-escuras repletas de encadernações vermelhas, verdes e laranja de livros antigos; havia candelabros de bronze amarelo e uma estátua de Buda;* além de uma série de móveis contorcidos como por epilepsia; nada daquilo tudo se encaixava em equação alguma.

Suportei com dificuldade esse caos. Mas minha acompanhante aparentemente tinha um organismo mais forte.

— Este é o meu favorito.

De repente, foi como se ela caísse em si; e, com um sorriso mordaz, mostrando os dentes brancos e afiados, ela disse:

— Para ser mais precisa, este é o mais absurdo de todos os "apartamentos" deles.

— Ou, para ser mais exato ainda, de seus estados — eu a corrigi. Havia naquele tempo milhares de estados microscópicos, eternamente em guerra, implacáveis como...

— Bem, sim, é claro — disse I, ao que tudo indica, com muita seriedade.

Passamos por um quarto onde havia berços de crianças (as crianças, naquela época, também eram propriedade privada). E, de novo, mais quartos, espelhos brilhantes, armários lúgubres, divãs intoleravelmente coloridos, uma enorme "lareira", uma grande cama de mogno. Nosso lindo, transparente e eterno vidro moderno estava ali apenas na forma de pequenas janelas quadradas tristes e frágeis.

— E pensar que aqui eles "se amavam e pronto", se consumiam e agonizavam... — (de novo, com as pálpebras abaixadas). — Que desperdício absurdo e extravagante de energia humana, não é verdade?

Ela falava, mas, de certa forma, era como se as palavras saíssem da minha boca; ela verbalizava meus pensamentos. O tempo todo, contudo, tinha aquele X irritante no seu sorriso. Lá, por trás das persianas, algo estava acontecendo dentro dela — não sei o que era, mas comecei a perder a paciência, eu queria discutir

---

* Sidarta Gautama (c. 563-c. 483 a. C.). Segundo ensinamentos de Buda de 2600 anos atrás, a liberdade existe, mas é condicionada a aquilo que você faz, fala e pensa e retornará a você e ao mundo. Tudo é uma relação de causas, condições e efeitos, mas isso não é um destino prévio. (N. T.)

com ela, gritar com ela (bem isso, gritar), porém tinha que concordar, não concordar não era uma opção.

Foi então que paramos diante de um espelho. Naquele instante, eu via apenas os olhos dela. Nisso, uma ideia me ocorreu: um ser humano é construído de forma tão primitiva quanto esses "apartamentos" absurdos, as cabeças humanas não são transparentes e nelas há somente pequenas janelas para o interior, ou seja, os olhos. Ela, como se tivesse adivinhado o que se passava pela cabeça, virou-se, como se dissesse: "Bem, aqui estão meus olhos. E então?". (Isso tudo, é claro, sem pronunciar uma palavra.)

Diante de mim, estavam duas janelas assustadoramente escuras; e, no seu interior, uma vida muito desconhecida e estranha. Vi apenas fogo — uma espécie de "lareira" da qual ela era a chama —, além de algumas figuras parecidas com...

Isto, é claro, era natural: eu via meu próprio reflexo naqueles olhos. Mas não era natural para mim, não se parecia comigo (evidentemente, esse era um efeito opressivo daquela situação toda) — e definitivamente senti medo, me senti capturado, colocado nessa jaula primitiva, me senti apanhado no turbilhão primitivo da vida de antigamente.

— Escute — disse I. — Vá, por um minuto, para a sala ao lado. — A voz vinha lá de dentro, detrás das janelas escuras dos olhos dela, onde a lareira queimava.

Saí e me sentei. De uma pequena prateleira na parede, o busto assimétrico de um dos poetas antigos (Púchkin,* ao que parece), que tinha nariz arrebitado, sorria quase imperceptivelmente, bem na minha cara. Por que estou sentado aqui — e aturando submissamente esse sorriso, e para que serve tudo isso: para que estou aqui, para que serve essa condição absurda? Essa mulher irritante e hostil, esse jogo estranho...

Foi quando ouvi a porta de um guarda-roupa bater e o farfalhar de seda. Com muita dificuldade, consegui me conter para não ir lá; não me lembro muito bem, mas provavelmente tive vontade de dizer coisas muito duras para ela.

Contudo, ela já estava de volta. Usava um vestido curto, antigo, de um amarelo brilhante, chapéu preto e meias também pretas. O vestido era de uma seda fina, as meias, muito compridas, muito acima dos joelhos, ficavam claramente visíveis; o colo estava exposto e dava para ver a sombra que fica entre os...

— Escute, é claro que você quer ser original, mas quem sabe você...

---

* Alexander Púchkin (1799-1837), poeta, romancista, dramaturgo e contista russo; tem sido frequentemente considerado o maior poeta do seu país e o fundador da literatura russa moderna. O uso da língua russa por Púchkin é surpreendente em sua simplicidade e profundidade e formou a base do estilo dos romancistas Ivan Turguêniev, Ivan Gontcharov e Leon Tolstói. É um dos poetas que emprega versos iâmbicos, mais frequentemente empregados em poesia e em drama.

UM INCIDENTE. O MALDITO "É CLARO". VINTE E QUATRO HORAS.

— É claro — I interrompeu —, ser original significa se separar dos outros. Como consequência, ser original é transgredir a uniformidade... E aquilo que, na linguagem idiota dos antigos se chamava de "ser banal", entre nós simplesmente significa cumprir o nosso dever. Isso porque...

— Sim, sim, sim! É isso sim. — Não consegui me conter. — E para você não há nada, nada que...

Ela se aproximou da estatueta do poeta de nariz arrebitado e baixou as pálpebras, como se fossem persianas cobrindo o fogo primitivo dos seus olhos, que ficava lá dentro, atrás daquelas janelas. Desta vez ela disse algo muito razoável, parecia perfeitamente séria (talvez para me acalmar):

— Você não acha surpreendente que as pessoas, em outras épocas, já chegaram a tolerar tipos assim? Elas não apenas toleravam, elas os cultuavam. Que espírito servil! Não é verdade?

— É claro... Isto é... — Eu queria... (esse maldito "é claro"!)

— Bem, sim, eu entendo. Mas, então, lá no fundo, esses eram mestres mais poderosos que aqueles que portavam as coroas. Por que eles não os isolaram, por que não os destruíram? Já no nosso Estado...

— Sim, já no nosso Estado — comecei. E, de repente, ela caiu na risada. Eu agora não via mais nada a não ser aquela risada: a sua curvatura vibrante, acentuada, resilientemente flexível, como um chicote.

Eu me recordo que comecei a tremer de cima a baixo. Agora, ah, se eu pudesse agarrá-la... e a partir daí realmente já não me lembro de mais nada... Algo tinha que ser feito, não importava o quê. Então, num gesto mecânico, abri minha placa de ouro e vi as horas: eram 16h50.

— Você não acha que está na hora de ir? — eu disse do modo mais cortês que consegui.

— E se eu pedir para você ficar aqui comigo?

— Escute: você tem... você tem noção do que está dizendo? Sou obrigado a estar no auditório em dez minutos...

— Todos os números são obrigados a fazer o curso em artes e ciências que foi determinado — disse I, imitando a minha voz. Ela, então, abriu os olhos, erguendo as cortinas que lhe faziam as vezes de pálpebras: pelas janelas escuras dava para ver a lareira acesa. — No Departamento Médico, tenho um médico que está inscrito no meu nome. Se eu pedir, ele pode fornecer um certificado de que você estava doente. Que tal?

Eu entendi. Finalmente, entendi para onde todo esse jogo estava indo.

— Então é isso, é assim? Você sabe muito bem que, em essência, como qualquer número honesto, devo ir, sem demora, ao Departamento dos Guardiões e...

— Deve ir... Mas se não fosse em essência? — (novamente aquele sorriso mordaz agudo) — Estou muito curiosa. Você vai ou não ao Departamento?

— Você vai ficar por aqui? — perguntei, colocando a mão na maçaneta da porta. Era uma maçaneta de cobre; e, quando me ouvi, minha voz também soava como metal.

— Mais um minuto... Pode ser?

Ela foi até o telefone, mencionou um número — eu estava tão agitado que nem sequer prestei atenção para memorizar, e ela disse, então, bem alto:

— Estarei esperando por você na Casa Antiga. Sim, sim, sozinha.

Girei a maçaneta fria de cobre.

— Você me permite usar o aero?

— Ah, sim, com certeza! Por favor...

Lá fora, na entrada, como uma planta ao sol, a velha senhora estava cochilando. Mais uma vez, parecia surpreendente que sua hermética e ostensiva boca pudesse se abrir e falar alguma coisa.

— E aquela que, a sua... seja o que for, ela ficou lá sozinha?

— Ficou.

A boca da velha senhora se fechou novamente. Ela balançou a cabeça. Aparentemente, até mesmo o seu cérebro enfraquecido compreendia todo o absurdo e o risco da conduta daquela mulher.

Às 17h em ponto, eu estava na aula. E, nesse instante, por algum motivo, de repente percebi que eu havia mentido para a velha senhora: I, a essa hora, não estava lá sozinha. Talvez fosse exatamente o fato de eu, sem querer, ter enganado a velha senhora que tanto me agonizava e me impedia de prestar atenção. Ela não estava sozinha; sim, esse era o problema.

A partir das 21h30 eu teria uma hora livre. Eu poderia ter ido ao Departamento dos Guardiões e ter feito uma declaração. Mas depois desse incidente estúpido, eu estava exausto. E tem mais, o prazo legal para uma declaração era de quarenta e oito horas. Dou um jeito de fazer isso amanhã, eu ainda tenho vinte e quatro horas inteiras.

7º REGISTRO

Resumo

Um cílio.
Taylor.
O meimendro e o lírio-do-vale.

Noite. Verde, laranja, azul; o instrumento Royal vermelho, o piano; um vestido amarelo. Depois, o Buda de bronze. De repente, ele ergueu as pálpebras de metal, e delas começou a escorrer uma seiva, que brotava e escorria do Buda. Também do vestido amarelo vertia um líquido que escorria em gotas pelo espelho todo; a grande cama ficou inteira encharcada, bem como os berços das crianças pequenas; e agora isso estava em mim mesmo, me senti tomado por uma espécie de terror doce e mortal...

Acordei; uma luz era azulada e difusa; o vidro das paredes estava brilhando, as cadeiras e a mesa eram de vidro. Tudo isso me acalmou, meu coração desacelerou. A seiva, o Buda... que absurdo é esse? Só pode ser isto: estou doente. Até agora, jamais eu havia sonhado. Dizem que entre os antigos ter sonhos era uma coisa muito comum e normal. Não é de surpreender que a vida inteira deles fosse um carrossel medonho: verde, laranja, Buda, seiva. Mas nós, hoje, sabemos que os sonhos são uma grave doença psíquica. E também sei de outra coisa: até hoje, meu cérebro era um mecanismo cronometricamente regulado, reluzente, sem uma única partícula de poeira, mas agora... Sim, agora, a situação é precisamente a seguinte: ali, no cérebro, sinto uma espécie de corpo estranho, como quando um filamento de cílio muito fino entra no olho. Você até se sente bem, mas aquele olho com aquele cílio — não há como esquecer dele nem por um segundo...

O pequeno alarme de cristal despertador na cabeceira da cama toca: 7h, hora de levantar. À direita e à esquerda, através das paredes de vidro, é como se eu visse a mim próprio; meu quarto, minhas roupas, meus movimentos, tudo repetido mil vezes. É reanimador: você se vê parte de um todo imenso e poderoso. E parte de uma beleza exata: nem um gesto, nem uma flexão, nem um movimento supérfluo.

Sim, Taylor foi, sem dúvida, o maior gênio entre os antigos. É verdade que não foi ele quem teve a ideia de generalizar seu método para a vida como um todo, para cada passo, para cada ciclo de vinte e quatro horas — ele não conseguiu integrar em seu sistema cada uma das vinte e quatro horas. Mas, seja como for, como eles puderam escrever bibliotecas inteiras de livros sobre um Kant e mal notar Taylor, esse profeta que foi capaz de vislumbrar dez séculos à frente?

O café da manhã acabou. O Hino do Estado Único foi harmoniosamente cantado. E, com a mesma harmonia, em filas de quatro, fomos para os elevadores. Quase não se ouve o zumbido dos motores; e rapidamente vamos descendo, descendo e descendo, e, por um breve instante, o coração se detém...

E, aqui, de repente, por algum motivo, de novo aquele sonho absurdo ou algum tipo de função implícita, como consequência dele. Ah, sim, ontem, no aero também fui descendo, descendo. Aliás, tudo aquilo acabou: ponto-final. E é muito bom que eu tenha sido tão resoluto e ríspido com ela.

Um vagão subterrâneo me levou até o local onde o corpo gracioso da *Integral* brilhava sob o sol, em modo de espera: sem ainda poder se mover, sem ainda ter sido animado pelo fogo. De olhos fechados, eu sonho com fórmulas; de novo, calculei mentalmente a velocidade inicial necessária para tirar a *Integral* do chão. A cada fração de segundo, a massa da *Integral* muda devido ao combustível de explosão que é gasto. Disso resultou uma equação muito complexa, com grandezas extraordinárias.

Aqui, no sólido mundo dos algarismos, como se fosse num sonho, sinto que alguém se sentou ao meu lado, tocou-me de leve e disse:

— Desculpe-me.

Abri um pouco os olhos e (por uma associação com a *Integral*) a primeira coisa que vejo é algo voando impulsivamente no espaço; é uma cabeça — e ela está voando, porque, nas laterais, projetam-se duas asas rosadas, como orelhas. Depois, vejo a curva de uma nuca saliente; uma coluna curvada, duplamente curvada, a letra S...

E através das paredes de vidro do meu mundo algébrico, de novo o filamento de cílio — aquela coisa desagradável que hoje eu tenho que...

— Não foi nada, não foi nada — digo sorrindo ao meu vizinho, cumprimentando-o. Em sua placa brilhava: S-4711 (é compreensível por que eu o associei, desde o primeiro momento, à letra S: tratava-se de uma impressão visual não registrada pela consciência). Em seus olhos brilhavam duas brocas pequenas e afiadas, elas giravam rapidamente, penetrando cada vez mais fundo; parece que, a certa altura, elas vão chegar tão fundo e ver o que até eu mesmo não...

De repente, o filamento de cílio tinha uma perfeita explicação: ele é um deles, ele é um dos Guardiões; o mais simples seria lhe contar tudo agora mesmo, sem protelar.

— Olha só, ontem eu fui à Casa Antiga — comecei, mas a minha voz saiu com um som estranho, rouco, achatado; tentei limpar a garganta tossindo.

— O que é excelente. Isso garante material para reflexões muito edificantes.

— Sim, mas é que eu não estava sozinho, acompanhei o número I-330, e então...

— I-330? Fico feliz por você. É uma mulher muito interessante e talentosa. Ela tem muitos admiradores.

Mas, então, ele também? Naquele passeio... Talvez ele, inclusive, esteja inscrito para ela? Falo sobre isso com ele? Não, nem pensar... Tudo está ficando claro.

— Sim, sim! Com certeza, com certeza! Vários admiradores.

Meu sorriso ia ficando cada vez mais largo, mais absurdo, e esse sorriso parecia me deixar nu, um idiota...

As pequenas brocas tinham me atingido lá no fundo, e depois, movendo-se rapidamente no sentido inverso, realocaram-se nos olhos dele. Sorrindo de modo ambíguo, S acenou para mim e se dirigiu para a saída.

Escondi-me atrás de um jornal (parecia que todos estavam olhando para mim) e rapidamente, devido ao que li, eu me esqueci do filamento de cílio, das pequenas brocas, de tudo. Era uma linha curta: "De acordo com informações confiáveis, foram descobertos sinais de uma organização, ainda clandestina, que tem como objetivo a libertação do jugo benéfico do Estado".

Libertação? É estarrecedor pensar até que ponto os instintos criminosos permanecem tenazmente na raça humana. Chamo deliberadamente de: "criminoso". A liberdade e o crime estão tão indissoluvelmente ligados entre si como... bem, é como o movimento de um aero e sua velocidade. Se a velocidade do aero = 0, ele não se move; se a liberdade do ser humano = 0, ele não comete crimes. É evidente. O único meio de libertar um ser humano do crime é libertá-lo da liberdade. E agora, há pouco tempo fomos libertos dela (numa escala cósmica, alguns séculos são, claro, pouco tempo), quando, de repente, alguns patéticos lamentáveis...

Não, eu não entendo, por que não fui ontem mesmo ao Departamento dos Guardiões? Hoje, depois das 16h, vou lá sem falta...

Às 16h10, eu saí e, na esquina, já me deparo com O; ela ficou em êxtase cor-de-rosa com esse encontro. Ela tem uma inteligência simples e clara. Essa coincidência foi oportuna: ela há de me entender e de me ajudar... Mas, no fundo, não; decidi com firmeza, eu não precisava de ajuda.

Os alto-falantes da Usina de Música harmoniosamente trovejavam a Marcha — sempre a mesma marcha de todos os dias. Há um encanto inexplicável no cotidiano, na suavidade da repetição diária.

— Vamos dar um passeio — disse O, pegando na minha mão.

Aqueles olhos azuis e redondos olham bem abertos para mim. São como janelas azuis que dão acesso ao interior, pelas quais eu entro sem me segurar em nada. Não há nada lá dentro, no sentido de que não há nada de estranho, de desnecessário.

— Não, não vamos passear. Eu tenho que ir...

Eu disse a ela aonde tinha que ir. E, para meu assombro, eu vi: o círculo rosado de sua boca se comprimindo em uma meia-lua rosada, com as pequenas pontas voltadas para baixo, como se tivesse provado algo amargo. Isso me deixou furioso.

— Vocês, números femininos, parece que estão incuravelmente crivados de preconceitos. São perfeitamente incapazes de pensar de modo abstrato. Me desculpa, mas isso é simplesmente muita estupidez.

— Você... está indo para o lado dos espiões... que coisa! E eu que cheguei a pegar para você um raminho de lírio-do-vale no Museu Botânico...

— O que você quer dizer com esse "E eu" e com esse "E"? É bem coisa de mulher. — Com raiva (devo confessar), arranquei das mãos dela o ramo do lírio-do-vale.

— Bem, aqui está o seu lírio-do-vale, tá bom? Cheire: bom, não é? Então aja pelo menos com alguma lógica. O lírio-do-vale tem um cheiro bom? Sim. Mas não se pode dizer do cheiro em si, do próprio conceito de "cheiro", se ele é bom ou ruim. Você simplesmente não con-se-gue, certo? O lírio-do-vale tem o seu cheiro, o meimendro tem o seu cheiro repugnante: tanto um quanto o outro são cheiros. Havia espiões no Estado antigo — e há espiões entre nós... sim, espiões. Não tenho medo das palavras. Mas uma coisa é certa: os espiões deles eram meimendros; os nossos espiões são lírios-do-vale. Sim, são lírios-do-vale.

A lua crescente cor-de-rosa estremeceu. Agora entendo, essa explicação toda aconteceu só na minha cabeça; se ela ouvisse, eu tenho certeza de que ela iria rir de mim. Daí gritei ainda mais alto:

— Sim, são lírios-do-vale. E não tem nada, nada de engraçado nisso.

As esferas lisas e redondas de cabeças se movem e se voltam para nós. O-90 pegou-me pela mão com ternura:

— Hoje você está meio... Você está doente?

O sonho. O vestido amarelo. O Buda... Imediatamente ficou claro para mim: eu tinha mesmo que ir ao Departamento Médico.

— Sim, é verdade, estou doente — respondi todo alegre (aqui está uma contradição perfeitamente inexplicável: não havia motivo para alegria).

— Nesse caso, você precisa mesmo ir ao médico, e agora. Você entende que é obrigação sua ser saudável, é engraçado eu ter que falar com você sobre isso.

UM CÍLIO. TAYLOR. O MEIMENDRO E O LÍRIO-DO-VALE.

— Mas sim, querida O, sim, claro que você tem razão. Você tem toda a razão!

Não fui ao Departamento dos Guardiões: nada podia ser feito; e eu tinha que ir ao Departamento Médico. Eles acabaram me segurando por lá até as 17h.

E à noite (no entanto, não faz diferença, lá está fechado agora à noite) O-90 veio me ver. As persianas não foram baixadas. Ficamos resolvendo problemas de um livro antigo: isso acalma muito e limpa os pensamentos. Ela se sentou e se debruçou sobre o caderno de exercícios, inclinando a cabeça sobre o ombro esquerdo, com a ponta da língua ela empurrava, por dentro, a bochecha esquerda. Isso era tão infantil, tão charmoso. E, dentro de mim, tudo está agradável, exato, simples...

Ela foi embora, e fiquei sozinho. Respirei fundo duas vezes (é muito útil antes de dormir). De repente, senti um certo cheiro inesperado, que me fez lembrar de coisas desagradáveis... Não demorei para descobrir a origem: tinha um ramo de lírio-do-vale escondido na minha cama. Imediatamente tudo virou. Não, foi realmente muita falta de tato da parte dela deixar esses lírios-do-vale comigo. Bem, sim: acabei não indo ao Departamento dos Guardiões, é verdade. Mas não tenho culpa de estar doente.

8º REGISTRO

Resumo

Uma raiz irracional.
R-13.
O triângulo.

Foi há muito tempo, na época de escola, quando eu me deparei pela primeira vez com $\sqrt{-1}$. Está tudo muito claramente gravado na minha memória. Lembro-me de um salão em formato circular, muito luminoso, e centenas de cabeças redondas de meninos — e Pliapa, nosso monitor de matemática. Nós o apelidamos de Pliapa. Ele já estava consideravelmente usado, com os parafusos se soltando, e, quando o atendente responsável o carregava pela parte de trás, o primeiro som no alto-falante era: "Plia-plia-plia-tshshsh"; e só depois a aula iniciava. Certo dia, Pliapa nos falou a respeito dos números irracionais. Eu me lembro que comecei a chorar, a esmurrar a carteira e a berrar:

— Não quero a $\sqrt{-1}$! Tire a $\sqrt{-1}$ de mim! — Essa raiz irracional cresceu dentro de mim como uma coisa estranha, exótica, aterradora, que me devorou, era impossível decifrá-la, tê-la como inofensiva, porque estava fora de qualquer razão.

E agora a $\sqrt{-1}$ reaparece. Revisei tudo o que escrevi, e para mim ficou claro o seguinte: tenho me enganado, tenho mentido para mim mesmo, tudo para não ter que me deparar com a $\sqrt{-1}$. É tudo uma insensatez só: que eu esteja doente e essas coisas todas. Eu poderia muito bem ter ido falar com os Guardiões. Uma semana antes e eu sei que teria ido, sem sequer pensar a respeito. Por que, agora, não... Por quê?

E hoje, por exemplo, exatamente às 16h10, eu estava parado diante de uma parede de vidro brilhante. Acima de mim, as letras da placa do Departamento dos Guardiões cintilavam com um brilho dourado e puro, como o do sol. No interior, através do vidro, via-se uma longa fila de unifs azul-claros. O rosto deles resplandecia como candelabros de imagens sagradas em uma igreja antiga; estavam ali para realizar um grande feito, para trair e entregar no altar do Estado Único seus amados, seus amigos, e até eles próprios. E eu, bem, deveria fazer o mesmo que eles, estar onde estavam. Mas não consegui sair do lugar: meus pés estavam

UMA RAIZ IRRACIONAL. R-13. O TRIÂNGULO.

profundamente soldados nas placas de vidro do pavimento; fiquei ali parado, com um olhar obtuso, incapaz de me mover daquele lugar...

— E aí, matemático, está sonhando acordado?

Estremeci. Fitando-me, diretamente, estava uns olhos negros, brilhando de tanto rir; lábios grossos e negroides. Era R-13, poeta e um velho amigo; e com ele vinha também a rósea O.

Virei-me para eles, furioso (acho que, se eles não tivessem me atrapalhado, eu teria finalmente arrancado a $\sqrt{-1}$ da minha carne e teria entrado no Departamento).

— Não, não estava sonhando acordado; mas, se preferir, em estado contemplativo — respondi de forma bastante brusca.

— Sim, sim, claro! Você, caro amigo, não deveria ser um matemático, mas um poeta, um poeta, com certeza! Quer saber, venha para o nosso lado, para o lado dos poetas, que tal? Bem, se você quiser, posso providenciar isso num piscar de olhos, o que acha?

R-13, quando fala, vai fazendo aquela espuma na boca. As palavras saem dos seus lábios grossos na forma de respingos de saliva; cada "p" que ele pronuncia torna-se uma fonte. Ao enunciar "poetas", ele virou uma nascente e tanto.

— Eu servi e continuarei servindo ao conhecimento. — Fechei a cara. Não gosto de piadas, e não as entendo, mas R-13 tem o péssimo hábito de fazer brincadeiras.

— Bem, e o que é isso: o conhecimento! O seu conhecimento é a própria covardia. Agora, o que ele é, de verdade. O que você quer é simplesmente confinar o infinito dentro de muros, mas tem medo de olhar o que está atrás deles. Sim! Você olha e já semicerra os olhos.

— Os muros são a base de tudo o que é humano... — eu comecei.

R borrifava como uma bica. O-90, redonda e rosada, ria de tudo. Fiz um sinal com a mão e disse:

— Isso, vão em frente, riam, é sempre a mesma história.

Eu não estava com disposição para isso. Tinha que conseguir algo para calar aquela maldita $\sqrt{-1}$.

— Querem saber do que mais? Vamos todos para minha casa, vamos sentar e resolver alguns pequenos problemas matemáticos — propus. (Lembrei-me daquela hora tranquila da noite passada; quem sabe seja assim hoje também.)

O olhou para R; e depois olhou para mim, clara e redondamente, as bochechas levemente pintadas com a cor afetuosa e excitante de nossos cupons.

— Mas hoje eu... hoje eu tenho um cupom para ele — ela acenou com a cabeça na direção de R —, ele está ocupado esta noite... de modo que...

NÓS

Os lábios molhados e brilhantes se agitaram com bom humor.

— Mas, o que é isso? Para nós, meia hora é suficiente. Não é, O? Quanto aos seus pequenos problemas... não sou um entusiasta, apenas não... Vamos para minha casa, ficar um pouco lá.

Vi que seria assustador ficar sozinho comigo mesmo. Ou melhor, ficar com aquele novo e estranho eu, o qual, por algum estranho acaso, tinha o meu número, D-503. Concordei em ir para a casa de R. A verdade é que ele não é exato, não é rítmico, tem uma lógica virada do avesso e é inclinado a rir, mas, seja como for, somos amigos. Não é à toa que, há três anos, ambos escolhemos a querida e rosada O. Isso, de alguma forma, criou um laço ainda mais estreito entre nós, mais forte do que o dos anos de escola.

Logo estávamos no quarto de R. À primeira vista, tudo ali é exatamente igual ao meu quarto: a Tabela de Horários, as cadeiras de vidro, a mesa, o guarda-roupa, a cama. Mas mal tinha entrado, R já moveu uma cadeira, depois outra; foi deslocando as coisas e logo tudo saiu do diagrama estabelecido e se tornou não euclidiano. R ainda era o mesmo, continuava o mesmo de sempre. Nas aulas de Taylor e de matemática, ele sempre ficava por último.

Lembramo-nos do velho Pliapa e de como nós, ainda crianças, às vezes colávamos pequenos bilhetes de agradecimento nas suas pernas de vidro (nós realmente amávamos o Pliapa). Recordamos também do Mentor da Lei.* O nosso Mentor da Lei tinha uma voz incomumente alta. Era tão alta que parecia que estava saindo um vendaval do alto-falante, e nós, as crianças, repetíamos aos gritos os textos que ele recitava para nós. Recordamos também de quando o inconsequente R enfiou uma bola de papel no alto-falante: quando os textos eram recitados vinham acompanhados de pedacinhos do papel. R, obviamente, foi punido; o que ele fez, é claro, era indecente; mas ainda hoje caímos na gargalhada, o nosso triângulo — e tenho que confessar, ri tanto quanto eles dois.

— E se ele fosse um ser vivo, como os mentores de antigamente, hein? — ele perguntou. — Isso teria sido bem... — Ao pronunciar o "b", uma bica irrompeu dos seus lábios grossos e agitados.

O sol brilhava através do teto e das paredes; era um sol que vinha de cima, pelos lados, e refletia de baixo para cima. O-90 estava sentada nos joelhos de R-13; pequenas gotas de sol brilhavam nos seus olhos azuis. De alguma forma, isso me aqueceu, e eu me recuperei; a $\sqrt{-1}$ se aquietou dentro de mim, não se mexia...

— Bem, e como está a sua *Integral*? Em breve estaremos voando para levar luz aos habitantes de outros planetas, não é? Bem, anda logo com isso, anda logo!

---

* É claro que não estamos falando da "Lei Divina" dos antigos, mas da lei do Estado Único.

UMA RAIZ IRRACIONAL. R-13. O TRIÂNGULO.

Caso contrário, nós, os poetas, vamos escrever tanto que a sua *Integral* não vai conseguir sequer decolar. É... todos os dias, das 8h às 11h... — R balançou a cabeça, coçou a nuca. A nuca dele parece uma espécie de pequena maleta quadrangular (me fez recordar agora um quadro antigo chamado *Na carruagem*).

Isso me animou:

— E você também está escrevendo para a *Integral*? Vamos lá, conte um pouco, escrevendo sobre o quê? Por exemplo, o que você escreveu hoje?

— Hoje? Não escrevi nada. Tenho estado ocupado com outra coisa... — O "p" respingou diretamente em mim.

— Com que outra coisa?

R franziu a testa:

— Com-o-quê, com-o-quê! Bem, se você quiser saber mesmo, com uma sentença de condenação. Eu transformei uma condenação em poesia. Um idiota, um de nós, um poeta... Ele se sentou ao meu lado por dois anos, como se tudo estivesse bem. E, de repente, ele me sai com isto: "Eu sou um gênio, e um gênio está acima da lei". Isso é coisa que se diga? Enfim...

Os lábios grossos ficaram entreabertos; os olhos perderam o brilho. R-13 se levantou num pulo, virou-se e fixou o olhar em algum ponto através da parede. Olhei para aquela pequena maleta hermeticamente trancada que ele carrega sobre os ombros e pensei: o que estará se passando pela sua cabeça neste momento, dentro dessa sua pequena maleta? Seguiu-se um minuto de um silêncio incômodo, assimétrico. Não estava claro para mim do que se tratava, mas havia algo.

— Felizmente, estão longe os tempos antediluvianos de todos os Shakespeares* e Dostoiévskis** imagináveis, ou seja lá como eles se chamava — eu disse, de propósito, em voz alta.

R virou o rosto. Como antes, as palavras respingavam, jorravam dele, mas eu não via agora nenhum brilho alegre em seus olhos.

— Sim, querido matemático, felizmente, felizmente, felizmente! Nós somos a mais feliz média aritmética... Como se diz entre vocês: é a integração do zero ao infinito, do cretino a Shakespeare... Não é assim?

Não sei por que, mas era como se isso tudo fosse perfeitamente sem propósito, aquela outra mulher me veio à mente, o modo como *ela* falava... É como se houvesse algum tipo de laço muito fino estendido entre ela e R. (Mas de que tipo?) O $\sqrt{-1}$ começou a grunhir de novo. Abri minha placa, faltavam vinte e cinco

---

* William Shakespeare (1564-1616), poeta, dramaturgo e ator inglês. (N. T.)
** Fiódor Mikhailovitch Dostoiévski (1821-1881), escritor, filósofo e jornalista do Império Russo. (N. T.)

minutos para as 17h. Restava-lhes ainda quarenta e cinco minutos de seu cupom cor-de-rosa.

— Bem, está na minha hora... — Dei um beijo em O, apertei a mão de R e me dirigi para o elevador.

Atravessei a avenida e olhei ao meu redor. Em todos os lados, via-se, através dos blocos de vidro iluminados pelo sol, células cinza, com pálidos tons azulados, com as persianas abaixadas, eram células de felicidade rítmica e taylorizada. Identifiquei a célula de R-13, no sétimo andar; ele já estava abaixando as persianas.

Querida O... Querido R... Também nele (não sei por que escrevi "também", mas que fique escrito como está), há algo nele que não está totalmente claro para mim. E, no entanto, eu, ele e O somos um triângulo; tudo bem que não seja um triângulo isósceles; mas, ainda assim, é um triângulo. Se alguém colocasse isso na linguagem de nossos antepassados (talvez para vocês, meus leitores planetários, essa linguagem seja mais compreensível do que é para mim), nós seríamos uma família. E, às vezes, é tão bom, mesmo que por um pouco de tempo, descansar, num triângulo simples e sólido, fechando-se a tudo o que...

9º REGISTRO

Resumo

Uma liturgia.
Os iambos e os troqueus.
A mão de ferro.

Um dia solene e magnífico. Num dia como esse, você esquece suas fraquezas, imperfeições, moléstias, e tudo se torna cristalino, inabalável, eterno, como nosso novo vidro...

Praça do Cubo. Sessenta e seis imponentes círculos concêntricos: eram as tribunas. E nelas sessenta e seis fileiras de rostos, como lâmpadas silenciosas, que exibiam olhos nos quais se via refletido o resplendor azul dos céus — ou, talvez, fosse o resplendor do Estado Único. Lábios de mulheres como flores escarlates, com cor de sangue. Nas primeiras fileiras, delicados como guirlandas os rostos das crianças; bem perto do local da ação. Pairava um silêncio profundo, severo, gótico.

A julgar pelas descrições que chegaram até nós, os antigos experimentaram algo semelhante na época dos seus "serviços divinos". Mas eles cultuavam o seu próprio, absurdo e desconhecido Deus; nós servimos a um Deus sensato, cuja imagem é conhecida de modo preciso; o Deus deles não lhes deu nada, exceto demandas eternas e agonizantes; o Deus deles não inventou nada mais inteligente, e não se sabe por quê, a não ser o oferecer a si mesmo como sacrifício; nós, por outro lado, somos quem oferece sacrifício ao nosso Deus, o Estado Único — um sacrifício calmo, deliberado e racional. Sim, uma comemoração solene para o Estado Único em memória aos dias das cruzadas — o período da Guerra dos Duzentos Anos —, uma majestosa celebração pública da conquista de *todos* sobre o *um*, da *soma* sobre a *unidade*...

Essa *unidade* se encontrava, agora, de pé, nos degraus do Cubo inundado pela luz do sol. Um rosto branco, não, não branco; na verdade, era um rosto sem nenhuma cor, um rosto de vidro, com lábios de vidro. Nada a não ser os olhos — buracos negros sedentos e vorazes — e aquele mundo aterrorizante do qual ele estava a apenas alguns minutos de distância. A placa de ouro com o seu número já havia sido removida. As mãos estavam amarradas com uma fita púrpura (tratava-se de um costume antigo; provavelmente explicado pelo fato de que antes, quando tudo isso não acontecia em nome de um Estado Único, os condenados compreensivelmente se sentiam no direito de resistir, e suas mãos, então, no geral, tinham que ser amarradas com correntes).

E, lá no alto, no Cubo, ao lado da Máquina, imóvel, como se fosse de metal, está Aquele a quem nós chamamos de Benfeitor. Daqui de baixo, não se consegue distinguir bem o seu rosto, só dá para perceber que tem traços severos, majestosos e quadrados. Mas já as mãos... Às vezes, como acontece nas fotografias, as mãos aparecem em primeiro plano; por estarem muito próximas, parecem enormes, prendem o olhar, empurram tudo mais para segundo plano. Fica claro que essas mãos pesadas, embora calmamente apoiadas sobre os joelhos, são de pedra, cujo peso os joelhos mal conseguem aguentar.

De repente, uma daquelas enormes mãos começou a se erguer lentamente — um gesto lento, de chumbo. E, em obediência à mão erguida, um número, vindo das tribunas, aproximou-se do Cubo. Era um dos Poetas do Estado, a quem coube a feliz sorte de coroar a celebração com os seus versos. Iambos* divinos e brônzeos ressoaram acima das tribunas falando a respeito daquele louco de olhos de vidro, que estava de pé ali nos degraus e aguardava a consequência lógica de sua loucura.

... Uma conflagração. Os edifícios balançavam no ritmo daqueles iambos e, espalhando sua substância dourada liquefeita, quebravam-se e caíam. Árvores verdes eram queimadas, e sua seiva escorria lentamente; o que restava delas ficava em pé, como cruzes negras das sepulturas. Mas, então, Prometeu se apresentou (ou seja, *nós*):

E uniu o fogo à máquina, ao aço
E com a lei acorrentou o caos.

Tudo era novo, de aço: sol de aço, árvores de aço, pessoas de aço. De repente, um desequilibrado qualquer "libertou o fogo das suas correntes" e, de novo, tudo se deteriorou.

Infelizmente, tenho uma péssima memória para versos, mas de uma coisa eu me lembro: era impossível escolher imagens mais instrutivas e mais belas.

Novamente, um gesto lento e pesado; e um segundo poeta emergiu na escadaria do Cubo. Eu dei um salto da minha cadeira: não pode ser!

Não, lábios grossos e negroides, era *ele*... Por que ele não disse antes que o que o aguardava era uma honra dessa monta? Seus lábios tremiam, estavam

---

* Nas poesias grega e latina, pé métrico de duas sílabas, uma breve e outra longa. (N. T.)

UMA LITURGIA. OS IAMBOS E OS TROQUEUS. A MÃO DE FERRO.

cinza. Dava para entender: ele estava diante do Benfeitor, diante de toda a assembleia dos Guardiões — mas, mesmo assim, mostrar-se agitado daquele jeito...

Troqueus* ágeis e duros, afiados como um machado. Eles falavam sobre um crime sem precedentes: falavam sobre versos blasfemos, nos quais o Benfeitor era chamado de... não, minha mão não irá se rebaixar repetindo tais palavras.

R-13, pálido, sem olhar para ninguém (eu não esperava uma fraqueza dessas dele) desceu e se sentou. Numa minúscula fração de segundo, vi, ao lado dele, o rosto de alguém — um triângulo preto pontiagudo —, mas que, da mesma forma, imediatamente desapareceu. Os meus olhos — os milhares de olhos — estavam voltados para cima, olhando para a Máquina. Nesse momento, a mão sobre-humana fez um terceiro gesto de ferro. E, então, compelido por um vento oculto, o transgressor começou lentamente a subir uma escada; um degrau, depois outro, até que subiu o degrau que seria o último da sua vida. Com o rosto voltado para o céu, ele atirou a cabeça para trás, vivendo, assim, os seus últimos momentos.

Pesado, duro como o destino, o Benfeitor lentamente caminhou ao redor da Máquina, colocou a enorme mão na alavanca... Nenhum ruído, nenhum suspiro: todos os olhos estavam naquela mão. Que turbilhão impetuoso e arrebatador se sente quando se sabe que é uma arma, quando se sabe que é a força resultante de milhares de votos. Que grande destino!

Um segundo infinito. A mão desceu, ligando a corrente elétrica. O clarão de um raio insuportavelmente cortante; um estalo praticamente inaudível, como um estremecimento, perpassou os tubos da Máquina. O corpo estendido, envolto por uma leve e luminosa nuvem de fumaça, foi, então, derretendo, derretendo, dissolvendo-se em uma velocidade assustadora, diante de nossos olhos. Depois... o nada: apenas uma pequena poça de água quimicamente pura, que havia apenas um minuto corria vermelha e tempestuosamente em um coração...

Tudo isso era simples e muito bem conhecido de cada um de nós: sim, a dissociação da matéria; sim, a divisão dos átomos de um corpo humano. E, ainda assim, cada vez, parecia-nos como um milagre, como um sinal do poder sobre-humano do Benfeitor.

Lá em cima, diante Dele, estavam os rostos brilhantes de dez números femininos, os lábios entreabertos de emoção, agitadas como flores ao vento.**

---

* Verso grego ou latino composto de duas sílabas, a primeira longa e a outra breve. (N. T.)

** Elas vinham do Museu Botânico, claro. Pessoalmente, não vejo nada de bonito nas flores, em nada que pertença ao mundo primitivo, há muito expulso da Muralha Verde. Só o racional e o útil são belos: máquinas, botas, fórmulas, alimentos e assim por diante.

De acordo com um antigo costume, dez mulheres adornavam com flores o unif do Benfeitor, ainda molhado devido aos respingos. Com os passos majestosos de um sumo sacerdote, Ele lentamente desceu e lentamente caminhou entre as tribunas — enquanto passava, braços femininos, como tenros ramos brancos, se ergueram, e tudo culminou em uma tempestade de milhares de gritos unificados. E, então, os mesmos gritos também prestaram homenagem à assembleia dos Guardiões, invisivelmente presentes em algum lugar, em meio às nossas fileiras. Quem sabe: talvez tenham sido precisamente eles, os Guardiões, aqueles que foram vislumbrados e criados pela imaginação dos humanos antigos, como os ternos e ameaçadores "arcanjos", os anjos da guarda, individualmente designados a guardarem cada pessoa desde o seu nascimento.

Sim, algo das antigas religiões, algo purificador como o furacão e a tempestade, estava presente em todo ato de celebração. Você, que um dia lerá estes registros, me diga, momentos como esses são familiares para você? Tenho pena de você se não os conhece...

10º REGISTRO

Resumo

Uma carta.
Uma membrana.
O meu eu peludo.

Para mim, o dia de ontem foi como o papel através do qual os químicos filtram as suas soluções: todas as partículas suspensas, tudo o que é supérfluo, ficam nesse papel. E, pela manhã, desci e, sem dúvida, eu estava filtrado, transparente.

No saguão, lá embaixo, atrás de uma pequena mesa, olhando para o relógio, a controladora anotava o número dos que entravam. O nome dela é U... entretanto, é melhor que eu não mencione os seus algarismos, porque tenho medo de escrever algo impróprio sobre ela, não obstante, em essência, ela seja uma mulher de meia-idade muito respeitada. Há uma única coisa nela que não me agrada, as suas bochechas são um pouco caídas, parecem as guelras de um peixe (então, alguém poderia pensar: onde está o problema nisso?).

Pude ouvir quando ela escreveu algo com a caneta, e vi meu nome na página — D-503 — e, ao lado, uma mancha.

Justamente quando eu ia chamar sua atenção a respeito da mancha, de repente, ela levantou a cabeça e abriu para mim um sorrisinho que também parecia borrado.

— Bem, tem uma carta para você. E, sim, você vai receber uma carta, querido. Sim, sim, vai receber uma carta.

Eu sabia que a carta que ela havia lido ainda deveria passar pelo Departamento dos Guardiões (acho desnecessário explicar esse procedimento natural), e, por fim, eu a receberia no máximo até as 12h. Mas fiquei sem graça com o sorrisinho propriamente dito, aquela gota de tinta começou a escurecer minha solução transparente. E isso chegou a tal ponto que, mais tarde, no hangar de obras da *Integral*, não consegui me concentrar em nada; cheguei, inclusive, a errar nos cálculos, coisa que nunca aconteceu comigo.

Às 12h em ponto, outra vez as bochechas flácidas marrom-rosadas de peixe, o sorrisinho; e, finalmente, eu tinha a carta nas minhas mãos. Não sei por que não a li lá mesmo, mas a enfiei no bolso e, rapidamente, fui para o meu quarto. Abri a carta, passei os olhos por ela e me sentei... Era uma notificação oficial de que o número I-330 havia me inscrito em seu nome, e que hoje, às 21h, eu deveria me apresentar a ela — endereço abaixo...

Não! Depois de tudo o que tinha acontecido, depois de eu ter mostrado de modo tão inequívoco a minha posição a respeito dela. Além do mais, ora essa, ela nem sequer sabia se eu tinha ido ao Departamento dos Guardiões; e, ora, ela não tinha como saber se eu havia estado doente. E que, bem, de modo geral, eu não poderia... E que, apesar de tudo...

Um dínamo zumbia e girava na minha cabeça. O Buda, o amarelo, os lírios--do-vale, a lua crescente cor-de-rosa... Ah, e tem mais, eis aqui o mais: hoje O queria passar na minha casa. Mostro a ela a notificação referente a I-330? Não sei; ela não vai acreditar (sim, e como ela acreditaria?) que eu não tenho nada a ver com isso aqui, que sou perfeitamente... E eu também sei: vai haver uma conversa difícil, absurda, absolutamente ilógica... Não, tudo menos isso. Que tudo se resolva mecanicamente: eu vou simplesmente enviar a ela uma cópia da notificação.

Enquanto, às pressas, eu enfiava a notificação no bolso, acabei reparando na minha mão horrenda, mão de macaco. E me lembrei de quando, naquela vez, durante o passeio, I pegou na minha mão e olhou para ela. Será mesmo que ela realmente...

São 20h45. Uma noite branca. Tudo era de um verde vítreo. Mas esse é outro tipo de vidro, é quebradiço; não é como o nosso, não é real, mas é como uma fina casca de vidro, e, debaixo dessa casca, algo está girando, correndo, zumbindo... E não me surpreenderia se, em um momento, as cúpulas dos auditórios se erguessem como amontoados redondos e lentos de fumaça; e se a lua, já na meia--idade, lançasse um sorriso de tinta — como o sorriso que aquela lá que fica atrás da pequena escrivaninha lançou esta manhã; e se, em todas as casas, todas as persianas fossem fechadas ao mesmo tempo, e se atrás das persianas...

Tive uma sensação estranha: minhas costelas pareciam barras de ferro que apertavam — sem dúvida, que apertavam — o meu coração, pressionando-o, deixando-o sem espaço suficiente. Eu me vi diante de uma porta de vidro com o número I-330, em dourado. I, de costas para mim, estava à mesa escrevendo alguma coisa. Entrei...

— Aqui... — eu lhe disse estendendo o cupom cor-de-rosa. — Recebi hoje esta notificação e estou me apresentando.

— Como você é pontual! Um minuto... Me permite? Sente-se, estou terminando.

Ela novamente baixou os olhos para a carta... O que ela tem lá dentro, atrás das persianas fechadas dos seus olhos? O que ela iria dizer, o que iria fazer no

UMA CARTA. UMA MEMBRANA. O MEU EU PELUDO.

próximo segundo? Como se descobre, como se calcula, quando tudo a respeito dela vem de lá, da antiga e primitiva terra dos sonhos?

Eu olhava para ela em silêncio. As minhas costelas — as barras de ferro —, eu estava sufocando... Quando ela fala, seu rosto é como uma roda luminosa que gira rapidamente, não há como distinguir os raios individuais. Mas, neste momento, a roda está parada. Vi uma combinação estranha: as sobrancelhas escuras se erguem até o alto das têmporas, formando um triângulo acentuado e cheio de escárnio, como um vértice direcionado para cima; duas rugas profundas descem do nariz aos cantos da boca. E esses dois triângulos, de alguma forma, se contradiziam, colocando esse X desagradável e irritante em todo o seu rosto. Era como uma cruz: um rosto realçado por uma cruz.

A roda começou a girar, os raios se fundiram...

— Então, você não foi ao Departamento dos Guardiões?

— Eu fui... Não consegui... fiquei doente.

— Sim. Bem, foi o que pensei. Algo *deve* tê-lo impedido, não faz diferença o quê. — Um sorriso... e os dentes afiados. — Mas, por outro lado, você agora está em minhas mãos. Você deve lembrar: "Todo o número que, no prazo de quarenta e oito horas, não tenha feito uma declaração ao Departamento é considerado...".

Meu coração batia tanto que as barras de ferro se dobraram. Como um garotinho, estupidamente como um garotinho, fui pego; como um estúpido, fiquei em silêncio. E me senti numa rede, com as mãos e os pés amarrados...

Ela se levantou e se espreguiçou indolentemente. Apertou um botão e, com um estalo seco, as persianas de todos os lados caíram. Fiquei isolado do mundo — com ela.

I estava em algum lugar atrás de mim, perto do guarda-roupa. O unif fez um ruído e caiu — eu escutei, eu escutava tudo. E me ocorreu... não, me veio à mente como um flash de um centésimo de segundo...

Recentemente, coube a mim calcular a curvatura de um novo tipo de membrana de rua (essas membranas, que agora graciosamente decoram todas as avenidas, gravam todas as conversas que ocorrem nas ruas para o Departamento dos Guardiões). E me lembrei: é uma membrana opaca, côncava, rosada e trêmula — uma criatura estranha, formada por um único órgão apenas: um ouvido. Naquele exato momento, eu era uma dessas membranas.

Ouvi o estalo do botão do pescoço, do botão do peito — e de outro mais baixo ainda. A seda de fibra sintética farfalhou nos ombros e nos joelhos — e, por fim, no chão. Ouvi — e era ainda mais claro do que se estivesse vendo — um pé e depois o outro saindo da pilha de seda cinza-azulada...

A membrana altamente tensa estremeceu e gravou o silêncio. Não, de fato, o que ela gravou foram os violentos golpes de martelo contra barras de ferro, com as intermináveis pausas. Eu a ouvi — eu a vi: atrás de mim, pensando por um segundo.

Agora, era o som das portas do guarda-roupa — algum tipo de tampa havia batido — e, de novo, a seda, a seda...

— Bem, se fizer o favor...

Eu me virei. Ela estava usando um vestido amarelo-açafrão claro, de um estilo antigo. Mas era mil vezes pior do que se estivesse sem nada. Duas pontas afiadas ardiam, rosadas através da seda fina; duas brasas incandescentes entre as cinzas. E dois joelhos delicadamente redondos...

Ela se sentou em uma poltrona baixa. Na mesinha quadrada à sua frente, havia um frasco com algo venenosamente verde e dois pequenos cálices. No canto da boca havia um fio de fumaça saindo de um tubo de papel contendo uma antiga substância fumegante (como era mesmo o nome? Acabei de esquecer).

A membrana continuava vibrando; o martelo, batendo — aqui dentro de mim — nas barras incandescentes, agora vermelhas. Eu ouvia claramente cada golpe e... e se também ela, de repente, conseguisse ouvir?

Mas ela fumava com calma, olhava para mim com calma e, de vez em quando, batia, despreocupadamente, as cinzas em cima do meu pequeno cupom cor-de-rosa.

Com toda frieza possível, perguntei:

— Escute, posso saber por que você se inscreveu para mim? E por que me fez vir aqui?

Foi como se ela não tivesse sequer ouvido. Colocou o conteúdo do frasco no cálice e tomou um gole.

— Licor delicioso. Quer um pouco?

Só então me dei conta: é álcool. Os acontecimentos do dia anterior passaram por mim como um raio: a mão de pedra do Benfeitor, a intolerável lâmina do raio; mas acima de tudo, lá no Cubo, o corpo estendido, a cabeça jogada para trás. Estremeci.

— Escute — eu disse —, com certeza você sabe: com aqueles que se envenenam com nicotina e, em especial, com álcool... o Estado Único, sem a menor piedade...

As sobrancelhas escuras dela se uniram, e aquele triângulo irônico e afiado se formou no alto, em direção às têmporas:

— Destruir rapidamente alguns é mais racional do que dar a muitos a possibilidade de que eles mesmo se arruínem, se degenerem, e assim por diante. Isso é verdadeiramente chegar ao ponto da obscenidade.

— Sim... ao ponto da obscenidade.

— E deixar esse pequeno grupo de verdades nuas e cruas sair às ruas... Não, imagine... Ora, mesmo aquele meu admirador mais fiel... Sim, você o conhece... Imagine que ele se livrasse de toda indumentária da falsidade e se mostrasse em público com sua verdadeira aparência... Ahhh!

Ela ria. Mas o doloroso triângulo da parte inferior do seu rosto, o formado pelas duas dobras que iam dos cantos da boca até o nariz, me era perfeitamente visível. E, por alguma razão, olhando para essas dobras, ficou claro para mim: aquele, o duplamente encurvado, corcunda e com orelhas que pareciam asas, ele a tinha abraçado, alguém como ela... Ele...

Estou agora tentando reproduzir as minhas sensações — anormais — daquele momento. Enquanto escrevo isto, percebo muito bem: tudo isso deve ser assim, e ele, como qualquer número honesto, tem direito à felicidade, e seria injusto... Na verdade, está tudo muito claro.

I riu de um modo muito estranho e por um longo tempo. Depois, ela olhou atentamente para mim, para dentro de mim:

— Mas o mais importante é que estou perfeitamente à vontade com você. Você é muito querido! E estou convencida disto: você nem sequer vai pensar em ir ao Departamento para relatar que aqui eu bebo licor e fumo. Você sempre ficará doente, ou estará ocupado ou algo do tipo. E mais, estou convencida de que agora você vai beber esse veneno encantador comigo...

Que tom descarado e provocador! Eu senti: com certeza, agora a odeio de novo. Como assim, "agora"? Sempre a odiei.

Ela bebeu de uma só vez todo o pequeno cálice de veneno verde, levantou-se e, com a pele rosa brilhando através da seda transparente cor de açafrão, deu vários passos e parou atrás da minha cadeira.

De repente, com o braço em volta do meu pescoço, ela colocou os lábios nos meus... Não, ainda mais profundamente... de uma forma ainda mais terrível... Juro que, para mim, isso tudo era completamente inesperado, e talvez apenas porque... De fato, eu não poderia, e agora entendo perfeita e claramente... Eu não poderia desejar o que aconteceu depois.

Seus lábios estavam intoleravelmente doces (suponho que era o sabor do "licor"), e um gole desse veneno abrasador foi derramado dentro de mim — e outro, e outro... Eu me depreendi da Terra e, como um planeta independente, fui rolando furiosamente para baixo, cada vez mais para baixo, seguindo alguma órbita não calculada...

Qualquer coisa a mais do que isso, posso somente descrever de modo aproximado, apenas por meio de analogias mais ou menos próximas.

Antes, isso, de modo algum, jamais teria passado pela minha cabeça, mas foi exatamente assim que tudo aconteceu: na Terra, nós caminhamos o tempo todo sobre um mar de chamas vermelho e ardente, que está escondido no ventre da Terra.

Porém nunca pensamos a respeito. E, aqui, de repente, se essa casca fina sob nossos pés se transformasse em vidro, na hora, nós veríamos... Eu me tornei de vidro e vi o que havia dentro de mim mesmo. Havia dois de mim. Um eu era o antigo D-503, o número D-503; o outro... No passado, ele mal teria colocado suas patas peludas para fora da casca, mas agora estava saindo inteiro, a casca estava rachando, e daqui a pouco ela vai se despedaçar e... e depois?

Com todas as minhas forças, agarrando-me ao último fio, a saber, os braços da cadeira, perguntei ao meu primeiro eu, a fim de ouvir a mim mesmo.

— Onde... onde você conseguiu isso... esse veneno?

— Ah, isso! Foi um médico, um dos meus...

— Dos meus? Dos meus... quem?

E aquele meu outro eu, de repente, pulou e gritou:

— Eu não vou permitir isso! Não admito outro, além de mim. Eu mato qualquer um que... Porque você... porque eu...

Então eu vi: ele a agarrou bruscamente com as patas peludas, rasgou aquela seda fina e cravou-lhe os dentes. Eu me lembro de modo exato, ele realmente cravou os dentes nela.

Não sei como, mas I conseguiu escapar. Então, com os olhos cobertos por aquela maldita persiana impenetrável, ela ficou de pé, com as costas apoiadas no guarda-roupa, me ouvindo.

Eu lembro, eu estava no chão, abraçado às suas pernas e beijando seus joelhos. Foi quando implorei:

— Agora, imediatamente, neste exato minuto...

Os dentes afiados, o triângulo de sobrancelhas afiado e repleto de escárnio. Ela se inclinou e silenciosamente desatou a minha placa.

— Sim! Sim, querida, querida.

Apressadamente, comecei a tirar meu unif. Mas I, em silêncio, colocou o relógio da minha placa diante dos meus olhos. Faltavam cinco minutos para as 22h30.

Eu gelei. Sabia o que significava ser visto na rua depois das 22h30. Toda a minha insanidade foi aplacada de imediato. Eu era eu. Mas uma coisa ficou clara para mim: eu a odeio, eu a odeio.

Sem me despedir, sem olhar para trás, saí às pressas do cômodo. Dando um jeito de colocar a placa de volta enquanto corria, desci pela escada de emergência (fiquei com medo de encontrar alguém no elevador) e saltei para a avenida deserta.

UMA CARTA. UMA MEMBRANA. O MEU EU PELUDO.

Tudo estava no seu devido lugar, tão simples, usual, regulamentar: as casas de vidro brilhantes pelas luzes, o céu vítreo e pálido, a noite esverdeada e sem movimento. Mas, sob aquele vidro tranquilo e frio, algo tempestuoso, cor de sangue e peludo corria em silêncio. Eu estava ofegante, mas continuei correndo para não me atrasar.

De repente, percebi: a placa fixada às pressas estava soltando e ia cair, e caiu, tilintando na calçada de vidro. Abaixei-me para pegá-la e, num momento de silêncio, ouvi passos atrás de mim. Eu me virei: algo pequeno e curvado desapareceu na esquina. Foi o que, pelo menos, me pareceu na hora. Corri a toda velocidade, o vento assobiava nos meus ouvidos. Parei na entrada, o meu relógio marcava um minuto para as 22h30. Fiquei escutando: ninguém me seguia. Tudo isso foi imaginação claramente absurda, efeito do veneno.

A noite foi angustiante. A cama subia e descia, e subia de novo — flutuava em uma espécie de senoide. Admoestei a mim mesmo:

— À noite, todos os números são obrigados a dormir; é um dever, tanto quanto trabalhar durante o dia. É algo fundamental para quem trabalha durante o dia. Não dormir à noite é um crime... — Mas, ainda assim, eu não conseguia, simplesmente não conseguia.

Estou sucumbindo. Não consigo cumprir as minhas obrigações para com o Estado Único. Eu...

11º REGISTRO

Resumo

Não, não posso, que fique assim mesmo, sem resumo.

É noite; um nevoeiro leve. O céu está coberto por um tecido cor de leite e ouro; e o que está lá, acima e mais longe, não se consegue ver. Os antigos sabiam que era Deus — o seu maior e mais solitário cético — quem estava lá. Nós sabemos que não passa de um nada azul cristalino, nu e indecente. Agora, eu não faço ideia... vim a saber muitas coisas. O conhecimento que se sabe absolutamente certo, que se sabe ser irrepreensível — esse se chama fé. Eu tinha uma fé firme em mim mesmo, acreditava que sabia tudo o que me dizia respeito. E agora...

Estou diante de um espelho. E pela primeira vez na vida — é bem isso, *pela primeira vez na vida* —, eu me vejo de modo claro, distinto, consciente; com espanto, eu me vejo como algum "ele". Aqui estou o eu-ele: sobrancelhas negras desenhadas em uma linha reta; e, entre elas, como uma cicatriz, uma ruga vertical (não sei se já estava lá). Os olhos são cinza, como a cor do aço, rodeados pela sombra de uma noite sem dormir. E, no final das contas, nunca soube o que havia lá, atrás desse aço...

E de "lá" (esse "lá" é, ao mesmo tempo, aqui e infinitamente longe daqui), desse "lá" olho para mim mesmo — para ele. Então, definitivamente, sei que ele — aquele com as sobrancelhas desenhadas em linha reta — não tem nada de mim, é um estranho para mim, que acabei de conhecê-lo pela primeira vez na vida. E eu sou o verdadeiro, eu — não — sou ele...

Não: ponto-final. Tudo isso é bobagem, e todas essas sensações absurdas, esse delírio, é resultado do envenenamento de ontem... Devido a quê? Ao gole do veneno verde ou a ela? Dá no mesmo. Estou registrando isso apenas para mostrar como a razão humana — tão precisa e aguçada — pode se tornar estranhamente desnorteada. Essa razão, que foi capaz de tornar digerível para os antigos que o temiam, até mesmo o infinito, por meio de...

Um sinal de luz no quadro anuncia o número R-13. Não me importei muito, até fiquei contente: neste momento, ficar sozinho para mim significaria...

Vinte minutos depois

Na superfície de papel, em um mundo bidimensional, essas linhas estão uma ao lado da outra, mas em outro mundo... Estou perdendo minha sensibilidade para os algarismos: vinte minutos podem ser duzentos ou duzentos mil. E é tão rudimentar: pensar a respeito de cada palavra com calma e ponderação, registrando tudo o que aconteceu com R na minha casa. Seja como for, é como se você estivesse sentado, com as pernas cruzadas, em uma cadeira ao lado de sua própria cama e você observasse, com curiosidade, como você mesmo está se contorcendo nesta cama.

Quando o R-13 entrou, eu estava perfeitamente calmo e normal. Comecei a falar com um sentimento de sincera admiração sobre quão magnificamente ele havia conseguido versificar a sentença de condenação usando o padrão trocaico, e que foi precisamente por esses troqueus, mais do que por qualquer outra coisa, que aquele louco foi eliminado, destruído.

— ...E tem mais, se tivessem me solicitado a fazer um desenho esquemático da Máquina do Benfeitor, sem nenhuma dúvida, mas sem nenhuma dúvida mesmo, de alguma maneira, eu teria aplicado seus troqueus no desenho — concluí.

De repente, vejo os olhos de R escurecendo; os lábios ficando cinza.

— O que você tem?

— O que eu tenho? Eu tenho que estou simplesmente farto: todos ao meu redor só falam dessa sentença, sempre essa sentença. Não quero ouvir mais nada sobre ela, é só isso. Eu só não quero mais.

Ele franziu a testa, esfregou a nuca — aquela sua pequena maleta com sua bagagem exótica, incompreensível para mim. Seguiu-se uma pausa. Então ele encontrou algo na pequena maleta, puxou-o, desdobrou-o, estendeu-o — seus olhos ensaiaram um sorriso, e ele se levantou com um salto.

— Mas é para a sua *Integral*. Estou trabalhando em... Está... sim! Sim, está aqui!

O velho R voltou: os lábios se batiam, respingavam saliva; e as palavras vertiam como de uma fonte.

— Sabe (um "s" e um esguicho) a antiga lenda sobre o Paraíso...? Ora, ela é sobre nós, sobre nossa época de agora. Sim! Pense bem. Aos dois habitantes do Paraíso, foi apresentada uma escolha: felicidade sem liberdade ou liberdade sem felicidade, sem uma terceira opção. Esses dois idiotas escolheram a liberdade. E o que aconteceu? O óbvio: desde então, por muito tempo, eles passaram a suspirar por correntes. Correntes, percebe, é disso que se trata a tristeza do mundo. Por séculos! E somente nós depreendemos como trazer a felicidade de volta... Não, ouça... ouça só! O Deus antigo e nós estamos sentados, lado a lado, à mesma mesa. Sim! Nós ajudamos Deus a finalmente derrotar o diabo; e foi com certeza o diabo quem incitou as pessoas a transgredirem a proibição e a provarem a ruinosa liberdade. Ele é a serpente venenosa. Mas nós, com o calcanhar sobre a sua pequena cabeça... *crack*. E está feito: Paraíso de novo. E nós voltamos a ser simples de espírito e inocentes, como Adão e Eva. Nada daquela confusão sobre o bem e o mal: tudo é muito singelo, paradisíaco, infantilmente simples. O Benfeitor, a Máquina, o Cubo, Campânula de Gás, os Guardiões, tudo isso é bom; tudo é majestoso, belo, nobre, elevado, puro como cristal. Porque isso protege a nossa não liberdade — isto é, a nossa felicidade. Neste momento, os antigos começariam a julgar, a estabelecer ordem e a quebrar a cabeça... Isso é ético, isso é antiético... Mas bem, em poucas palavras, é isso, esse é o meu pequeno poema paradisíaco, que tal? E tem mais, o tom será austero... entendeu? Não é pouca coisa, não é?

Ah, sim; não é mesmo! Lembro-me de ter pensado: "Exteriormente, ele é assimétrico e muito absurdo, mas, internamente, raciocina de modo muito ordenado". E é por isso que ele é tão próximo a mim, refiro-me ao verdadeiro eu (mesmo assim, considero meu antigo *eu*, o verdadeiro; tudo que se refere ao atual, isso tudo, é claro, é apenas uma doença).

R, ao que tudo indica, leu essas coisas em meu semblante, agarrou-me pelos ombros e caiu na gargalhada.

— Ah, você... Adão! Sim, a propósito, e a Eva...

Ele enfiou a mão no bolso, tirou um caderno de anotações e folheou as páginas.

— Depois de amanhã... Não, daqui a dois dias, O tem um cupom rosa para você. Então, como você está? Como antes? Você quer que ela...

— Com certeza, sim, claro.

— Eu vou dizer isso a ela. Mas veja, ela é muito tímida... Essa história tem mais do que aparenta, mas vou te explicar... A mim, ela vê apenas como um cupom cor-de-rosa, já você... E você não nos disse que um quarto elemento entrou no nosso triângulo. Quem é, vamos, confesse, pecador impenitente, quem é?

Uma cortina se levantou dentro de mim... o farfalhar da seda, o frasco verde, os lábios... E sem razão nenhuma, de modo inconveniente até — deixei escapar (se ao menos eu tivesse me segurado!):

— Me diz uma coisa, alguma vez você já experimentou nicotina ou álcool?

R contraiu os lábios e me olhou de canto. Eu podia ouvir os seus pensamentos de modo perfeitamente claro: "Amigo, você é um amigo..., mas ainda assim...". E a resposta dele foi:

NÃO, NÃO POSSO, QUE FIQUE ASSIM MESMO, SEM RESUMO.

— Bem, como posso dizer? Pessoalmente, não. Mas eu conheci uma mulher...

— I — gritei.

— Como...? Você? Você também esteve com ela? — Chorando de tanto rir, ele já estava se engasgando, mais um momento e iria respingar por tudo.

O meu espelho está pendurado de modo que, se alguém quiser se ver nele, precisa olhar através da mesa: daqui, da poltrona, só se via a minha testa e as minhas sobrancelhas.

E eu — o verdadeiro — vi no espelho a linha contorcida e trêmula das sobrancelhas; e eu, o verdadeiro eu, ouvi um grito selvagem e repulsivo:

— Como "também"? O que significa esse "também"? Não, eu exijo que...

Os lábios negroides ficaram como que pendentes. Os olhos se arregalaram... E o verdadeiro eu agarrou com força, pelo pescoço, o outro eu, aquele primitivo, peludo e com respiração pesada. Então eu, o verdadeiro, disse para R:

— Perdoe-me, em nome do Benfeitor. Eu estou completamente doente, sem conseguir dormir. Não entendo o que está acontecendo comigo...

Os lábios grossos em um sorriso sutil:

— Sim, sim, sim! Eu entendo, eu entendo! Tudo isso me é familiar... Teoricamente falando, é claro. Adeus!

Já na porta, ele se virou, como uma bola preta, voltou até a mesa e jogou um livro sobre ela:

— É o meu último... trouxe para você e quase me esqueci. Adeus...

O "s" respingou em mim. E foi embora...

Estou sozinho. Ou melhor, cara a cara com esse outro "eu". Estou sentado em uma poltrona, com as pernas cruzadas. De algum "lá", observo com curiosidade eu mesmo me contorcendo na cama.

Por que, então, por que, durante três anos inteiros, O-90 e eu vivemos de uma forma tão amigável, e, de repente, agora, bastou uma palavra sobre aquela outra, sobre I... Será possível que toda essa loucura — amor, ciúme — não seja apenas coisa daqueles livros antigos e idiotas? Mas, para piorar, justamente eu estou no meio disso tudo! Equações, fórmulas, números... E agora... isso! Não entendo mais nada! Nada... Amanhã vou ver R e dizer que...

Mentira. Não vou amanhã, nem depois de amanhã; nunca mais vou lá. Não posso, não quero vê-lo. Fim! Nosso triângulo ruiu.

Estou sozinho. É noite. Há um leve nevoeiro. O céu está coberto por um tecido cor de leite e ouro... Ah, se eu pudesse saber o que há lá em cima. E se eu pudesse saber quem eu sou — qual deles sou eu?

12º REGISTRO

Resumo

Limitação do infinito.
O anjo.
Reflexões sobre poesia.

Apesar de tudo, parece que estou me recuperando, que vou ficar curado. Dormi muito bem. Já não tive nenhum daqueles sonhos ou outras ocorrências doentias. Amanhã, minha querida O virá aqui, e tudo será simples, exato e limitado, como um círculo. Não tenho medo da palavra "limitação": a função mais elevada que existe no ser humano — a razão — reduz-se precisamente à limitação contínua do infinito, ao corte do infinito em porções convenientes e facilmente digeríveis — as diferenciais. A beleza divina do meu elemento — a matemática — está justamente nisso. Mas, por outro lado, a compreensão dessa beleza não é suficiente para aquela outra. Essa minha última frase não passa, no entanto, de uma associação que me veio à cabeça por acaso.

Tudo isso me ocorreu sob o ruído da batida regulada e métrica das rodas do metrô. Em silêncio, eu entoava, no mesmo ritmo das rodas, os versos (do livro que R me deu no dia anterior). A certa altura, senti alguém se curvar cautelosamente por cima do meu ombro e olhar para a página aberta. Sem me virar, com o canto do olho, vi as orelhas, estiradas como asas, cor-de-rosa, e um corpo duplamente curvado... Era ele! Não queria nada com ele, então fingi não ter percebido nada. Como ele tinha chegado ali, não sei; quando entrei no vagão, até onde sei, ele não estava lá.

Esse incidente, embora em si próprio insignificante, teve um efeito especialmente benéfico sobre mim, me fortaleceu. É muito agradável sentir o olhar vigilante de alguém sobre o nosso ombro, amorosamente nos guardando contra o menor erro, contra o menor passo em falso. E daí se isso parece um pouco sentimental, mas, então, de novo, a mesma analogia continua voltando à minha cabeça — os anjos da guarda com quem os antigos sonhavam. Quantas coisas que para os antigos não passavam de sonhos se materializaram na nossa vida.

LIMITAÇÃO DO INFINITO. O ANJO. REFLEXÕES SOBRE POESIA.

Naquele momento, quando senti o anjo da guarda atrás de mim, eu estava me deliciando com um soneto intitulado "Felicidade". Creio que não erro se disser que ele é uma peça rara em beleza e em profundidade de pensamento.

Aqui estão as primeiras quatro linhas:

Para todo o sempre apaixonados duas vezes dois,
Para todo o sempre combinados em quatro apaixonados,
Os amantes mais ardorosos do mundo
São os que jamais se separam duas vezes dois...

E segue sempre no mesmo tema: sobre a sábia e eterna felicidade que existe na tabuada de multiplicar.

Todo poeta autêntico é, invariavelmente, um Colombo.* A América já existia havia séculos antes de Colombo, mas apenas Colombo foi capaz de descobri-la. A tabuada de multiplicar já existia havia séculos, mesmo antes de R-13, mas apenas R-13 foi capaz de encontrar um novo Eldorado nesta floresta virgem de algarismos. Na verdade: onde a felicidade é mais sábia, mais límpida, do que neste mundo maravilhoso? O aço enferruja; o Deus antigo criou o homem antigo, isto é, capaz de errar, *logo*, Ele próprio errou. A tabuada da multiplicação é mais sábia e mais absoluta do que o Deus antigo: ela nunca, você entende, ela *nunca* erra. E não há nada mais feliz do que números que vivem de acordo com as eternas e harmoniosas leis da tabuada de multiplicar. Não há hesitação, não há desvio. A verdade é uma só; e o verdadeiro caminho é um só. Essa verdade é duas vezes dois; e esse caminho verdadeiro é quatro. E não seria um absurdo que esses dois casais, feliz e idealmente multiplicados, começassem a pensar em uma certa liberdade, e, portanto, claramente, no erro? Para mim, o axioma que R-13 foi capaz de capturar é o mais fundamental, o mais...

Aqui senti de novo, inicialmente na nuca, depois na orelha esquerda, o respiro terno e doce do anjo da guarda. Ele claramente percebeu que o livro sobre meus joelhos estava agora fechado e que meus pensamentos estavam longe. Bem, não importa, eu estava pronto para abrir todas as páginas do meu cérebro diante dele: que sensação de paz e alento. Eu me lembro: inclusive, cheguei a me virar e a olhar insistentemente para trás, suplicando, olhei nos olhos dele, mas ele não entendeu, ou não quis entender; seja como for, ele não me

---

* Cristóvão Colombo (1451-1506), mestre navegador e almirante cujas quatro viagens transatlânticas (1492-3, 1493-6, 1498-1500 e 1502-4) abriram caminho para a exploração, conquista e colonização europeia das Américas. (N. T.)

perguntou nada... Restou-me uma coisa: contar tudo a vocês, meus desconhecidos leitores (vocês que agora são tão queridos, próximos e inacessíveis para mim quanto ele foi naquele momento).

Eis minha linha de raciocínio, indo da parte ao todo, sendo R-13 a parte, e o nosso Instituto de Poetas e Escritores do Estado o todo majestoso. Eu pensava comigo: como é possível que os antigos não percebessem todo o absurdo de sua literatura e poesia? A imensa e magnífica força da palavra artística era desperdiçada em vão. É simplesmente ridículo: cada um escrevia sobre qualquer coisa que lhe viesse à cabeça. Tão ridículo e absurdo quanto o fato de o mar dos antigos bater inutilmente contra a costa durante vinte e quatro horas e os milhões de quilogramas-metro de energia confinados nas ondas servirem apenas para acalentar os sentimentos dos amantes. Do apaixonado sussurro das ondas, nós extraímos eletricidade; dessa fera raivosa que se desagrega em espuma, nós criamos um animal doméstico, e, exatamente, pelo mesmo método, domesticamos e submetemos o elemento outrora primitivo que é a poesia. Agora, ela já não é mais o insolente canto de um rouxinol: a poesia é um serviço estatal, a poesia é um serviço útil.

Será que sem as nossas famosas "Normas Matemáticas" nós, em nossas escolas, teríamos, de fato, chegado a amar as quatro regras da aritmética com tanta sinceridade? E o que dizer dos "Espinhos" enquanto a imagem clássica que caracteriza os Guardiões: os espinhos da rosa que protegem dos toques grosseiros a gentil Flor do Estado... Que coração de pedra permaneceria indiferente ao ver lábios infantis inocentes balbuciando como se fosse uma prece: "Um menino malvado a rosa arrancou. Mas o espinho como agulha de aço logo o espetou; e, então — ai, ai! —, o menino travesso para casa voltou."

E as "Odes diárias ao Benfeitor"? Quem, depois de lê-las, piedosamente não se prostraria diante do trabalho abnegado desse Número dos números? E quanto à horrenda e vermelha "Flores das Condenações Judiciais"? E à imortal tragédia "Aquele que chegou atrasado ao trabalho"? E ao livro de referência "Estrofes sobre a higiene sexual"?

Toda a vida, em toda a sua complexidade e beleza, ficou para sempre gravada no ouro das palavras.

Nossos poetas já não habitam mais o empíreo: eles desceram à Terra; e nos acompanham na austera e mecânica marcha da Usina de Música. Sua lira é a fricção matinal das escovas de dentes elétricas e o crepitar ameaçador das faíscas na Máquina do Benfeitor; é o majestoso eco do Hino ao Estado Único e o som íntimo dos vasos noturnos de cristal brilhante; é o emocionante crepitar das persianas caindo e as vozes alegres do último livro de receitas; e é o sussurro quase imperceptível das membranas que ficam nas ruas.

Nossos deuses estão aqui, conosco — nos Departamentos, na cozinha, na oficina, no lavabo; os deuses se tornaram como nós, *logo* nós nos tornamos como deuses. E é a vocês, meus desconhecidos leitores planetários, que nós iremos, para tornar sua vida tão divinamente racional e precisa quanto a nossa...

13º REGISTRO

Resumo

A névoa.
"Tu".
Um incidente totalmente absurdo.

Acordei ao amanhecer, com um firmamento rosado e límpido bem diante dos meus olhos. Tudo está perfeito e redondo. O virá à noite. Sem dúvida, já me sinto recuperado. Sorri e voltei a dormir.

Levantei-me ao ouvir o sinal da manhã tocar, e está tudo diferente: através dos vidros do teto e das paredes, por toda parte, cobrindo, envolvendo, só névoa. Nuvens insanas, ora mais pesadas, ora mais leves, ora mais próximas, já não há mais fronteiras entre a terra e o céu, tudo está voando, derretendo, caindo, não há nada em que se agarrar. Não há mais casas, as paredes de vidro se dissolveram na névoa como cristais de sal na água. Olhando da calçada, vultos escuros das pessoas dentro das casas parecem partículas suspensas em uma solução delirante e leitosa. Eles parecem estar pendurados no andar de baixo, outros acima, outros mais acima, até o décimo andar. E tudo está imerso em uma espécie de fumaça de incêndio, que a tudo devora sem o menor ruído.

Exatamente às 11h45, intencionalmente olhei para o relógio para me agarrar aos algarismos, para que, pelo menos, eles me salvassem.

Às 11h45, antes de ir para a atividade habitual de exercício físico, conforme previsto pela Tabela de Horários, entrei no meu quarto por alguns instantes. De repente, tocou o telefone, uma voz como uma longa agulha perfurando lentamente meu coração:

— Ah, você está em casa? Que bom. Me espere na esquina. Nós vamos... bem, você vai ver aonde.

— Você sabe muito bem que agora estou indo para o trabalho.

— Você sabe muito bem que vai fazer exatamente o que eu lhe disser. Adeus. Dois minutos...

Dois minutos depois eu estava parado na esquina. Era preciso mostrar a ela que era o Estado Único, e não ela, quem me governa. "Vai fazer exatamente o que eu lhe disser." E, quer saber, ela estava convencida disso, dava para ouvir na sua voz. Muito bem, já, já vou falar com ela como se deve...

A NÉVOA. "TU". UM INCIDENTE TOTALMENTE ABSURDO.

Unifs cinzentos, impregnados com a névoa crua, materializavam-se por um instante perto de mim, para depois se dissolverem inesperadamente na névoa. Eu não tirava os olhos do relógio, eu mesmo acabei me tornando como o afiado e trêmulo ponteiro dos segundos. Oito, dez minutos se passaram... Já faltam três minutos... agora dois minutos para as 12h...

Pronto. Agora eu estava atrasado para o trabalho. Como eu a odeio. Mas era necessário que mostrasse a ela que...

Na esquina, em meio à névoa branca, vermelhos, como um corte com uma faca afiada — eram os lábios dela.

— Parece que eu o atrasei. Seja como for... agora já é tarde demais para você ir trabalhar.

Como eu... Mas, sim: agora é tarde demais.

Em silêncio, fiquei olhando para os seus lábios. Todas as mulheres são lábios, não passam de lábios. Alguns são rosados, flexivelmente redondos como um anel; um delicado abrigo contra o mundo inteiro. Já estes... há um segundo nem sequer podiam ser vistos, mas, agora, neste instante, são como, depois de a faca ser enterrada, o sangue doce, que continua fluindo.

Ela se aproximou, encostou o ombro no meu e nos tornamos um; algo dela verteu para dentro de mim — e eu sei, *deve ser* assim. Discerni isso com cada nervo, com cada fio de cabelo, com cada doce golpe do coração, até o ponto de doer. E é uma alegria me submeter a esse "*deve ser*". Provavelmente, é a alegria que um pedaço de ferro experimenta quando se submete à lei exata e inevitável de se deixar atrair por um ímã. Ou de uma pedra que é atirada para cima, hesita por um segundo e depois se precipita no chão. Ou de um ser humano que, depois de intensa agonia, finalmente respira pela última vez e morre.

Eu me lembro de sorrir um tanto perplexo e, do nada, dizer:

— Que névoa...

— Tu gostas de névoa?

A forma antiga, há muito esquecida, aquele "*tu*" íntimo, o "tu" do senhor para o escravo, penetrou profunda e lentamente em mim: sim, eu sou um escravo, é preciso que eu o seja, e isso também é bom.

— Sim, é bom — eu disse em voz alta para mim mesmo. E só depois respondi para ela:

— Eu odeio névoa. Eu tenho medo da névoa.

— Isso significa que você gosta da névoa. Você tem medo dela porque ela é mais forte do que você; você a odeia porque não consegue fazê-la se submeter a você. Na verdade, só é possível amar o que não é possível conquistar.

Sim, é isso. E é precisamente por isso... precisamente por isso que eu...

Nós caminhamos, dois como se fôssemos um. Ao longe, em algum lugar na névoa, o sol cantava audível, mas apenas o suficiente, enquanto as cores iam resilientemente emergindo, perolizadas, douradas, rosadas, vermelhas. O mundo inteiro era uma mulher enorme, e todos nós estávamos bem ali, no seu ventre; ainda não nascemos, estamos alegremente amadurecendo. Para mim estava tudo claro, incontestavelmente claro. Tudo é para mim, o sol, a névoa, o rosado e o dourado, tudo... feito para mim...

Não perguntei para onde estávamos indo. Não importava. O que importava era apenas ir, caminhar, amadurecer, para crescer cada vez mais resilientemente...

— Bem, aqui estamos... — I parou diante de uma porta. — A pessoa de serviço está sozinha aqui, hoje... falei sobre ele um tempo atrás, lá na Casa Antiga.

À distância, protegendo cautelosamente o que estava amadurecendo em mim, apenas virei os olhos e li a placa: "Departamento Médico". Eu entendi tudo.

Uma sala de vidro, saturada daquela névoa dourada. Prateleiras de vidro com frascos, garrafas coloridas, fios elétricos. Faíscas azuladas dentro de tubos. E um ser humano muito pequeno: absolutamente magro. Como se tivesse sido recortado de uma folha de papel. Não importa onde estivesse, para que lado se virasse, ele mostrava apenas um perfil, uma lâmina afiada e brilhante como nariz e um par de tesouras como lábios.

Não ouvi o que I lhe disse, mas observei como ela falava com ele; senti que eu estava sorrindo impetuosa e alegremente. As lâminas dos lábios de tesoura brilharam, e o médico disse:

— Sim, sim. Eu entendo. A doença mais perigosa. Não conheço nada mais perigoso...

Ele começou a rir, e com a sua finíssima mão como papel, rapidamente escreveu algo, entregou-o para I; escreveu novamente e este agora entregou para mim.

Eram atestados de que estávamos doentes e não podíamos comparecer ao trabalho. Eu estava roubando meu trabalho do Estado Único, sou um ladrão — e sujeito à Máquina do Benfeitor. Mas, para mim, tudo parecia muito distante, eu me sentia indiferente a tudo, como se tivesse lido num livro... Peguei o atestado sem hesitar um só segundo. Eu — meus olhos, lábios, minhas mãos — sabia: deve ser assim.

Na esquina, numa garagem semideserta, entramos em um aero; e, como da outra vez, I se sentou novamente no lugar do piloto; ela moveu a alavanca do motor para dar a partida, e então saímos do chão. E tudo ficou para trás: a névoa róseo-dourada, o sol, o magérrimo perfil de lâmina do médico, o qual, de

A NÉVOA. "TU". UM INCIDENTE TOTALMENTE ABSURDO.

repente, tornou-se alguém estimado e próximo. Antes, tudo girava em torno do sol; agora, eu sabia, tudo gravitava ao meu redor lentamente, alegremente, com os olhos semicerrados...

A velha senhora estava à porta da Casa Antiga. A querida boca fechada com rugas semelhantes a raios em toda a sua volta. Provavelmente, ela permaneceu com os lábios fechados desde aquele dia, abrindo-os somente agora para sorrir.

— Ah, menina malandra! Em vez de trabalhar como todo mundo... Anda, pode ir, tudo bem! Se acontecer alguma coisa, venho correndo e aviso você...

A pesada e opaca porta se fechou com um rangido; e imediatamente meu coração se abriu, ampla e dolorosamente — na verdade, ele se escancarou. Os lábios dela eram meus: bebi, bebi e me afastava, de vez em quando; então olhei silenciosamente em seus olhos, bem abertos e, mais uma vez...

A penumbra do quarto, o azul, o amarelo-açafrão, o couro marroquino verde-escuro, o sorriso dourado do Buda. O meu antigo sonho está agora claro: tudo estava embebido naquela seiva róseo-dourada que agora mesmo estava por transbordar, encharcado...

Tudo vinha amadurecendo, e agora o momento havia chegado. Inevitavelmente, como o ferro e o ímã, em uma doce submissão à lei exata e imutável da atração, eu me derramei completamente nela. Não havia cupom cor-de-rosa, não havia cálculos, nem havia Estado Único, nem mesmo eu existia. Havia apenas os dentes delicadamente afiados e cerrados, os olhos dourados que me fitavam bem abertos, através dos quais eu penetrava lentamente, cada vez mais fundo. E, então, o silêncio; perturbado apenas por gotas pingando em uma pia, vindas não sei bem de que direção, a milhares de quilômetros de distância. Eu sou um universo inteiro; e, a cada gota, decorriam épocas inteiras, eras...

Depois de vestir meu unif, inclinei-me sobre ela e a absorvi com os olhos uma última vez.

— Eu sabia... eu "te" conhecia... — I disse bem baixinho. Ela se levantou rapidamente, vestiu seu uniforme e mostrou seu habitualmente afiado sorriso.

— Pois bem, senhor Anjo Caído. Agora você está perdido. Não está com medo? Bem, adeus! Você vai voltar sozinho... está bem?

Olhando-me por cima do ombro, ela abriu a porta espelhada que fica na parede do guarda-roupa e ficou me esperando. Obedientemente, saí. Mas eu mal havia cruzado a soleira quando, de repente, tive a necessidade de sentir o seu ombro contra o meu, apenas o ombro, por um segundo, não mais.

Corri de volta para o quarto onde ela (provavelmente) ainda estava abotoando o unif diante do espelho, entrei e parei. Foi quando vi claramente a argola da antiga chave ainda balançando na porta do guarda-roupa, mas ela já não estava mais ali. Ela não poderia ter ido a nenhum outro lugar, havia apenas uma saída do quarto, mas, mesmo assim, ela não estava lá. Vasculhei tudo, até mesmo abri o guarda-roupa e apalpei os vestidos antigos coloridos que havia ali; ninguém...

É um tanto embaraçoso para mim, meus leitores planetários, contar a vocês sobre esse acontecimento absolutamente improvável. Mas o que posso fazer se foi exatamente assim que tudo ocorreu? E aquele dia todo, desde a manhã, não foi repleto de acontecimentos improváveis?... Tudo isso não está se parecendo com aquela antiga doença chamada sonhar? E se é assim, não dá no mesmo um absurdo a mais ou a menos? Seja como for, de uma coisa tenho certeza: mais cedo ou mais tarde, encontrarei tempo para incluir todos os absurdos em algum silogismo. Isso me acalma. Espero que isso acalme vocês também.

... Como estou farto! Se ao menos vocês tivessem ideia do quanto estou farto!

14º REGISTRO

Resumo

"Meu".
Impossível.
Um chão frio.

Mais a respeito dos acontecimentos de ontem. Estive muito ocupado em minha hora pessoal, que precede o horário de dormir, então, não consegui escrever nada. Mas, dentro de mim, está tudo gravado, e é por isso que especialmente — e talvez para sempre — aquele chão insuportavelmente frio vai ficar...

O-90 deve vir à noite, era o dia dela. Desci para falar com o atendente de serviço a fim de pegar a autorização para persianas.

— O que há com você? — ele me perguntou. — Hoje você parece meio...

— Eu... eu estou doente...

No fundo, era verdade: eu, com certeza, estava doente. Tudo isso é uma doença. E imediatamente me veio à mente, sim, o atestado... Coloquei a mão no bolso e ouvi o barulho do farfalhar do papel. Isso significava que tudo tinha acontecido, tudo realmente tinha acontecido...

Entreguei o papel para o atendente de serviço. Senti meu rosto pegar fogo, sem olhar diretamente para ele, vi que ele me olhava surpreso.

Eram 21h30. No quarto à esquerda, as persianas estavam abaixadas. No da direita, meu vizinho estava curvado sobre um livro; vi a sua cabeça calva com protuberâncias, e a testa formava uma enorme parábola amarela. Caminho de um lado para outro no quarto, completamente agoniado, pensando: como, depois de todas as coisas que aconteceram, eu deveria agir com ela, com a O? Sinto nitidamente os olhos do vizinho à direita sobre mim, dá para distinguir as rugas na testa dele; uma série de linhas amarelas indecifráveis, linhas essas que, por algum motivo, tinham algo a ver comigo.

Às 21h45, entrou no meu quarto um alegre redemoinho rosado, e me vi envolvido por um anel firme de braços rosados em volta do meu pescoço. Mas, depois, senti o anel ficando fraco, cada vez mais fraco, até se soltar completamente. Os braços se deixaram cair...

— Você não é mais aquele, você não é o de antes, já não é meu!

— Que terminologia primitiva: "meu". Nunca fui...

E vacilei. Foi quando me dei conta de que, antes, eu, de fato, jamais havia sido de ninguém, mas agora... Mas, agora, bem, eu não estou vivendo em nosso mundo racional, mas no mundo antigo e delirante, o mundo da $\sqrt{-1}$.

As persianas caíram. Ali, atrás da parede da direita, o meu vizinho deixou cair no chão um livro que estava na mesa; pela estreita fresta entre a persiana e o chão vi o exato momento em que uma mão amarela pegou o livro. Dentro de mim, minha vontade era de agarrar aquela mão com toda a força...

— Eu pensava que — ela disse —, eu queria ter me encontrado com você hoje na hora do passeio. Tenho tantas coisas, eu preciso contar tantas coisas para você...

Minha querida, minha pobre O! A boca rosada, a lua crescente com as pontas viradas para baixo. Mas não posso lhe contar tudo o que aconteceu, até porque isso a tornaria cúmplice dos meus crimes. Sei muito bem que ela não tem forças para ir ao Departamento dos Guardiões e, consequentemente...

O-90 estava deitada. Eu a beijava, bem devagar. Beijava aquela dobrinha ingênua e rechonchuda em seu pulso. Os seus olhos azuis se fecharam, e a lua crescente rosada floresceu lentamente, desabrochou. Beijei-a toda.

De repente, senti claramente: o ponto de depravação a que as coisas haviam chegado, que decadência. Não posso, impossível. Necessário — e impossível. Meus lábios imediatamente congelaram...

A lua crescente rosada começou a estremecer, a escurecer; e se retorceu. O jogou um cobertor sobre si, enrolou-se toda nele, e colocou o rosto no travesseiro...

Sentei-me no chão perto da cama — que chão desesperadoramente frio! Sentei-me e fiquei em silêncio. De debaixo, um frio agonizante começou a subir cada vez mais alto. Provavelmente o mesmo frio silencioso que existe lá nos espaços interplanetários azuis e emudecidos.

— Entenda-me, eu não queria... — murmurei. — Com todas as minhas forças, eu...

Era verdade; eu, o verdadeiro eu, não queria. Mas, mesmo assim, quais palavras eu poderia usar para falar a ela? Como explicar para ela que o ferro não queria se submeter à atração, mas que a lei é inevitável, exata...?

O levantou o rosto do travesseiro e, sem abrir os olhos, disse:

— Saia. — Mas, por causa das lágrimas, saiu dela algo como "faia". E, por algum motivo, até esse absurdo insignificante me marcou.

Congelando de frio e tremendo até os ossos, fui para o corredor. Atrás do vidro, paira uma névoa leve, quase imperceptível. Mas, ao longo da noite, muito

"MEU". IMPOSSÍVEL. UM CHÃO FRIO.

provavelmente, ela cairia novamente com força sobre tudo. Em uma única noite, o que aconteceria?

O passou silenciosamente por mim em direção ao elevador. A porta bateu com força. Fiquei apavorado e gritei:

— Espere um minuto!

Mas o elevador já estava zumbindo, e ia descendo, descendo, descendo…

Ela tirou R de mim.

Ela tirou O de mim.

Mas, ainda assim… Ainda assim…

15º REGISTRO

Resumo

A campânula.
O mar de espelho.
Eu vou queimar no fogo eterno.

Apenas coloquei os pés no hangar no qual a *Integral* está sendo construída, e veio ao meu encontro o Segundo Construtor. Seu rosto estava como sempre: redondo e branco, como um prato de faiança* que, quando fala, é como se estivesse prestes a servir algo absurdamente saboroso nesse prato.

— Bem, você se permitiu ficar doente, e aqui, sem você, sem supervisão, ontem, aconteceu o que alguém poderia chamar de um incidente.

— Um incidente?

— Sim! Quando o sinal tocou, ao encerrarmos, começaram a organizar a saída de todos do hangar e, imagine só, o monitor descobriu uma pessoa sem número. Como ele conseguiu entrar, não consigo entender. Eles o levaram para o Departamento de Operações. Vão arrancar do caríssimo o como e o porquê... — Ele sorria com satisfação.

No Operações, nossos melhores e mais experientes médicos trabalham sob a supervisão direta do próprio Benfeitor. Eles dispõem de diversos dispositivos, o principal deles, a famosa Campânula de Gás. Em essência, consiste na aplicação de um velho experimento de escola: um rato é colocado sob uma campânula de vidro, o ar dentro da campânula vai se tornando gradualmente rarefeito por meio de uma bomba de ar... Bem, e assim vai. Só que, claro, a Campânula de Gás é um equipamento significativamente aperfeiçoado, o qual utiliza diferentes gases e depois... Aqui, é claro, não se trata mais de atordoar um animal pequeno e indefeso; aqui se trata de um objetivo nobre, a saber, cuidar da segurança do Estado Único, em outras palavras, da felicidade de milhões. Há cerca de cinco séculos, quando o trabalho no Operações havia sido recém-estabelecido, alguns idiotas compararam o Operações à antiga Inquisição, mas isso, com certeza, é tão absurdo quanto atribuir um valor igual ao cirurgião que faz uma traqueostomia e a um

---

* Louça feita de barro esmaltado ou vidrado. (N. T.)

A CAMPÂNULA. O MAR DE ESPELHO. EU VOU QUEIMAR NO FOGO ETERNO.

bandido de estrada: ambos, talvez, tenham nas mãos a mesma faca, ambos estão fazendo a mesma coisa — cortando a garganta de um homem vivo. E, no entanto, um é um benfeitor; o outro, um criminoso; um está marcado pelo sinal de +; o outro, pelo sinal de –...

Tudo isso está mais do que claro, dá para entender tudo num segundo, em apenas um giro da máquina lógica. Mas então, imediatamente, as engrenagens emperram no sinal de –. E agora, entre tantas, outra coisa entrou em evidência: a argola da chave do guarda-roupa ainda está se movendo. Evidentemente, a porta tinha acabado de bater, mas ela, I..., não estava lá: ela havia sumido. Isso a máquina não conseguia processar de forma alguma. Um sonho? Mas, mesmo agora, ainda sinto uma doce e incompreensível dor no ombro direito, é I, pressionando-se contra o meu ombro direito; ao meu lado em meio à névoa. "'Tu' gostas de névoa?"

Sim, eu gosto até de névoa... Gosto de tudo, e tudo me parece flexível, novo, surpreendente, tudo está bem...

— Está tudo bem — eu disse em voz alta.

— Bem? — Os olhos de faiança se arregalaram e me encararam fixamente. — Como assim, o que está bem nisso? Se aquele sem número conseguiu chegar até aqui... Eles estão muito provavelmente em todos os lugares, ao nosso redor, eles estão aqui, eles estão perto da *Integral*, eles...

— E quem são *eles*?

— Mas como eu vou saber quem são? Eu os sinto, entende? O tempo todo.

— Você não ouviu falar: eles supostamente inventaram um tipo de operação na qual eliminam a imaginação?

(Há uns dias, de fato, eu tinha ouvido falar sobre algo assim.)

— É, eu sei. O que isso tem a ver?

— É que, no seu lugar, eu pediria que fizessem essa operação em mim.

Algo manifestamente azedo como um limão apareceu no prato de faiança. Para esse infeliz, o mais remoto indício de que ele pudesse ter uma imaginação lhe parecia ofensivo... Mas o que estou falando? Há uma semana, eu provavelmente também teria ficado ofendido. No entanto, agora, agora não mais: porque sei que tenho essa coisa, que estou doente. E também sei que não quero me recuperar. Eu não quero e pronto. Subimos os degraus de vidro. Tudo abaixo de nós era tão claro como se estivesse na palma da mão.

Vocês, que estão lendo estes registros, sejam lá quem forem, existe um sol sobre vocês. E, se vocês também já estiveram tão doentes como estou agora, sabem como é ou como pode ser o sol da manhã; esse ouro rosado, transparente e quente. O próprio ar fica suavemente rosado, e tudo fica encharcado de um delicado sangue solar. Tudo passa a ter vida: as pedras estão vivas e macias; o ferro, vivo e

NÓS

quente; as pessoas, cheias de vida e sorridentes umas para as outras. Pode acontecer que em uma hora tudo desapareça, que em uma hora o sangue rosado verta, mas, enquanto isso, tudo tem vida. Então vi algo pulsando e circulando nos fluidos de vidro da *Integral*; vi a *Integral* contemplando seu grande e espantoso futuro, a pesada carga de uma felicidade incontestável que ela vai levar aí para cima, até vocês, caros desconhecidos, para vocês, aqueles que eternamente a buscam, sem nunca a encontrar. Vocês irão encontrá-la e serão felizes... vocês serão obrigados a serem felizes, e não terão que esperar muito mais.

O corpo da *Integral* está quase pronto: um elipsoide elegante e esguio feito com o nosso vidro, esse vidro eterno como ouro e flexível como aço. Vi que por dentro reforçaram o corpo de vidro com costelas transversais: com cabos tanto nas ordenadas quanto nas longitudinais; na popa, estavam instalando uma base para o gigantesco propulsor do foguete. A cada três segundos, uma explosão; a cada três segundos, a poderosa cauda da *Integral* lançará, na extensão do universo, chamas e gases, e o Tamerlão* de fogo da felicidade vai avançar e avançar...

Dava para ser as pessoas lá embaixo, elas se curvavam, se levantavam, giravam, com movimentos rápidos e rítmicos, segundo o sistema de Taylor, tal como pistões de uma enorme máquina. Carregavam tubos que disparavam chamas. Com fogo, eles cortavam e soldavam as paredes de vidro, ajustavam os ângulos, as barras, os suportes. Vi como os guindastes monstruosos de vidro transparente rolavam lentamente ao longo de trilhos de vidro e, assim como as pessoas, obedientemente se viravam e se curvavam, despejando suas cargas dentro do útero da *Integral*. E era tudo uma entidade: máquinas perfeitas como homens, homens perfeitos como máquinas. Era tudo de uma beleza e harmonia nobre e impressionante como a música... Desci rapidamente na direção deles, para estar com eles!

Agora, eu estava no meio deles, ombro a ombro, ligado a eles, arrebatado pelo ritmo do aço... Os movimentos eram medidos: bochechas vermelhas, redondas, elásticas; frontes semelhantes a espelhos, sem o obscurecimento da loucura do pensamento. Flutuei nesse mar de espelho... Senti-me descansado.

E, de repente, um deles, muito calmamente, se virou para mim.

— Como você está? Melhor, hoje?

— Como assim, melhor?

— Bem, você não esteve aqui ontem. Pensamos que você poderia estar com algo perigoso... — A testa dele brilhava; o sorriso era infantil, inocente.

---

* Tamerlão (1336-1405) foi um conquistador turco, lembrado principalmente pela barbárie de suas conquistas da Índia e da Rússia até o mar Mediterrâneo e pelas conquistas culturais de sua dinastia. Foi o último dos grandes conquistadores nômades da Ásia Central de origem turco-mongol. (N. T.)

O sangue me subiu ao rosto. Eu não podia, não podia mentir diante de olhos como aqueles. Fiquei, então, em silêncio, desmoronei...

Lá de cima, com o rosto saindo pela escotilha, apareceu o cara de faiança, brilhando redondo e branco.

— Ei! D-503! Aqui em cima, por favor! Olha só, temos aqui uma estrutura rígida com vigas, e os elementos centrais estão colocando pressão sobre o quadro.

Sem ouvir até o final, corri escada acima, salvando-me vergonhosamente por meio dessa fuga. Não tinha forças para levantar os olhos, ofuscados pelo brilho dos degraus de vidro sob meus pés. A cada passo, eu ficava ainda mais desesperado: não havia lugar aqui para mim, um criminoso, um envenenado. Para mim, não era mais uma opção viver nesse ritmo preciso e mecânico, nadar num mar calmo e espelhado. O que me resta mesmo é queimar para sempre; debater-me, procurar um canto onde eu possa esconder meus olhos — para sempre, até que finalmente encontre forças para ir e...

Então uma faísca gelada irá me transpassar. Se vierem atrás de mim, que assim seja... comigo, sem problemas. Mas agora também tem a ver com ela, virão também atrás *dela*... Saí pela escotilha para a plataforma e parei: e agora, para onde? Eu não sei nem por que vim até aqui. Olhei para cima. O sol, esgotado pelo dia, já pálido, ia caindo. Abaixo, estava a *Integral*, um vidro cinzento, sem vida. O sangue rosado, enfim, havia se esvaído completamente. Ficou claro para mim que tudo foi apenas minha imaginação, que tudo permanecia como antes e, ao mesmo tempo, também estava claro...

— Ei, 503, você ficou surdo ou o quê? Já te chamei várias vezes... O que há com você? — É o Segundo Construtor gritando bem nos meus ouvidos, provavelmente ele já estava me chamando havia muito tempo.

O que há comigo? Perdi a direção. O motor roncava com toda a força, o aero tremia e girava, mas eu havia perdido o controle e não sabia para onde estava indo com aquela pressa: se, para baixo, em um instante me despedaçaria no chão; se, para cima, para o sol, diretamente para dentro do fogo...

16º REGISTRO

Resumo

Amarelo.
Uma sombra bidimensional.
Uma alma incurável.

Não faço nenhum registro há dias. Não sei quantos; todos os dias são iguais. Todos os dias são de uma só cor, amarelos; como a areia seca e abrasada, não há um fio de sombra nem sequer uma gota de água naquela areia amarela sem fim. Não posso estar sem ela; e, desde quando ela inexplicavelmente desapareceu na Casa Antiga, ela...

Desde então, eu só a vi uma vez, num passeio. Dois, três, quatro dias atrás — não sei; todos os dias são iguais. Ela passou como um relâmpago, preenchendo por um segundo o meu mundo amarelo e vazio. De braços dados e ombro a ombro com ela, estava o homem em forma de S, com eles estava também o médico magro como papel, e havia um quarto alguém. Eu só me lembro dos dedos dele: saíam das mangas do unif, como pequenos feixes de raios — incomumente finos, brancos, longos. I levantou a mão, fez um aceno para mim; então, baixou a cabeça e olhou por cima de S, em direção àquele com os dedos de raios. Só consegui ouvir a palavra "*Integral*", nisso todos os quatro se viraram para olhar para mim; mas logo eles desapareceram no céu azul-acinzentado; e eu, mais uma vez, me encontrei no caminho amarelo e seco.

Ela tinha um cupom cor-de-rosa para vir me visitar naquela noite. Plantei-me diante do intercomunicador e, com ternura e ódio, implorei que, no monitor branco, aparecesse rapidamente: I-330. A porta continuava abrindo e fechando; figuras pálidas, altas, loiras e negras saíam do elevador; persianas caíam por toda parte. Ela, contudo, não aparecia. Não veio.

E talvez, neste exato minuto, bem enquanto estou escrevendo isto, exatamente às 22h, ela esteja fechando os olhos, apoiando-se, da mesma maneira, contra o ombro de alguém, e perguntando, *da mesma maneira*, para alguém intimamente: "'Tu' gostas?". Para quem? Quem é ele? Aquele dos dedos de raio; ou R, o dos lábios grossos que espirram? Ou S?

AMARELO. UMA SOMBRA BIDIMENSIONAL. UMA ALMA INCURÁVEL.

S... Por que, todos esses dias, tenho ouvido seus passos surdos atrás de mim, chapinhando, como se estivesse andando sobre poças? Por que ele tem me seguido, como uma sombra, todos esses dias? Na minha frente, ao lado, atrás, uma sombra bidimensional azul-acinzentada: as pessoas passam através dela, pisam nela; mas ela permanece invariavelmente aqui, presa a mim como que por um cordão umbilical invisível. Talvez esse cordão umbilical seja ela, I? Não sei. Talvez os Guardiões já saibam que eu...

É como se lhe dissessem: a sua sombra vê você, ela o vê o tempo todo. Entende? E, então, de repente, você tem uma sensação estranha: seus braços não são seus, mas de um estranho, e eles incomodam. E eu me pego, de vez em quando, balançando meus braços de um modo incongruente, fora do ritmo dos meus passos. Ou, de repente, preciso me virar e olhar para trás, mas é impossível fazer esse movimento, é como se meu pescoço estivesse aparafusado.

Eu, então, corro, corro cada vez mais rápido; e sinto, nas minhas costas, que essa sombra está também cada vez mais rápida atrás de mim; e dela, não há lugar — lugar algum — para onde fugir...

No meu quarto; finalmente, estou sozinho. Mas há algo mais aqui: o telefone. De novo, pego o receptor. "Sim, I-330, por favor." E, de novo, pelo receptor, um leve barulho, os passos de alguém no corredor passando pela porta do quarto dela, e depois silêncio... Jogo o receptor, não posso, não suporto mais. Tenho que ir lá, à casa dela.

Isso foi ontem. Corri até lá e, por uma hora inteira, das 16h às 17h, fiquei perambulando perto do edifício onde ela mora. Números passavam em fileiras. Milhares de pés exatamente no mesmo ritmo, um Leviatã meneante de um milhão de pés passando próximo a mim. Mas eu estava sozinho, cuspido por uma tempestade em uma ilha desabitada; os meus olhos buscando, buscando as ondas azul-acinzentadas.

Em algum momento qualquer, posso apostar que, de alguma parte, vai sair o ângulo nitidamente irônico das sobrancelhas levantadas até as têmporas, e as janelas escuras de seus olhos, e lá, dentro deles, a lareira arde e sombras de alguém se movimentam. E eu vou diretamente para lá, para dentro, e intimamente vou tratá-la usando "tu", sempre "tu", e vou dizer:

— "Tu" sabes, sem "ti"... eu não posso... Então, por que me tratar desse modo?

Mas ela vai permanecer em silêncio. De repente, dá até para ouvir esse silêncio. De repente também, começo a ouvir a Usina de Música e me dou conta de que já passou das 17h, todos já tinham ido embora havia muito tempo, eu estava sozinho e atrasado. Ao meu redor, um deserto de vidro inundado por um sol amarelo. Vi, como se fosse na água, mas foi na suavidade do vidro, o reflexo das paredes brilhantes, invertidas, como se penduradas de cabeça para baixo, e ironicamente, eu mesmo estava invertido, como se pendurado de cabeça para baixo.

Tenho que ir, neste exato segundo, tenho que correr ao Departamento Médico para conseguir um atestado de que estou doente; caso contrário, vão me levar e... Mas, talvez, o melhor fosse ficar aqui e, calmamente, esperar até que eles vejam e me levem para o Operações e, de uma vez por todas, acabar com tudo; de uma vez por todas, redimir tudo.

Ouvi um leve ruído, e, bem na minha frente, a sombra duplamente curvada. Sem olhar, senti como se duas brocas de aço cinza estivessem rapidamente penetrando em mim. Com todas as minhas forças sorri e disse — algo tinha que ser dito:

— Eu... eu preciso ir ao Departamento Médico.

— Então qual o problema? O que você está fazendo aqui?

Fiquei em silêncio, queimando de vergonha, com a sensação de estar pendurado de cabeça para baixo.

— Siga-me — disse S duramente.

De modo submisso, obedeci; balançando para lá e para cá meus dispensáveis braços, era como se eles não fossem meus. Eu não conseguia levantar os olhos, estava andando por um mundo primitivo, de pernas para o ar: aqui algumas máquinas tinham a base virada para cima; e as pessoas, como antípodas, estavam coladas no teto pelos pés; e, ainda mais abaixo, estava o céu, delimitado pelo vidro grosso da calçada. Eu me lembro que o mais ofensivo era ver, pela última vez na minha vida, tudo, assim, invertido, virado de cabeça para baixo; e não mais como as coisas eram de realidade. Mas eu não conseguia levantar os olhos.

Paramos. À minha frente havia uma escadaria. Um passo a mais e verei as figuras em jalecos brancos, a enorme e muda Campânula...

Por fim, com um esforço como se estivesse usando um macaco hidráulico, arranquei meus olhos dos meus pés e os forcei para cima... as letras douradas "... Médico", explodiram em meu rosto... — Por que ele me trouxe aqui, e não ao Operações? Por que ele me poupou? Naquele momento, eu nem sequer pensei em considerar essas perguntas. Saltei alguns degraus de uma só vez, bati com força a porta atrás de mim... e respirei fundo. Era como se eu não tivesse respirado desde a manhã, e como se meu coração não tivesse batido; e como se só agora eu tivesse respirado pela primeira vez, como se só agora uma comporta tivesse acabado de se abrir no meu peito...

Eram dois deles: um extremamente baixo, com as pernas atarracadas; os olhos como chifres que jogavam os pacientes para cima, despedaçando-os; o

AMARELO. UMA SOMBRA BIDIMENSIONAL. UMA ALMA INCURÁVEL.

outro era tão magro que os lábios pareciam um par de tesouras finas e brilhantes, e o nariz, uma lâmina... Era o mesmo que vi da outra vez.

Corri até ele como se fosse alguém da família, bem na frente do nariz pontudo, gaguejei algo sobre insônias, sonhos, sombras, um mundo amarelo.

Os lábios de tesoura brilharam em um sorriso.

— O seu caso é muito sério! Ao que parece, uma alma se formou em você.

Uma alma? Aquela palavra estranha e antiga, há muito esquecida. Às vezes, usávamos expressões como "harmonia com alma", "indiferença desalmada", "assassino de almas", mas alma...

— Isso é... muito perigoso? — balbuciei.

— Incurável — cortou os lábios de tesoura.

— Mas, afinal... o que seria isso? Eu nem sequer consigo... não imagino...

— Vejamos... como eu poderia... Você é um matemático, não é?

— Sim.

— Suponha, então, um plano, uma superfície... Tomemos este espelho aqui. Você e eu estamos nesta superfície. Apertamos nossos olhos por causa do sol, e essa faísca elétrica azul de dentro de um tubo e ali a sombra de um aero que acabou de passar. Tudo isso se vê na superfície e por apenas um momento. Suponha agora que, devido à ação do fogo, esta superfície, antes impenetrável, começa a amolecer, e que as coisas, que antes deslizavam, comecem agora a penetrar lá dentro deste mundo espelhado, o qual espiávamos com tanta curiosidade quando crianças — as crianças não são tão estúpidas, posso garantir. A superfície se torna volume, um corpo, um mundo, e ele está dentro do espelho — dentro de você — o sol, um redemoinho formado pela hélice de um aero, e seus lábios trêmulos, e os de outra pessoa também. E você finalmente entende: o espelho frio reflete, joga de volta; mas este, ele absorve, e passa a abrigar um vestígio de tudo e para sempre. Uma vez você vê uma ruga quase imperceptível no rosto de alguém, e agora ela está dentro de você para sempre; uma vez, você ouviu uma gota cair em meio ao silêncio, e você a ouve... ainda agora...

— Sim, sim, é bem assim! — E o agarrei pela mão.

Agora, de fato, eu estava ouvindo: da torneira da pia as gotas pingando lentamente para dentro do silêncio. E eu sabia que ouviria isso para sempre.

— Mas, como assim, de repente, uma alma? Eu não tinha e, então, de repente... Por que ninguém, além de mim, tem uma...? — Apertei a mão magra com mais firmeza ainda; aterrorizava-me a ideia de soltar o cinto de segurança.

— Por quê? E por que não temos penas, asas, e acabamos ficando apenas com as omoplatas, as bases para as asas? Bem, porque as asas não são mais necessárias, inventaram o aero: as asas agora apenas atrapalhariam. Asas existem para voar, mas para nós, agora, não há sequer para onde voar. Nós pousamos, nós, por fim, encontramos nosso destino. Não é mesmo?

Balancei a cabeça, um tanto perplexo. Ele olhou para mim e caiu em uma gargalhada afiada. O outro, ouvindo-o, saiu de seu consultório tropeçando, despedaçou com os olhos meu médico magro, e depois fez o mesmo comigo.

— Qual é o problema? Como assim: uma alma? Você disse alma? Que diabos você sabe sobre isso? Se continuamos com isso, estaremos retrocedendo para a cólera. Eu venho dizendo, e venho dizendo há tempo — ele acertou o magérrimo com seus chifres —, todo mundo tem que ter a imaginação erradicada… a imaginação deve ser extirpada. Nesse caso, só a cirurgia poderá nos ajudar, só a cirurgia e nada mais…

Ele colocou as enormes armações dos óculos de raios X e começou a caminhar, por um longo tempo, à minha volta, inspecionando os ossos do meu crânio, dentro do meu cérebro, anotando algo em seu caderninho.

— Extraordinariamente curioso, extraordinariamente curioso! Escute, você concordaria… em ser preservado em álcool? Para o Estado Único seria algo extraordinário… Isso nos ajudaria a prevenir uma epidemia… A não ser, é claro, que você tenha alguma objeção especial…

— Veja bem — disse o outro. — O número D-503 é o construtor da *Integral*, e tenho certeza de que isso violaria…

— Ah-ah — resmungou o outro e voltou pisando duro para seu escritório.

Ficamos nós dois. A sua mão de papel pousou calma e suavemente sobre a minha, o rosto de perfil se curvou perto do meu e sussurrou:

— Vou lhe dizer em segredo, você não é o único com esse problema. Não é à toa que meu colega falou em epidemia. Faça um esforço e tente se lembrar… você não notou em outra pessoa algo semelhante, muito semelhante com o que você tem? — ele disse olhando fixamente para mim. A que ele está se referindo? A quem? Seria possível?

— Espere um pouco! — eu disse, dando um pulo da cadeira. Mas ele já havia começado a falar alto sobre outro assunto:

— … mas para insônia, para esses seus sonhos, posso lhe dar um conselho: caminhe mais. Comece amanhã e vá passear todas as manhãs… Que tal, pelo menos, até a Casa Antiga?

O olhar dele me perpassou novamente, com aquele sorriso quase imperceptível. E pareceu-me ter visto claramente, envolto no fino tecido daquele sorriso, uma palavra, uma letra, um nome, o único nome… Ou isso seria só minha imaginação de novo?

AMARELO. UMA SOMBRA BIDIMENSIONAL. UMA ALMA INCURÁVEL.

Mal pude esperar até que ele me passasse o atestado de doença para hoje e amanhã; mais uma vez, silenciosa e firmemente, apertei-lhe a mão e corri para fora.

O coração — leve, rápido como um aero — me carregava para as alturas. Eu sabia: amanhã algum tipo de alegria estaria à minha espera. Mas que tipo?

17º REGISTRO

Resumo

Através do vidro.
Morri.
Corredores.

Estou completamente perplexo. Ontem, justamente quando eu pensava que tudo já estava solucionado, que todos os X haviam sido encontrados, novas incógnitas apareceram na minha equação.

A origem de todas as coordenadas desta história inteira, é claro, é a Casa Antiga. Desse ponto partem os eixos X, Y e Z, sobre os quais o meu mundo inteiro foi construído para mim nos últimos tempos. Caminhei em direção à origem das coordenadas seguindo o eixo dos X (avenida 59). Dentro de mim, os acontecimentos de ontem eram como um redemoinho multicolor: casas e pessoas viradas de cabeça para baixo, braços que me eram dolorosamente estranhos, tesouras que reluziam, gotas que torturantemente pingavam em uma pia — as coisas já foram assim, tudo isso já *tinha existido*. E tudo isso, que me dilacerava a carne, girava impetuosamente ali, sob uma superfície amolecida pelo fogo, onde a "alma" se abriga.

A fim de cumprir a prescrição médica, escolhi deliberadamente um caminho não ao longo da hipotenusa, mas ao longo dos dois catetos. Agora estou no segundo cateto: a estrada em círculo que ladeava a Muralha Verde. Do imenso oceano verde do outro lado da Muralha, uma onda selvagem de raízes, flores, galhos e folhas subiu na minha direção... recuou e, em um momento ela cairia sobre mim; e eu, de ser humano, do mais exato e sutil dos mecanismos, me transformaria em...

Mas, felizmente, entre mim e o oceano verde primitivo havia o vidro da Muralha. Ó, grande e divina sabedoria dos muros e das barreiras que estabelecem limites! Eles, talvez, sejam a maior de todas as invenções. O ser humano deixou de ser um animal selvagem somente quando construiu o primeiro muro. O ser humano deixou de ser um humano selvagem somente quando construímos a Muralha Verde, quando com esse muro isolamos o nosso mundo mecânico e aperfeiçoado do mundo irracional e disforme das árvores, pássaros, animais...

ATRAVÉS DO VIDRO. MORRI. CORREDORES.

Através do vidro, podia-se ver de modo vago e indistinto o focinho achatado de algum animal, cujos olhos amarelos estavam sobre mim, teimosamente repetindo um e o mesmo pensamento, incompreensível para mim. Por um longo tempo, nós olhamos um nos olhos do outro — aqueles túneis que conduzem do mundo da superfície para outro mundo, aquele abaixo da superfície. Dentro de mim, fervilhava a pergunta: "Mas, e se aquele ali, com os olhos amarelos, em suas absurdas e imundas pilhas de folhas, em sua vida em nada calculada, for mais feliz que nós?".

Fiz um sinal com a mão, os olhos amarelos piscaram, afastaram-se e desapareceram na folhagem. Pobre criatura! Que absurdo: ela ser mais feliz que nós! Talvez mais feliz que eu, isso sim; mas eu sou apenas uma exceção, estou doente.

Sim, agora já dá para ver... as paredes vermelho-escuras da Casa Antiga e a estimada boca cada vez mais velha e enrugada. Corro até a velha senhora o mais rápido que minhas pernas podem me carregar:

— Ela está aqui?

A boca enrugada foi se abrindo lentamente.

— E quem seria ela?

— Ah, por favor, como quem? Meu Deus, I, é claro... Outro dia ainda eu e ela viemos aqui, juntos, viemos de aero...

— Ah, sim, sim... É verdade, sim...

As rugas que parecem raios ao redor dos lábios, aquelas rugas matreiras daqueles olhos amarelos, foram abrindo caminho dentro de mim, mais e mais fundo. Finalmente, ela disse:

— Bem, sim... Ela está aqui, acabou de passar por aqui.

— Aqui! — Notei, aos pés da velha senhora, um arbusto de absinto prateado (o pátio da Casa Antiga é parte do mesmo museu, cuidadosamente preservado em seu aspecto pré-histórico). Da planta se estendia um ramo que chegava à altura da mão da velha senhora, e esta acariciava as folhas —, em seus joelhos dava para ver refletida uma faixa amarela de sol. E, por um instante, o sol, a velha senhora, o absinto, os olhos amarelos e eu, éramos todos um, estávamos intimamente ligados por uma espécie de veia, e através dessas veias, corria o mesmo sangue tempestuoso e magnífico...

Agora estou com vergonha de escrever sobre o que aconteceu, mas prometi ser sincero até o fim nestes registros. Foi então que eu me abaixei e beijei aquela boca enrugada, mole e de musgo. A velha senhora se limpou e caiu na gargalhada...

Através dos cômodos familiares, meio apertados e barulhentos, por alguma razão, corri para lá, para o quarto. Ao chegar à porta e colocar a mão na maçaneta, de repente, pensei: "E se ela não estiver sozinha?". Parei e tentei escutar, mas tudo o que ouvia era o meu coração batendo perto de mim — veja bem, não dentro de mim, mas em algum lugar perto de mim.

Entrei. Uma cama enorme, ainda feita. O espelho. E um outro espelho na porta do guarda-roupa, e ali, no buraco da fechadura, está a chave com a argola antiga. Mas não havia ninguém lá. Chamei em voz baixa:

— I! "Tu" estás aqui? — E, então, ainda mais silenciosamente, com os olhos fechados, sem respirar, como se eu estivesse agora de joelhos diante dela. — I! Querida!

Silêncio absoluto. Só se ouvia água pingando rapidamente de uma torneira em uma bacia branca da pia. Não sei bem explicar por que, mas isso me irritou demais a ponto de eu resolutamente fechar a torneira com força e sair. Está claro: ela não está aqui. E isso significa que ela está em algum outro "apartamento".

Desci correndo pela escada larga e sombria, abri uma porta, outra, uma terceira: todas trancadas. Tudo estava trancado, exceto aquele, o "nosso" apartamento; e lá não havia ninguém.

Mesmo assim, voltei novamente lá, sem saber por quê. Comecei a caminhar lentamente, com dificuldade; como se, de repente, a sola dos meus sapatos fosse de chumbo. Lembro-me com precisão que pensei: "É um erro pensar que a força da gravidade seja uma constante. Consequentemente, todas as minhas fórmulas...".

E, então, lá embaixo, um estrondo, uma porta bateu forte, e alguém caminhou rapidamente sobre as lajes. Eu, agora de novo, muito leve, levíssimo, atirei-me em direção ao corrimão, debrucei-me sobre ele para expressar tudo em uma só palavra, para gritar intimamente: "Tu"...

Mas fiquei como que anestesiado: lá embaixo, como que inscrito no quadrado escuro da sombra da moldura da janela, balançando suas orelhas rosadas e abertas, via-se o desenho da cabeça de S.

Num instante, ocorreu-me a única e óbvia conclusão, sem suposições (as quais ainda agora ignoro): "Ele não pode me ver em hipótese alguma".

Na ponta dos pés, encostado na parede, fui deslizando, escada acima, até o apartamento que estava aberto.

Fiquei na porta por um segundo. O tal S, pesadamente, estava subindo as escadas, vindo na minha direção. Se ao menos aquela porta... Implorei à porta, mas ela é de madeira; ela estalou e rangeu. Como um redemoinho, o verde, o vermelho, o Buda amarelo, tudo isso passou por mim... Diante do espelho da porta do guarda-roupa, vi meu rosto pálido, olhos atentos, lábios... E escutei, enquanto o sangue corria, a porta rangeu novamente... É ele, ele.

ATRAVÉS DO VIDRO. MORRI. CORREDORES.

Agarrei a chave da porta do guarda-roupa... e a argola começou a balançar. Isso me lembrou de algo — de novo, mais uma daquelas conclusões instantâneas, que vêm do nada, sem suposições — pelo contrário, era um fragmento de conclusão. "Da outra vez...". Então, rapidamente abri a porta do guarda-roupa, enfiei-me lá dentro daquela escuridão e fechei a porta. Dei apenas um passo e o chão cedeu sob os meus pés. Lenta e suavemente, fui deslizando e desci para algum lugar, meus olhos escureceram. Morri.

Mais tarde, quando fui registrar esses estranhos acontecimentos, vasculhei a minha memória, os livros, e agora, é claro, compreendo: eu me encontrava em um estado de morte temporária, algo familiar aos antigos, mas, até onde sei, algo perfeitamente desconhecido entre nós.

Não faço ideia de quanto tempo fiquei morto, provavelmente entre cinco e dez segundos, mas, depois de um tempo, voltei a mim. Abri meus olhos: estava escuro e me sentia como que continuando a cair mais e mais nessa escuridão. Estendi a mão; agarrei-me a algo, mas, na queda rápida, acabei me arranhando contra uma parede áspera; fiquei esfolado, as pontas de alguns dedos sangraram... Claramente, portanto, tudo aquilo não era um jogo de uma imaginação doente. Mas, então, o que era?

Eu ouvia a minha respiração entrecortada e trêmula (tenho vergonha de confessar isso; tudo foi muito inesperado e incompreensível). Um minuto, dois, três; e eu continuava caindo. Finalmente, um leve solavanco: aquilo que havia cedido sob os meus pés está agora firme. Tateando naquela escuridão, encontrei uma maçaneta com uma espécie de alavanca, toquei-a levemente, uma porta se abriu e vi uma luz fraca. Vi, atrás de mim, uma pequena plataforma quadrada que subia e se afastava rapidamente. Corri, mas não deu tempo, fiquei isolado aqui... onde era esse "aqui", não sei.

Um corredor. Um silêncio de uma tonelada. Sob abóbadas redondas, pequenas lâmpadas — uma infinita, incandescente, tremeluzente linha pontilhada. Parecia um pouco com os "túneis" dos nossos metrôs subterrâneos, só que muito mais estreito, e não feito com o nosso vidro, mas sim com algum outro material antigo. Lembrava um pouco as cavernas subterrâneas por onde as pessoas supostamente escaparam durante a Guerra dos Duzentos Anos... Independentemente do que fosse, preciso seguir em frente.

Caminhei, suponho, cerca de vinte minutos. Virei à direita, e o corredor era mais largo, mais claro, ainda com pequenas lâmpadas, mas essas eram mais brilhantes. Ouvi um tipo de estrondo fraco. Talvez fossem máquinas; talvez, vozes

— não sei. Sabia apenas que estava perto de uma porta pesada e opaca e que o barulho vinha dali.

Bati; depois de novo, mais alto. Atrás da porta, tudo ficou em silêncio. Algo tilintou, e a porta se abriu lenta e pesadamente.

Não sei qual de nós dois ficou mais espantado, à minha frente estava meu magro médico, com o seu nariz de lâmina.

— Você? Aqui? — ele disse, e seus lábios de tesoura se fecharam.

Mas eu... era como se jamais tivesse conhecido uma única palavra na linguagem humana. Fiquei em silêncio; e não entendia absolutamente nada do que ele estava me dizendo.

Muito provavelmente, que eu precisava sair daquele lugar; porque, logo depois, ele me empurrou com sua barriga chata de papel e rapidamente me levou até o final da parte mais iluminada do corredor e me deu umas batidinhas nas costas.

— Permita-me... eu queria... pensei que ela, I-330. Mas atrás de mim...

— Fique aqui — retrucou o médico e sumiu.

Enfim! Finalmente ela estava perto, aqui; mas onde era esse "aqui" era o que menos importava. A familiar seda amarelo-açafrão, o sorriso cheio de dentes, os olhos fechados como persianas... Os meus lábios, minhas mãos, meus joelhos tremiam; e, pela minha cabeça, passou o pensamento mais estúpido: "A vibração é um som. Tremer deve fazer barulho. Por que, então, não é possível ouvir nada?".

Seus olhos se abriram para mim, ficaram bem abertos, e eu entrei neles...

— Eu não aguentava mais! Onde você estava? Por quê...?

Sem desviar os olhos dela por um segundo, falava como se estivesse delirando — apressada e incoerentemente —, ou talvez eu estivesse apenas pensando.

— Uma sombra tem me perseguido... eu morri... dentro do guarda-roupa... Porque aquele aí, o seu médico... Ele, que fala com aquelas tesouras dele, disse que eu tenho uma alma... e que é incurável...

— Uma alma incurável! Meu pobrezinho! — I começou a rir e me respingou com sua risada; todo o delírio se foi; as risadinhas brilhavam e ressoavam por toda parte, e como... como tudo estava bom.

Saindo do seu canto, o médico apareceu novamente — o maravilhoso, magnífico e magro médico.

— Então, senhora? — perguntou ao parar perto dela.

— Não é nada, nada! Eu te conto mais tarde. Foi por acaso que ele... Diga a eles que estarei de volta em... cerca de quinze minutos...

O médico voltou a desaparecer no canto. Ela esperou. A porta bateu com um baque surdo. Então, mergulhando uma agulha afiada e doce lentamente, vagarosamente em meu coração, indo cada vez mais fundo... I pressionou seu ombro,

ATRAVÉS DO VIDRO. MORRI. CORREDORES.

seu braço, toda ela contra mim, e nos fundimos em um único ser — começamos dois; terminamos como um...

Não me lembro em que momento entramos na escuridão. E, então, na escuridão começamos a subir, em silêncio, uma escada interminável. Eu não via nada, mas sabia que ela estava como eu: de olhos fechados, cegamente, cabeça inclinada para trás, mordendo os lábios... e ouvindo música... a música do meu tremor quase inaudível.

Quando recuperei os sentidos, encontrava-me em uma das inúmeras passagens do pátio da Casa Antiga: havia uma espécie de cerca de terra, dava para ver as costelas de pedra e os dentes amarelos das paredes em ruínas. Ela abriu os olhos e disse:

— Depois de amanhã, às 16h. — E se foi.

Será que tudo isso aconteceu mesmo? Não sei. Vou saber depois de amanhã. Só há um indício real: a pele machucada da ponta dos dedos da minha mão. Mas hoje, na *Integral*, o Segundo Construtor me garantiu que me viu acidentalmente encostar na pedra de polimento justamente com esses dedos. E foi só isso. Bem, pode ser que tenha sido assim. Pode muito bem ter sido isso. Mas não sei, já não sei de nada.

18º REGISTRO

Resumo

As selvas da lógica.
Ferimentos e curativos.
Nunca mais.

Ontem, ao me deitar, imediatamente submergi em um sonho profundo, como um navio carregado que está afundando, rodeado de uma imensa e espessa massa de água verde e ondulada. E, então, de lá do fundo, lentamente subi para a superfície e, em algum lugar no meio desse abismo, abri os olhos: eu estava no meu quarto; era ainda manhã, tudo estava verde e imóvel. Um reflexo da luz do sol vinha do espelho da porta do guarda-roupa e me acertou em cheio nos olhos. Isso acabou atrapalhando a pontualidade do cumprimento das horas de sono estabelecidas pela Tabela de Horários. O melhor a fazer seria abrir o guarda-roupa. Mas é como se eu estivesse preso numa teia de aranha, com teia em meus olhos; me sinto sem forças para me levantar...

Ainda assim, me levantei; abri a porta e, de repente, atrás da porta espelhada, desvencilhando-se do vestido, vi I emergir, toda rósea. Eu já estava tão acostumado com as coisas mais improváveis, que, pelo que me lembro, não fiquei nem um pouco surpreso, não fiz perguntas a respeito de nada. Mais do que depressa, entrei no guarda-roupa, bati a porta espelhada atrás de mim e, ofegante, às pressas, às cegas, avidamente uni-me a I. É assim como vejo as coisas agora: um afiado raio de sol, como um relâmpago, invadiu a escuridão, pela fresta da porta, e se quebrou como um raio em inúmeros pedaços, batendo no chão, na pequena parede do guarda-roupa, e mais alto; mas então essa lâmina cruel e brilhante caiu sobre o pescoço nu de I; atirei-me para trás... havia algo tão aterrador nisso que não aguentei mais; gritei e, mais uma vez, abri os olhos.

Meu quarto. A manhã ainda estava verde e calma. Um raio de sol na porta batia no espelho da porta do guarda-roupa. Eu estava na cama. Foi um sonho. Mas meu coração ainda batia violentamente; eu estava tremendo, suando, com dor na ponta dos dedos e nos joelhos. Disso eu não tinha dúvidas. Agora, quanto ao resto, já não sei o que é sonho nem o que é realidade. Grandezas irracionais estão

AS SELVAS DA LÓGICA. FERIMENTOS E CURATIVOS. NUNCA MAIS.

atravessando tudo o que era sólido, habitual, tridimensional; e, no lugar de superfícies duras e lisas, agora, por toda parte, tudo está deformado, peludo...

Ainda falta muito para tocar o sinal. Fiquei deitado ali, pensando, e uma cadeia lógica extraordinariamente estranha se desenrolou na minha frente.

Cada equação, cada fórmula do mundo da superfície corresponde a uma curva ou a um sólido. Para fórmulas irracionais, para a minha $\sqrt{-1}$, não conhecemos nenhum sólido correspondente, nunca o vimos... Mas o horror de tudo isso está no fato de que esses sólidos, apesar de invisíveis, existem; que devem necessária e inevitavelmente existir, porque na matemática, as suas sombras aberrantes e irascíveis passam diante de nós como numa tela, como fórmulas irracionais; a matemática e a morte nunca erram. E, se não vemos esses sólidos em nosso mundo, na superfície, certamente existe — inevitavelmente, deve haver — um mundo enorme e inteiro para eles ali, abaixo da superfície...

Sem esperar o sinal, pulei da cama e disparei a correr pelo quarto. Minha matemática, até então a única ilha firme e inabalável em toda a minha vida perdidamente fora de lugar, também estava se desfazendo, indo embora sem rumo, girando num vórtice. E então, isso significa que essa "alma" absurda é tão real quanto meu unif, quanto minhas botas, embora eu não os veja agora (eles estão atrás da porta espelhada do guarda-roupa)? E se as botas não são uma doença, por que a "alma" é uma doença?

Procurei, mas não encontrei, uma saída dessa floresta lógica selvagem. Essa era o mesmo tipo de selva desconhecida e aterrorizante como aquelas que ficam do outro lado da Muralha Verde, nas quais também havia criaturas extraordinárias e incompreensíveis que falavam sem palavras. E pensei ter visto, através de algum tipo de vidro grosso, algo infinitamente enorme e, ao mesmo tempo, infinitamente pequeno, semelhante a um escorpião. Refiro-me à $\sqrt{-1}$, cujo sinal de - era como um ferrão, embora visualmente oculto, era constantemente sentido... Talvez não seja outra coisa que não a minha "alma", semelhante ao lendário escorpião dos antigos, o qual deliberadamente picava a tudo e a si...

O sinal. É dia. Todos esses pensamentos, sem arrefecer, sem desaparecer, serão cobertos pela luz do dia; da mesma forma que os objetos visíveis, sem arrefecer, ficam cobertos pela escuridão da noite. Tinha uma névoa leve e inconstante na minha cabeça. Através da névoa, viam-se longas mesas de vidro, em torno das quais cabeças esféricas mastigavam lenta, silenciosa e ritmicamente. Ao longe, em meio à névoa, ouvia-se um metrônomo; e, ao som dessa música familiar e carinhosa, comecei a contar mecanicamente até cinquenta com todos: trata-se dos cinquenta movimentos de mastigação regulamentados por lei para cada mordida. E depois, marcando mecanicamente o tempo, desci e

NÓS

assinei meu nome no livro daqueles que estavam saindo — como faziam todos. Mas sinto que *vivo* separado de todos, sozinho, cercado por uma muralha macia que absorvia o som, e atrás da qual havia um mundo diferente...

Mas eis o problema: se este mundo é só meu, para que servem estes registros? Para que servem todos esses "sonhos" absurdos, guarda-roupas, corredores infinitos? Vejo com pesar que, em vez de um poema matematicamente harmonioso e rigoroso em homenagem ao Estado Único, o que está saindo daqui é uma espécie de romance de aventura fantástico. Ah, se, na verdade, fosse apenas um romance, e não a minha vida tal como está agora, cheia de Xs, $\sqrt{-1}$ e quedas!

No entanto, talvez tudo seja para o melhor. Vocês, meus desconhecidos leitores, são muito provavelmente crianças em comparação conosco (bem, fomos criados pelo Estado Único e, consequentemente, atingimos os pontos mais altos possíveis para os humanos). E, como as crianças, só resta a vocês engolirem sem chorar tudo o que de amargo eu lhes der, depois, é claro, de cuidadosamente bem coberto com uma espessa calda de aventura.

À NOITE

Esse sentimento é familiar para você? Quando você está voando alto em um aero, indo para cima, ao longo de uma espiral azul, com a janela aberta, um redemoinho assobiando em seu rosto e já não há mais Terra; você se esquece da Terra, ela está tão longe de você quanto Saturno, Júpiter, Vênus. É assim que vivo agora, com um vento forte como um redemoinho batendo no meu rosto, além de eu ter me esquecido da Terra, me esqueci da minha querida e rosada O. Mas, seja como for, a Terra continua existindo; mais cedo ou mais tarde, será preciso fazer uma descida gradual até ela. Então, eu simplesmente fecho meus olhos, não quero ver o dia que, na Tabela Sexual, está o nome dela, o nome O-90...

Esta noite a distante Terra me fez lembrar sobre si mesma. Para obedecer à prescrição do médico (sinceramente, sinceramente quero ficar saudável), por duas horas inteiras vaguei pelas desertas e retilíneas avenidas de vidro. De acordo com a Tabela, todos estavam nos auditórios, só eu estava sozinho... Em essência, era um espetáculo antinatural: imagine um dedo humano cortado do todo, da mão — um dedo humano separado, curvando-se, pulando, correndo pela calçada de vidro. Eu sou esse dedo.

E mais estranho e mais antinatural do que tudo é que o dedo também não quer, de modo algum, estar na outra mão, nem estar com os outros dedos; isso mesmo, ele quer ficar sozinho, ou... Bem, sim, não tenho mais nada a esconder: ou estar

AS SELVAS DA LÓGICA. FERIMENTOS E CURATIVOS. NUNCA MAIS.

com ela, com aquela mulher, despejando-me para dentro dela novamente, como antes... através do ombro, através dos dedos entrelaçados de nossas mãos...

Voltei para casa quando o sol já estava se pondo. As cinzas rosadas do final de tarde estavam no vidro das paredes, no ouro do pináculo da Torre Acumuladora, nas vozes e nos sorrisos dos números que vou encontrando ao longo do caminho. É estranho: os raios do sol que está se pondo caem exatamente no mesmo ângulo daqueles que brilham pela manhã, mas tudo é completamente diferente, o tom de rosa é diferente; agora, à tardinha, é muito suave, um pouco amargo; mas, pela manhã, ele volta a ser vibrante e brilhante.

Lá embaixo, no saguão, debaixo de uma pilha de envelopes cobertos com cinza rosada, U, a controladora, tirou uma carta e me entregou. Ela é, repito, uma mulher muito respeitável e tenho certeza de que tem os melhores sentimentos em relação a mim.

Mas, de qualquer maneira, toda vez que vejo aquelas bochechas caídas, parecidas com as guelras de um peixe, por algum motivo, acho isso uma coisa desagradável.

Ao me estender a carta com aquela mão nodosa, U suspirou. Mas esse suspiro mal movimentou a cortina que me separava do mundo: eu estava inteiramente absorvido pelo envelope que tremia nas minhas mãos, nas quais, eu não tinha dúvidas, havia uma carta de I.

Aqui, outro suspiro se seguiu àquele, mas esse foi tão intencional, como se sublinhado com duas linhas, que cheguei a tirar os olhos do envelope, e vi, entre as guelras, através das persianas tímidas dos olhos baixos, um sorriso terno, protetor, ofuscante. E então:

— Coitado, pobrezinho — ela disse, agora, com um suspiro mais intencional ainda, agora sublinhado com três linhas, e com um aceno praticamente imperceptível para a carta (ela conhecia o conteúdo da carta, é óbvio, era sua obrigação).

— Não, tudo bem... Mas por que ela disse...?

— Ah, meu querido! Eu o conheço melhor do que você conhece a si mesmo. Venho analisando você já faz muito tempo. Vejo que você precisa, em sua vida, de alguém que já estuda a vida há muitos anos e que caminhe de mãos dadas com você...

Eu me senti acariciado pelo sorriso dela... foi como um curativo sobre as feridas que a carta que tremia em minhas mãos logo iria causar. E, finalmente, por entre as persianas tímidas, de modo calmo, ela continuou:

— Vou pensar um pouco a respeito, querido, vou pensar um pouco a respeito. E, não se preocupe, se eu sentir força suficiente dentro de mim... não, não, primeiro eu devo pensar um pouco...

— Oh, grande Benfeitor! Estou mesmo condenado... Ela realmente quer dizer que...

Meus olhos ficaram ofuscados devido às milhares de ondulações senoides, as letras saltavam. Caminhei até onde havia luz, perto da parede. O sol estava se pondo ao longe, e de lá caiu aquela cinza escura, triste e rosada, cada vez mais espessa, sobre mim, sobre o chão, sobre minhas mãos, sobre a carta.

Rasguei o envelope — e rapidamente procurei com os olhos pela assinatura; num instante a ferida se abriu: a carta não era de I; era... de O. E ainda outra ferida: no final da página, no canto direito, havia uma mancha grande, algo pingou aqui... Não suporto borrões, sejam do que forem, de tinta ou... vai saber do quê. Eu sei que, em outras épocas, essa desagradável mancha só teria incomodado meus olhos. Mas por que, então, esse pequeno borrão cinzento me parece uma nuvem e, por causa dela, tudo foi ficando mais cinzento, mais escuro? Ou seria isso, mais uma vez, a tal "alma"?

A carta

Você sabe — ou talvez não saiba — que não sou boa em escrever. Mas isso não faz diferença. Agora você já sabe que sem você não tenho um único dia, uma única manhã, uma única primavera. Porque, para mim, R é apenas... Bem, isso realmente não é importante para você. Em todo caso, sou muito grata a ele: sem ele, eu teria ficado muito só nesses últimos dias; eu teria... eu não sei o que teria feito... Ao longo desses dias e noites, foi como se eu tivesse vivido dez anos, ou talvez vinte. E é como se o meu quarto não fosse mais quadrado, mas tivesse ficado redondo, fiquei dando voltas e voltas nele, sem parar — tudo está sempre igual, e não há portas em lugar nenhum.

Não posso nada sem você, porque eu o amo. Porque eu vejo e compreendo: você não precisa de ninguém, de ninguém exceto dela, da outra, e... você entende que é justamente porque o amo, que eu devo...

Só preciso de mais dois ou três dias para, de alguma forma, colar os pequenos pedaços de mim em algo que se assemelhe, mesmo que um pouquinho, à antiga O-90. Eu mesma irei fazer a declaração na qual retiro o seu nome da minha inscrição, isso vai ser melhor para você, você deve ficar feliz agora. Nunca mais irei perturbá-lo.

Adeus, O.

Nunca mais. Sim, certamente será melhor: ela está certa. Mas, por que, então, por quê...

19º REGISTRO

Resumo

Infinitesimal de terceira ordem.
Debaixo da testa.
Por cima do parapeito.

Lá, no estranho corredor pontilhado de pequenas lâmpadas incandescentes e tremeluzentes... ou melhor, não, não lá; mais tarde, quando já estávamos em um canto afastado do pátio da Casa Antiga, ela disse: "Depois de amanhã". Esse "depois
de amanhã", na verdade, é hoje. Tudo tem asas, o dia está voando, e a nossa *Integral* agora já tem asas: concluíram a instalação do motor do foguete e hoje o tes-
taram em marcha acelerada sem carga. Que explosões magníficas e poderosas;
para mim, cada uma delas soava como uma saudação em honra *dela*, daquela mulher que é única, em honra do dia de hoje.

No primeiro teste (= explosão), cerca de dez números do nosso hangar estavam próximos demais à boca do motor, maravilhados; não restou absolutamente
nada deles, exceto alguns pequenos fragmentos e fuligem. Registro aqui com orgulho que o ritmo do nosso trabalho não parou nem por um segundo, ninguém
vacilou; tanto nós quanto nossas máquinas continuamos nossos movimentos re-
tilíneos e circulares com a mesma precisão como se nada tivesse acontecido. Dez
números, isso mal representa uma centésima milionésima parte da multidão do
Estado Único; em termos práticos, é um infinitesimal de terceira ordem. Só os
antigos conheciam a piedade, fruto de uma profunda ignorância de aritmética:
para nós isso é algo engraçado.

E é engraçado, ao menos para mim, que ontem eu pudesse ter pensado, e registrado nestas páginas, a respeito de uma pequena e lamentável mancha cinzen-
ta, a respeito de um borrão. É tudo sempre esse "amolecimento da superfície", que
deveria ser dura como o diamante, dura como as nossas paredes (é como o antigo
ditado: "jogar ervilhas contra uma parede").

São 16h. Não fiz o passeio adicional. Quem sabe, talvez ela possa estar pensando em aparecer justamente agora, quando o sol está brilhando tão forte...

Estou praticamente sozinho no prédio. Através das paredes de vidro ensola-
radas, ao longe, tanto à direita como à esquerda e abaixo, dá para ver, suspensos

no ar, os quartos desertos que se repetem, como nos espelhos. Pela escada azulada, iluminada por poucos raios de sol, um vulto fino e cinzento sobe lentamente. Agora já é possível ouvir os passos — e vejo através da porta — e sinto como se um sorriso tivesse sido engessado em mim; os passos depois seguem adiante e descem por outra escada...

O intercomunicador tocou. Corri para a pequena fenda branca e vi que era um número desconhecido masculino (tem uma consoante). O elevador fez um ruído e fechou com força. Vejo diante de mim alguém com as sobrancelhas que parecem ter sido empurradas para baixo, logo cima dos olhos... isso causa um efeito muito estranho, é como se ele estivesse falando de lá, de debaixo das sobrancelhas, onde ficavam os olhos.

— É uma carta dela para você... — ele disse debaixo daquelas sobrancelhas, como se estivesse sob um toldo. — Ela pediu que você fizesse impreterivelmente tudo como diz na carta.

Sob as sobrancelhas, sob aquele toldo, olhou tudo ao redor.

— Não há ninguém, absolutamente ninguém aqui; vamos lá, me entregue logo!

Olhando em volta mais uma vez, ele enfiou apressadamente o envelope nas minhas mãos e saiu. Fiquei sozinho.

Bem, não sozinho. Do envelope saiu um cupom cor-de-rosa e o — quase imperceptível — perfume dela. É ela, ela virá até mim. Rapidamente comecei a ler a carta, com meus próprios olhos, para acreditar de vez que...

O quê? Não pode ser! Li de novo, saltando algumas linhas: "O cupom... e certifique-se de baixar as persianas, como se eu estivesse, de fato, na sua casa... É imprescindível para mim que pensem que eu... Sinto muito, muito mesmo...".

Deixei a carta em pedaços. No espelho, por um segundo, vejo minhas sobrancelhas contorcidas e desalinhadas. Peguei o cupom para fazer o mesmo que fiz com a carta dela... "Ela pediu que você fizesse impreterivelmente tudo como diz na carta."

Minhas mãos enfraqueceram e se abriram, e o cupom caiu na mesa. Ela *é* mais forte do que eu, e parece que vou fazer exatamente o que me pede. Ou melhor... ou melhor, não sei: veremos, ainda falta tempo para a noite... O cupom continuava sobre a mesa.

O espelho refletia minhas sobrancelhas contorcidas e desfeitas. Por que não arrumar um atestado médico para hoje também: para sair e andar, andar sem parar, dar a volta em toda a Muralha Verde — e depois cair na cama e afundar até a profundeza... Mas tenho que estar no Auditório 13, e dar um jeito de me aparafusar no assento com força de modo a ficar imóvel por duas horas — duas horas... quando o que eu precisava era gritar e bater os pés no chão.

INFINITESIMAL DE TERCEIRA ORDEM. DEBAIXO DA TESTA. POR CIMA DO PARAPEITO.

A conferência. É muito estranho que do aparelho cintilante não estivesse saindo uma voz metálica, como sempre, mas uma espécie de voz suave, peluda e musgosa. Uma voz de mulher. Era como se eu pudesse ver a mulher: uma velhinha, pequena e parecida com um gancho, como a da Casa Antiga.

A Casa Antiga... Foi só pensar e tudo irrompeu de uma só vez, como de uma fonte, vindo de baixo, e precisei me segurar novamente com todas as minhas forças para não inundar o auditório com um grito. Palavras suaves e peludas me transpassaram; e apenas uma coisa permaneceu de tudo isso: era algo sobre crianças, algo sobre puericultura. Sou como uma chapa fotográfica: imprimo tudo em mim com uma precisão estranha, involuntária e indiferente. O reflexo da luz formando uma foice dourada no alto-falante; embaixo da luz, foi colocado um bebê, um exemplo vivo. Ele estende a mão na direção do reflexo da foice e leva à boca a bainha do seu unif microscópico; em seu pequeno punho firmemente cerrado, ele aperta o dedo grande (ou melhor, muito pequeno), dá para ver a sombra da sua dobrinha pequena e rechonchuda no pulso. Como uma chapa fotográfica imprimo também: aqui e agora, o pequeno pé descalço fica pendurado na borda da mesa, os pequenos dedos dos pés rosados formam suspensos no ar, como um leque. E, em um momento, a criança acaba caindo no chão...

Então, o grito de mulher, agitando as asas transparentes do unif, ela voa para o palco, agarra o bebê, pressiona os lábios na pequena dobrinha do pulso; recoloca o bebê no centro da mesa e desce do palco. Tudo continua sendo impresso em mim: a boca rosada em forma de lua crescente com as pontas voltadas para baixo; os olhos azuis arregalados como dois pires cheios até a borda. Era O. E eu, como se estivesse lendo alguma fórmula harmoniosa, de repente compreendo a natureza inevitável e óbvia deste acontecimento insignificante.

Ela estava sentada um pouco atrás de mim, à esquerda. Olhei para trás; ela obedientemente tirou os olhos da mesa onde estava o bebê e voltou-os para mim, para dentro de mim. Então, de novo, lá estavam ela, eu e a mesa no palco, os três pontos, ligados por três linhas, a projeção de alguns eventos inevitáveis e ainda desconhecidos.

Voltei para casa por uma rua verde e sombria, na qual as luzes mais se parecem com olhos arregalados. Ouvi dentro de mim o tic-tac de um relógio cujas horas estavam correndo. E os ponteiros que estão dentro de mim estão prestes a indicar um algarismo específico... estou para fazer algo do qual agora será impossível voltar atrás. Ela precisa que alguém pense que ela está na minha casa. Embora eu precise dela, o que me importa do que ela "precisa"? Não quero ficar sozinho atrás das persianas; não quero, e é isso.

Atrás de mim, dava para ouvir passos familiares, que pisam forte como se estivesse caminhando sobre poças. Desta vez, não preciso olhar para trás, eu agora sei de quem se trata, é S. Ele vai me seguir até a porta e, provavelmente, vai ficar parado na calçada, lá embaixo, com os olhos de broca tentando perfurar o meu quarto, lá em cima até que as persianas caiam para esconder o crime de alguém...

Ele, o Anjo da Guarda, providenciou o ponto-final para eu colocar em tudo isso. Eu decidi que não. Eu decidi, ponto-final.

Quando subi e cheguei ao meu quarto, acendi a luz e não pude acreditar no que estava vendo: O estava parada perto da minha mesa. Ou melhor, ela parecia estar pendurada como um vestido que foi tirado e abandonado naquele canto. E, por baixo do vestido, era como se não houvesse nada, seus braços e suas pernas estavam desarticulados; e ela tinha uma voz que também parecia estar pendente, desarticulada.

— Eu... é sobre a minha carta. Você a recebeu? Sim? Preciso saber a resposta, preciso saber hoje.

Dei de ombros. E com prazer, como se ela fosse culpada de tudo, olhei para aqueles seus olhos azuis cheios até a borda e demorei a responder. Então, com prazer, enterrando nela uma palavra de cada vez, eu disse:

— Resposta? Bem... Você tem razão. Incondicionalmente. A respeito de tudo.

— Então... isso significa que... — (ela tentou esconder o tremor dos lábios com um sorriso, mas eu vi). — Bem, então tá! Já estou indo... Estou indo...

Ela continuava abandonada sobre a mesa. Os olhos baixos, as pernas e os braços desarticulados, coração perdido. Sobre a mesa, ainda estava o cupom cor-de-rosa amassado *da outra*. Rapidamente abri meu manuscrito — "NÓS" — e escondi o cupom entre suas páginas (talvez mais de mim mesmo do que propriamente de O).

— Pois então, estou escrevendo o tempo todo. Já tenho cento e setenta páginas... Está ficando completamente diferente do que eu esperava...

Então, uma voz, ou melhor, a sombra de uma voz:

— Você se lembra... daquela vez, sobre a página sete, eu... e caiu uma lágrima... e você...

Os pequenos pires azuis, cheios até a borda, derramavam gotas silenciosas rápidas pelas bochechas; depois palavras transbordaram rapidamente...

— Eu não suporto mais; já, já estou indo embora... Nunca mais eu... o que importa? Mas eu só quero... eu preciso ter um filho seu. Deixe-me um filho e eu irei embora, eu irei mesmo embora!

Eu a vi estremecer toda sob o unif e senti que naquele momento eu também tremia... cruzei as mãos atrás das costas e sorri:

INFINITESIMAL DE TERCEIRA ORDEM. DEBAIXO DA TESTA. POR CIMA DO PARAPEITO.

— O quê? Você quer ir parar na Máquina do Benfeitor?

Então as palavras dela caíram sobre mim como riacho represado:

— E daí? Mas eu vou conseguir sentir a criança dentro de mim. E, mesmo que, por apenas alguns dias... vou ver... mesmo que apenas uma vez, vou ver sua pequena dobrinha, que fica bem aqui, exatamente como aquele bebê, um pouco antes, em cima da mesa. Um único dia já...!

Três pontos: ela, eu e, lá na mesa, o pequenino punho, com a dobra gordinha...

Uma vez, na infância, eu me lembro que nos levaram até a Torre Acumuladora. Na plataforma superior, eu me inclinei sobre o parapeito de vidro; lá embaixo, as pessoas eram pontos. Meu coração disparou de um modo doce, mas bom ao mesmo tempo: E se? Naquele momento, apenas agarrei o corrimão com mais força; hoje, eu saltaria.

— Você quer continuar com isso? Mesmo sabendo perfeitamente que...

Com os olhos fechados, como se estivesse diretamente diante do sol e com um sorriso molhado e radiante, ela respondeu:

— Sim! Eu quero, sim!

Arranquei o cupom cor-de-rosa — o da outra — que estava debaixo do manuscrito e corri até o atendente de serviço. O agarrou-me pela mão, gritou alguma coisa, mas o que era eu só entendi depois, quando voltei.

Ela se sentou na beira da cama, com as mãos firmemente pressionadas entre os joelhos.

— Aquele... aquele era o cupom dela?

— Isso realmente importa? Sim, era o dela.

Algo fez um barulho. Mais provavelmente tenha sido apenas O que se mexeu. Ela ainda estava sentada, com as mãos entre os joelhos, em silêncio.

— Então? Vamos rápido...

Agarrei violentamente a mão dela; e logo apareceram no seu pulso manchas vermelhas (que amanhã serão hematomas) bem ali, onde as crianças têm a dobrinha rechonchuda.

Esse foi o último gesto. Então, apertei o botão; os pensamentos, apagados... escuridão, faíscas... E eu caí por cima do parapeito.

20º REGISTRO

Resumo

A descarga.
O material das ideias.
Rocha zero.

Descarga: é o termo mais indicado. Agora vejo que foi exatamente como uma descarga elétrica. A minha pulsação dos últimos dias se tornou cada vez mais seca, cada vez mais rápida, cada vez mais tensa; os polos estavam ficando cada vez mais próximos — secos e rachados — mais um milímetro: uma explosão, e depois silêncio.

Tudo agora está muito quieto e vazio dentro de mim, como em uma casa de onde todos foram embora e você se encontra deitado sozinho, doente, mas ainda consegue ouvir o bater metálico distinto dos pensamentos com tanta clareza.

Talvez essa "descarga" tenha, finalmente, me curado dessa minha "alma" em agonia, e eu tenha voltado a ser como todos nós somos. Pelo menos agora, sem nenhuma dor, mentalmente vejo O nos degraus do Cubo, vejo-a na Campânula de Gás. E, se ela mencionar o meu nome lá, no Departamento de Operações, não importa: no meu último momento, vou beijar grata e devotadamente a mão punitiva do Benfeitor. Tenho esse direito em relação ao Estado Único, o de suportar a punição, e não abrirei mão dele. Ninguém entre nós deveria ousar renunciar a esse seu único — e ainda mais valioso — direito.

... Meus pensamentos batem com a nitidez e a calma do metal; um aero desconhecido me transporta para as alturas azuis das minhas abstrações favoritas. E eu, aqui, nesta mais pura e rarefeita atmosfera, vejo meu raciocínio sobre direito estourar como um pneu. E vejo claramente que isso não passa de um retrocesso a um preconceito absurdo dos antigos — as suas ideias sobre "direitos".

Existem ideias de argila e existem ideias esculpidas em ouro ou em nosso eterno e precioso vidro. E, para determinar o material do qual uma ideia é feita, basta colocar sobre ela uma gota de um ácido de ação poderosa. Os antigos também conheciam um desses ácidos: a *reduction ad finem*. Parece que era assim que eles o chamavam; mas tinham medo desse veneno. Eles preferiam ver qualquer tipo de *céu*, mesmo que fosse de barro ou de brinquedo, a terem que se deparar com o nada azul. Somos — louvado seja o Benfeitor — adultos, e os brinquedos já não são necessários para nós.

Então, e se alguém pingar uma gota de ácido na ideia de "direito"? Mesmo entre os antigos — os mais maduros sabiam disto: que a fonte do direito é a força, portanto o direito é uma função da força. Suponhamos dois pratos em uma balança: sobre um há um grama; sobre o outro, uma tonelada; sobre um, "eu"; sobre o outro, "nós", o Estado Único. Não é óbvio: admitir que "eu" posso ter alguns "direitos" em relação ao Estado Único equivale exatamente à mesma coisa que admitir que um grama pode contrabalançar a tonelada — que eles são uma e a mesma coisa. Disso se segue a distribuição: para a tonelada, direitos; para o grama, obrigações; assim o caminho natural que faz passar da trivialidade à grandeza é: esqueça que você é o grama e se sinta como uma milionésima parte da tonelada...

Vocês, venusianos rosados e de corpo esplêndido; vocês, uranianos cobertos de fuligem como ferreiros, ouço seus murmúrios em meu azul silencioso. Mas, tentem entender, tudo que é ótimo é simples. Tentem entender, apenas as quatro regras da aritmética são inabaláveis e eternas. E só uma moralidade construída sobre as quatro regras pode ser grande, inabalável e eterna. Essa é a sabedoria final; esse é o pináculo da pirâmide que as pessoas, vermelhas de suor, cambaleantes e ofegantes, têm, durante séculos, lutado para subir. Mesmo dessa altura, lá no fundo, onde o que resta da barbárie dos nossos antepassados ainda se move como um verme insignificante — mesmo desta altura eles são idênticos: o sentimento materno ilegal de O, o assassino e aquele louco que se atreveu a atacar o Estado Único com versos. Para eles, a sentença é a mesma: a morte prematura. Essa é a mesma justiça divina com que sonhavam os homens que viviam em casas de pedra, iluminados pelos ingênuos raios rosados do alvorecer da história: o seu "Deus" punia da mesma forma tanto o sacrilégio contra a Santa Igreja quanto o assassinato.

Vocês, uranianos, severos e negros como os antigos espanhóis, que tão bem sabiam queimar os outros em fogueiras, vocês estão calados; e, ao que tudo indica, vocês estão concordando comigo. Mas, então, eu ouço, vindo de vocês, venusianos rosados, algo sobre as torturas, execuções, sobre o retorno ao tempo da barbárie. Meus queridos venusianos, tenho pena de vocês — vocês não são capazes de pensar filosófica e matematicamente.

A história humana se desenvolve em uma espiral, como um aero. Os círculos são diferentes: dourados ou sangrentos, mas todos são identicamente divididos em 360°. E, partindo do zero, contamos para a frente: 10°, 20°, 200°, 360° — e zero de novo. Sim, retornamos ao zero, pois é. Mas para a minha mente que raciocina matematicamente fica claro: esse zero é outro, completamente novo. Começamos do zero à direita e voltamos ao zero da esquerda, portanto: em vez de + zero, temos — zero. Entenderam?

Este Zero para mim é como uma espécie de rocha silenciosa, enorme, estreita e afiada como uma faca. Na escuridão feroz e peluda, prendendo a respiração, nós zarpamos do lado obscuro e noturno da Rocha Zero. Por muito tempo, nós, como Colombos, navegamos e navegamos; demos a volta por toda a Terra e, finalmente, viva! Salvas, e todos fomos para os mastros: diante de nós está o outro, e ainda desconhecido, lado da Rocha Zero, iluminado pelas luzes norte do Estado Único, uma massa formada pelo azul do céu, faíscas do arco-íris, sóis — milhares de sóis, bilhões de arco-íris...

Grande coisa se o que nos separa do outro lado da Rocha Zero é apenas a espessura de uma faca. A faca é a invenção mais duradoura, mais imortal e mais genial de todas as que foram criadas pelo homem. A faca serviu de guilhotina, ela é o meio universal para cortar todos os emaranhados de nós; e, ao longo do fio afiado de uma faca está o caminho dos paradoxos — o único caminho digno de uma mente que não tem medo...

21º REGISTRO

Resumo

O dever do autor.
O gelo distendido.
O amor mais difícil.

Ontem era o dia dela, mas ela, de novo, não apareceu; e, de novo, enviou uma carta ininteligível, que não esclarecia nada. No entanto, estou calmo, perfeitamente calmo. Se ainda estou procedendo segundo determinado na carta, se ainda entrego o seu cupom para o atendente de serviço e, depois de ter baixado as persianas, sento-me sozinho no meu quarto, obviamente não é porque não consigo ir contra a vontade dela. É engraçado! Claro que não por isso. É simplesmente que, separado pelas persianas, de todos os sorrisos curativos, posso escrever tranquilamente estas páginas, essa é a primeira coisa. A segunda é porque nela, em I, tenho medo de perder a única chave para descobrir todas essas incógnitas (a história do guarda-roupa, minha morte temporária, e assim por diante). Agora me sinto obrigado a descobri-las, mesmo que apenas como o autor destes registros, para não falar do fato de que, de modo geral, o desconhecido é organicamente hostil ao homem, e o *Homo sapiens* só é um homem no sentido pleno da palavra quando não há absolutamente mais nenhum ponto de interrogação em sua gramática, apenas pontos de exclamação, vírgulas e pontos-finais.

E, assim, guiado, por aquilo que, mais precisamente, me parece ser o dever de autor, hoje, às 16h, tomei um aero e parti, de novo, para a Casa Antiga. Havia um vento contrário muito forte. O aero se movia com dificuldade através daquela selva aérea, cujos galhos transparentes assobiavam e fustigavam. A cidade abaixo parecia toda de blocos azuis de gelo. De repente, uma nuvem, uma sombra rápida e oblíqua, e o gelo se transformou em uma massa cor de chumbo, que se distende como na primavera, quando você vai para a margem do rio e espera: e, num instante, tudo começa a rachar, jorrar, começar a se mover e a deslizar; mas minuto após minuto, o gelo ainda permanece parado, e agora é você que começa a se distender, o coração passa a bater de modo cada vez mais ansioso, com uma frequência maior (mas por que estou escrevendo sobre isso, e de onde vêm essas sensações estranhas? Porque certamente não existe um quebra-gelo que poderia quebrar o cristal mais transparente e mais duradouro da nossa vida...).

Na entrada da Casa Antiga, não tinha ninguém. Contornei o edifício e vi, parada perto da Muralha Verde, a velha senhora que ficava de sentinela: ela ergueu a mão como em forma de saudação, olhando para cima. Ali, do outro lado da Muralha, dava para ver triângulos pretos e pontiagudos, era algum tipo de pássaro: grasnando, eles se lançavam ao ataque, bravamente batendo contra a parede da Muralha, mas davam contra o invólucro impermeável — as ondas elétricas —; apenas para se retirarem e voltarem novamente.

No rosto escuro todo sulcado de rugas, como sombras oblíquas, vi o olhar rápido se voltar na minha direção.

— Ninguém, ninguém, não há ninguém aqui! Não há motivo para entrar.

Que história é essa, como não há motivo? E que ideia estranha, me considerar uma mera sombra de alguém. Talvez vocês sejam todos sombras minhas. De fato, não fui eu que não povoei estas páginas — que ainda há pouco apenas folhas brancas vazias — com vocês? Sem mim, alguém saberia a respeito de vocês, todos aqueles que vou conduzir pelos estreitos e pequenos caminhos que são estas linhas?

Claro que não disse isso tudo a ela; sei por experiência própria: a coisa mais angustiante é infundir, em uma pessoa, a dúvida de que ela é uma realidade tridimensional, e não qualquer outro tipo de realidade. Limitei-me a lhe dizer, secamente, que a sua função era abrir a porta, e ela me deixou entrar no pátio.

Deserto. Quieto. O vento soprava, atrás dos muros, tão longe quanto o dia em que nós, ombro a ombro, dois como um, emergimos lá debaixo, dos corredores — se é que isso realmente aconteceu. Avancei, caminhando por baixo de algo que se assemelhava a arcos de pedra, o som dos passos, cujo som, ao bater nessas abóbadas úmidas, ia ficando para trás de mim, como se houvesse alguém no meu encalço. As paredes amarelas, pontilhadas com tijolos vermelhos, observavam-me através dos óculos quadrados e escuros das janelas, enquanto eu abria as portas barulhentas de locais nada convidativos, enquanto eu espiava os cantos, becos sem saída, passagens. Um portão na cerca e uma área erma: o memorial à Grande Guerra dos Duzentos Anos: do chão se projetavam ossos nus de pedra, paredes, como mandíbulas amarelas, um fogão antigo com uma chaminé vertical... tudo era como um navio que ficou, para sempre, petrificado entre as ondas de tijolos vermelhos.

Tive a impressão de já ter visto antes essas mesmas mandíbulas amarelas, mas de modo um tanto indistinto, como se estivessem no fundo de um corpo denso de água; então comecei a procurar pelo lugar. Caí em valas, tropecei em pedras;

O DEVER DO AUTOR. O GELO DISTENDIDO. O AMOR MAIS DIFÍCIL.

patas enferrujadas agarraram meu unif; gotas de suor consideravelmente salgadas escorriam pela minha testa e entravam nos meus olhos...

Em nenhuma parte! Eu não conseguia encontrar em nenhuma parte a saída que da outra vez usamos para deixar esses corredores — não estava lá. E, no entanto, talvez tenha sido melhor assim, era mais provável que *tudo isso* tenha sido um dos meus "sonhos" absurdos.

Cansado, coberto de pó e envolto em uma espécie de teia de aranha, eu já tinha aberto o portão que dava para o pátio principal. De repente, atrás de mim, ouvi passos agitados e barulhentos; e, na minha frente, vi as orelhas-asas cor-de-rosa e o sorriso do duplamente curvado S.

Estreitando os olhos, ele cravou suas pequenas brocas em mim e perguntou:

— Passeando?

Fiquei em silêncio. Minhas mãos começaram a incomodar.

— E então, está se sentindo melhor?

— Sim, obrigado. Parece que estou voltando ao normal.

Ao me deixar, ele ergueu os olhos, jogou a cabeça para trás e, pela primeira vez, foi possível ver o seu pomo de adão.

Não muito acima de nós, cerca de cinquenta metros, os aeros zumbiam. Pelo voo lento e baixo e pelos tubos de observação que lembravam trombas negras, vi que se tratava dos Guardiões. No entanto, não eram dois nem três, como sempre, mas dez ou doze (infelizmente, vou ter que me contentar com um número aproximado).

— Por que há tantos deles hoje? — criei coragem para perguntar.

— Por quê? Bom... Um médico de verdade começa a tratar uma pessoa que ainda está saudável, que só vai ficar doente amanhã, depois de amanhã, daqui a uma semana. Profilaxia, isso mesmo!

Ele acenou com a cabeça e saiu chapinhando pelas lajes de pedra do pátio. Mas, então, se virou e me disse, olhando por cima do ombro:

— Tenha cuidado!

Fiquei sozinho. Silêncio, vazio. Muito acima da Muralha Verde, os pássaros e o vento rodopiavam. O que ele quis dizer com aquilo?

O aero deslizou rapidamente no sentido do vento... Sombras leves e pesadas das nuvens; abaixo, cúpulas azuis, cubos de gelo de vidro iam ficando cor de chumbo, iam se distendendo...

À NOITE

Abri meu manuscrito para acrescentar, em suas páginas, algumas observações, alguns pensamentos que, tenho a impressão, serão úteis (para vocês, meus leitores) a respeito do grande Dia da Unanimidade, o qual já está muito próximo. Mas percebi que não vou poder fazê-lo exatamente agora. O tempo todo, não tenho feito outra coisa a não ser escutar o vento bater suas asas escuras contra as paredes de vidro e ficar olhando para trás, esperando. Pelo quê? Eu não sei. Quando as familiares guelras castanho-rosadas apareceram no meu quarto, fiquei muito feliz, e digo isso com toda a sinceridade. Ela se sentou, arrumando modestamente uma dobra do unif que havia caído entre os seus joelhos, e rapidamente me cobrindo de sorrisos — um pedacinho de sorriso para cada uma das minhas rugas. Eu me senti agradável e firmemente protegido.

— Pois olhe só, cheguei para a aula hoje — ela trabalha na Usina de Educação Infantil —, e tinha uma caricatura na parede. Sim, garanto-lhe que é verdade! Eles me desenharam no formato de algum tipo de peixe. Talvez eu, de fato, me pareça...

— Não, não, você não parece — apressei-me em dizer (de perto, para dizer a verdade, é óbvio que não há nada nela que se pareça com guelras, e o que eu disse antes a esse respeito foi absolutamente sem intenção).

— Bem, no final das contas, não é importante. Mas, você entende, foi o ato em si. Eu, naturalmente, chamei os Guardiões. Amo muito crianças e considero que o amor mais difícil e mais elevado é a crueldade, você me entende?

— Ah, com certeza! — Isso estava muito de acordo com minha forma de pensar. Não resisti e li para ela um fragmento do meu 20º registro, que começa com: "... ouvir o bater metálico distinto dos pensamentos com muita clareza...".

Sem olhar diretamente, pude ver suas bochechas castanho-rosadas estremecerem, virem se aproximando cada vez mais de mim e, logo em seguida, sentir, nas minhas mãos, seus dedos secos, duros e um pouco espinhosos.

— Me dê isso, me dê! Vou gravar e fazer as crianças memorizarem. Nós precisamos disso muito mais do que os seus venusianos... Sim, nós; agora, amanhã, depois de amanhã.

Ela olhou em volta e, em voz baixa, disse:

— Você ouviu? Estão dizendo que no Dia da Unanimidade...

Dei um pulo.

— O quê... o que estão dizendo? O que vai... no Dia da Unanimidade?

As paredes confortáveis haviam deixado de existir. Imediatamente, me senti arremessado lá para fora, onde um vento impetuoso soprava sobre os telhados, e nuvens sombrias e oblíquas iam ficando cada vez mais baixas...

O DEVER DO AUTOR. O GELO DISTENDIDO. O AMOR MAIS DIFÍCIL.

U me segurou pelos ombros com determinação e firmeza (embora eu estivesse envolvido com minha própria agitação, notei que os pequenos ossos dos seus dedos tremiam).

— Sente-se, meu querido, não fique agitado. As pessoas falam qualquer coisa... Mas, se for necessário, nesse dia estarei com você, deixarei minhas crianças na escola com outra pessoa e estarei com você; porque você, meu querido, você também é uma criança, e você precisa...

— Não, não — eu acenei, afastando-a —, de jeito nenhum! Você, de fato, acha que pode me tomar por uma criança e que eu sozinho não consigo... De jeito nenhum! — (Confesso: eu tinha outros planos para aquele dia.)

Ela sorriu: o texto não escrito do sorriso, evidentemente era: "Ah, que rapazinho teimoso!". Ela então se sentou, com os olhos baixos. As mãos, de novo, modestamente arrumando uma dobra do unif que havia caído entre os seus joelhos; então passou a falar sobre outra coisa:

— Acho que devo decidir... pelo seu bem... E eu imploro, não me apresse, preciso pensar um pouco mais...

Eu não a estava apressando. Embora tenha percebido que eu deveria ficar feliz, e que não há honra maior do que ser você mesmo a coroa que agracia alguém que está no crepúsculo da vida.

... A noite toda era como se asas estivessem sobre mim, e eu protegia minha cabeça dessas asas, com minhas mãos. Depois: a cadeira. Mas a cadeira não é uma das nossas, modernas; mas era um modelo antigo, feito em madeira. Consigo ver a diferença pelos pés; como um cavalo (pata da frente direita e pata traseira esquerda; pata da frente esquerda e pata traseira direita), a cadeira corria até a minha cama e subia nela; é incômoda e machuca; mas amei aquela cadeira de madeira.

É surpreendente: será que é realmente impossível imaginar um meio de curar essa doença dos sonhos ou de torná-la racional — talvez até mesmo útil?

22º REGISTRO

Resumo

Ondas petrificadas.
Tudo está sendo aperfeiçoado.
Eu sou um micróbio.

Imagine que você está à beira-mar: as ondas sobem ritmicamente; e, depois de subirem, de repente, elas permaneçam assim, congeladas, petrificadas. Assim foi igualmente aterrorizante e antinatural quando, subitamente, nosso passeio, conforme prescrito pela Tabela de Horários, virou uma confusão, ficou atrapalhado e foi interrompido. A última vez que algo semelhante aconteceu, como relatam nossas crônicas, foi há cento e dezenove anos, quando, do céu, caiu um meteorito bem no meio das pessoas, com um grande barulho e muita fumaça.

Estávamos caminhando como de costume, isto é, tal como os guerreiros retratados nos monumentos assírios: mil cabeças, dois pés em perfeita sincronia, dois braços, em movimento, também em perfeita sincronia. No final da avenida, lá onde a Torre Acumuladora zumbia de modo ameaçador, uma formação em quadrado se aproximou de nós: nas laterais, na frente e atrás vinham guardas; no meio, três pessoas em seus unifs — sem os números dourados... E tudo ficou aterradoramente claro.

O enorme mostrador no topo da torre era um rosto, curvando-se das nuvens e cuspindo segundos, esperava com indiferença. E, então, exatamente às 13h06, uma confusão tomou conta do quadrilátero. Tudo isso estava acontecendo bem perto de mim; eu conseguia ver os detalhes mais mínimos; e eu me lembro muito claramente de um pescoço longo e fino; na têmpora havia um emaranhado de veias azuladas, como rios no mapa geográfico de um mundo pequeno e desconhecido... E esse mundo desconhecido, aparentemente, era um jovem. Ele provavelmente notou alguém em nossas fileiras: levantou-se, ficou na ponta dos pés, esticou o pescoço e parou. Um dos guardas o acertou com a faísca azulada de um chicote elétrico; ele soltou um grito fino, como o de um cachorrinho. E, então, um novo golpe a cada, mais ou menos, dois segundos — e assim seguia: grito, golpe; grito.

Nós continuávamos a caminhar ritmicamente, no estilo assírio, e, ao ver os zigue-zagues graciosos das faíscas, pensei: "Tudo na sociedade humana está

ONDAS PETRIFICADAS. TUDO ESTÁ SENDO APERFEIÇOADO. EU SOU UM MICRÓBIO.

sendo ilimitadamente aperfeiçoado — e deve ser assim. Que ferramenta horrenda era o antigo chicote; e, agora, quanta beleza...".

Mas aqui, como uma porca de parafuso que se soltou em velocidade máxima, uma figura feminina magra e flexível saiu de nossas fileiras, gritando:

— Chega! Não se atrevam! — E investiu diretamente contra o quadrilátero. Parecia o meteoro de cento e dezenove anos atrás: a caminhada como um todo ficou paralisada, e as nossas fileiras se tornaram como cristas cinzentas de ondas aprisionadas por um congelamento repentino.

Por um segundo, olhei para ela como se ela fosse de outro mundo, como todos. Ela já não era um número — era apenas um ser humano, existia somente como a substância metafísica de um insulto lançado contra o Estado Único. Mas, então, um movimento dela — o mero virar-se, girando o quadril para a esquerda — foi o suficiente para reconhecê-la: eu conheço, eu conheço esse corpo, flexível como um chicote. Meus olhos, meus lábios, meus braços o conhecem, naquele momento, eu tinha a mais absoluta certeza disso.

Dois dos guardas avançaram para interrompê-la. Um breve instante e as suas trajetórias iriam se cruzar em um ponto ainda claro e espelhado da calçada — um breve instante e eles a agarrariam... Meu coração foi tragado, parou — e, sem pensar se era possível, proibido, absurdo, racional, corri até aquele ponto...

Senti sobre mim milhares de olhos, arregalados de horror, mas isso só serviu para dar uma força ainda mais desesperada e feliz à coisa primitiva e de mãos peludas que saiu de dentro de mim e que corria cada vez mais rápido. Agora, a apenas dois passos dela, e ela se virou...

Diante de mim, vi um rosto trêmulo, repleto de sardas, sobrancelhas ruivas... Não era ela! Não era I.

Uma alegria raivosa tomou conta de mim. Eu queria gritar algo como: "Sim, ela!". "Segurem-na!", mas eu só ouvia meu sussurro. Então, sobre o meu ombro, uma mão pesada; eles estavam me segurando, me conduzindo; tentei explicar para eles...

— Escutem, vocês precisam compreender, eu pensei que se tratava de...

Mas como eu poderia explicar tudo a meu respeito, tudo sobre a minha doença tal como está registrado nestas páginas? Então, esgotado, submissamente segui com eles... Uma folha arrancada de uma árvore por um golpe inesperado do vento cai submissamente, mas, em seu caminho, ela gira, agarra-se a cada galho, ramo e nó familiar: foi assim que me agarrei a cada uma daquelas cabeças esféricas e silenciosas, ao gelo transparente das paredes, à agulha azulada da Torre Acumuladora enfiada entre as nuvens.

Neste momento, quando a cortina desoladora finalmente estava pronta para me separar de todo este mundo maravilhoso, eu vi: não muito longe, uma grande cabeça familiar, com asas-orelhas cor-de-rosa, flutuando sobre o espelho da calçada. E uma voz familiar e grave:

— Considero ser minha obrigação atestar que o número D-503 está doente e sem condições de regular seus sentimentos. E tenho certeza de que ele se deixou levar por uma indignação natural...

— Sim, sim — agarrei-me a isso —, eu inclusive cheguei a gritar: "Segurem-na!".

Alguém atrás de mim, por sobre os meus ombros, disse:

— Você não gritou nada.

— Sim, mas eu queria. Juro pelo Benfeitor que eu queria!

Por um segundo, fui perfurado pelas brocas cinzentas e frias de seus olhos. Não sei se ele viu dentro de mim que isso era (quase) a verdade, ou se ele tinha algum objetivo secreto de me poupar novamente por um tempo; mas ele apenas escreveu um pequeno bilhete e o entregou a um daqueles guardas que estavam me segurando — e eu voltei à liberdade ou, melhor dizendo, fui restituído às ordenadas e infinitas fileiras assírias.

O quadrilátero contendo tanto o rosto sardento quanto a têmpora com o mapa das veias azuis desapareceu na esquina, para sempre. Seguimos caminhando — um só corpo de um milhão de cabeças, e, em cada um de nós, aquela humilde alegria pela qual, provavelmente, vivem as moléculas, os átomos e fagócitos. No mundo antigo, os cristãos, nossos únicos (embora muito imperfeitos) predecessores, entendiam assim: a humildade é uma virtude, mas o orgulho é um vício; o "nós" vem de Deus, mas "eu" vem do diabo.

Aqui estou eu, agora no mesmo ritmo dos demais; e, ainda assim, separado deles. Ainda estou trêmulo devido aos problemas que enfrentei, como uma ponte sobre a qual um antigo trem de ferro acabou de passar. Estou consciente de mim mesmo. Mas somente um olho obstruído pela sujeira, um dedo com abscesso ou um dente dolorido têm consciência de si mesmos, têm consciência de sua individualidade; já o olho, o dedo e o dente saudáveis são como se não existissem. Não fica claro que a consciência individual não passa de uma doença?

Bem, talvez eu não seja um fagócito, um calmo e eficiente devorador de micróbios (com têmporas azuladas e caras com sardas); talvez eu seja um micróbio; e talvez já existem milhares de micróbios entre nós, que ainda imaginam que são fagócitos, exatamente como eu...

E se o incidente de hoje, em sua essência, for insignificante; e se tudo isso for apenas o começo, apenas o primeiro meteorito de uma série de pedras de fogo barulhentas que serão derramadas pelo infinito sobre nosso paraíso de vidro?

23º REGISTRO

Resumo

Flores.
A dissolução de cristal.
Se ao menos.

Dizem que existem flores que desabrocham uma única vez a cada cem anos. Por que não haveria algumas que desabrochassem uma vez a cada mil ou dez mil anos? Talvez não tenhamos ficado sabendo disso até agora apenas porque esse tempo que ocorre uma-vez-a-cada-mil-anos chegou sobre nós exatamente no dia de hoje.

E agora, feliz e embriagado, desço as escadas até o atendente de serviço e, bem diante dos meus olhos e por toda parte, esses botões milenares estavam desabrochando rápida e silenciosamente; as cadeiras estão florescendo, assim como as placas douradas, as lâmpadas elétricas, os olhos escuros e peludos de alguém, as colunas lapidadas das grades, o lenço caído nos degraus, a pequena mesa do atendente de serviço, e também atrás da mesa, as bochechas morenas, macias e sardentas de U. Tudo parece excepcional, novo, macio, róseo, úmido.

U pegou meu cupom cor-de-rosa; e, acima de sua cabeça, através do vidro da parede, a lua azul e perfumada balança como em um galho invisível.

Exultante, apontei o dedo e disse:

— A lua, me entende?

U olhou para mim, depois para o número do cupom — e vi aquele movimento familiar, encantadoramente modesto: ela ajustando as dobras do unif entre os joelhos.

— Querido, você está com uma aparência fora do normal e doente; até porque anormalidade e doença são a mesma coisa. Você está se destruindo, e ninguém irá lhe dizer isso, ninguém!

Esse "ninguém", com certeza, é uma referência ao número do cupom: I-330. Querida e maravilhosa U! Você está certa, sem dúvida: sou imprudente, estou doente, tenho uma alma, sou um micróbio. Mas o florescimento não é uma doença? Não é doloroso quando um botão rebenta? E você não acha que o espermatozoide é o mais aterrorizante dos micróbios?

Subi, fui para o meu quarto. No cálice aberto da cadeira, está I. Estou no chão, abraçado às suas pernas, minha cabeça sobre os seus joelhos. Ficamos em silêncio. O silêncio, as pulsações... é como se eu fosse um cristal se dissolvendo nela, em I. Sinto com absoluta clareza as facetas polidas que me delimitavam no espaço irem se derretendo, se derretendo — e eu desaparecendo, me *dissolvendo* no colo dela, nela. Fui ficando cada vez menor e, ao mesmo tempo, cada vez mais amplo e maior, e cada vez mais ilimitado. Porque ela, bem, ela não é ela, mas o universo. E, então, por um segundo, eu e esta cadeira perto da cama, trespassados por uma alegria, somos um. A velha senhora do sorriso magnífico que fica à porta da Casa Antiga, e a selva primitiva do outro lado da Muralha Verde, e algumas ruínas prateadas sobre o fundo preto, que cochilam como a velha senhora, e uma porta que acabou de se fechar, em algum lugar provavelmente muito distante — tudo isso está dentro de mim, junto comigo, ouvindo as minhas pulsações, completando aquele segundo de felicidade...

Numa enxurrada de palavras absurdas e confusas, tentei dizer a ela que sou um cristal e que, portanto, dentro de mim há uma porta e que, por isso, sinto o quão feliz a cadeira está. Mas saiu tanta bobagem que eu parei. Fiquei com vergonha: e, de repente, eu...

— I, querida, me perdoe! Não entendo, o que estou dizendo é de uma estupidez...

— Por que você acha que a estupidez é ruim? Se eles tivessem preparado e cultivado a estupidez humana durante séculos, assim como fizeram com a inteligência, talvez algo extraordinariamente precioso tivesse resultado disso.

Parece-me que ela está certa... como ela poderia não estar certa agora?

— E por causa daquele seu ato estúpido, daquilo que você fez outro dia no passeio, eu te amo ainda mais, ainda mais.

— Mas por que você me fez ficar agoniado, por que você não veio, por que mandou seus cupons, por que você me fez...

— Talvez eu precisasse testar você? Talvez eu precisasse saber que você fará o que eu quiser, que agora você é completamente meu?

— Sim, completamente!

Ela tomou o meu rosto, a mim por inteiro, nas palmas das mãos e ergueu a minha cabeça.

— Bem, e quanto às suas "obrigações de número honesto"? E então?

Dentes doces, afiados e brancos; um sorriso. Ela, ali, no cálice aberto da cadeira, é como uma abelha; tem ferrão e mel dentro dela.

Sim, as obrigações... Mentalmente, virei as páginas dos meus últimos registros: na verdade, não há, em nenhum lugar, sequer a menor alusão que, em essência, eu devesse...

FLORES. A DISSOLUÇÃO DE CRISTAL. SE AO MENOS.

Fiquei em silêncio. Sorri em êxtase (e, provavelmente, como um estúpido), olhei fixamente dentro das pupilas dela, fui de uma para outra e, em cada uma delas, me vi refletido. Eu sou minúsculo, milimétrico, confinado nessas minúsculas masmorras de arco-íris. E, então, de novo, as abelhas, os lábios, a doce dor do florescimento...

Em cada um de nós, números, há um metrônomo invisível e silencioso e, sem olhar para o relógio, sabemos a hora com exatidão, com a diferença máxima de cinco minutos. Mas, então, naquele momento, o metrônomo parou em mim, eu não sabia quanto tinha passado; com medo, peguei, debaixo do travesseiro, a placa com o meu relógio.

Toda a glória ao Benfeitor: mais vinte minutos! Mas minutos tão ridiculamente curtos passam muito rapidamente, e eu precisava contar a ela tantas coisas — tudo, tudo sobre mim, sobre a carta de O, e sobre a noite terrível em que eu lhe fiz um filho; e, por alguma razão, contar sobre minha infância, sobre o matemático Pliapa, sobre $\sqrt{-1}$, e sobre quando estive pela primeira vez na celebração da Unanimidade, e que chorei amargamente porque uma mancha de tinta havia sido encontrada em meu unif — e justamente em um dia como aquele.

I levantou a cabeça e a apoiou no cotovelo. No canto dos seus lábios, duas linhas longas e nítidas formavam com os ângulos escuros levantados das sobrancelhas uma cruz.

— Talvez, naquele dia... — E ela parou. As sobrancelhas ficaram agora ainda mais escuras. Ela pegou a minha mão e apertou com força. — Diga que você não vai me esquecer, que sempre se lembrará de mim.

— Por que você está assim? O que você quer dizer, I querida?

I ficou em silêncio, e seus olhos agora passaram por mim, através de mim, ficaram distantes. De repente, ouvi como o vento batia suas enormes asas contra o vidro (é claro, que ele vinha batendo o tempo todo, mas só agora ouvi), e, por algum motivo, os pássaros que tentavam penetrar sobre o cume da Muralha Verde me vieram à mente.

I abanou a cabeça, como que afastando algo de si mesma. Mais uma vez, por um segundo, ela me tocou, toda ela... como quando um aero toca o solo por um segundo antes de pousar.

— Bem, pegue as minhas meias! Rápido!

As meias — jogadas em minha mesa, sobre uma página aberta (na página 193) dos meus registros. Com pressa, acabei batendo no manuscrito, as páginas se espalharam; não havia como colocá-las novamente em ordem, mas o principal era que, mesmo que houvesse uma maneira de organizá-las, ainda assim, não seria na ordem certa... Sempre ficaram lacunas, hiatos e incógnitas.

— Não suporto mais, não assim — eu disse. — Você está, agora, aqui, ao meu lado, e, mesmo assim, é como se estivesse atrás de uma parede antiga e opaca: através da qual ouço ruídos, vozes — e não consigo entender as palavras, não sei o que há ali. Não suporto mais, não assim. Você nunca fala as coisas até o fim; você não me disse, sequer uma única vez, onde eu estive, aquela vez, na Casa Antiga, nem o que são aqueles corredores e por que o médico, ou, quem sabe, nada disso realmente existiu?

I colocou as mãos nos meus ombros; lenta e profundamente entrou para dentro dos meus olhos.

— Você quer saber tudo?

— Sim, eu quero. Eu preciso.

— E você não terá medo de me seguir para qualquer lugar, até o fim, não importando aonde eu o leve?

— Sim, qualquer lugar!

— Bom! Eu te prometo: quando a celebração acabar, se ao menos... Ah, sim: como vai a sua *Integral*? Sempre esqueço de perguntar. Quase pronta?

— Não: o que significa "se ao menos"? De novo? O que significa "se ao menos"?

Ela (agora já à porta):

— Você verá por você mesmo...

Estou sozinho. Tudo o que restou dela foi uma fragrância quase imperceptível, lembrando o pó doce, seco e amarelo de algum tipo de flor do outro lado da Muralha. Isso e pequenos ganchos de interrogação que implacavelmente se prenderam em mim — como aqueles anzóis que os antigos usavam para pescar (que se encontram no Museu Pré-Histórico).

... Por que, de repente, ela está perguntando sobre a *Integral*?

24º REGISTRO

Resumo

O limite de uma função.
A Páscoa.
Riscando tudo.

Sou como uma máquina colocada em movimento a um imenso número de revoluções; os rolamentos superaqueceram, mais um minuto e o metal derretido começará a pingar, e tudo terá dado em nada. Rápido, um pouco de água fria, de lógica. Despejo isso em baldes, mas minha lógica apenas chia sobre o metal quente e se dissipa no ar como um vapor branco e evasivo.

Bem, sim, está claro: para determinar o verdadeiro valor de uma função, é necessário levá-la ao seu limite. E está também claro que a absurda "dissolução no universo" à qual me referi ontem, levada ao limite, significa morte. Até porque a morte é precisamente a mais completa dissolução de mim mesmo no universo. A partir daqui, se designarmos amor com "A", e morte com "M", então temos A = f(M), ou seja, amor e morte...

Sim, exatamente, exatamente isso. Portanto, tenho medo de I, luto contra ela, não quero mais lutar. Mas por que ambos, tanto o "eu não quero" quanto o "eu quero", estão lado a lado dentro de mim? O horror está nisto: que eu quero de novo a morte maravilhosa da noite passada. O horror está nisto: que, mesmo agora, quando a função lógica está integrada e é evidente que ela implicitamente inclui a própria morte, ainda a quero, com lábios, braços, peito, com cada milímetro...

Amanhã é o Dia da Unanimidade. Claro, ela vai estar lá também, vou vê-la, mas só de longe. De longe... isso vai ser doloroso, porque tenho uma necessidade, e essa necessidade irresistivelmente me atrai para ela, para estar ao lado dela, de modo que suas mãos, seus ombros, seus cabelos... Mas, e daí? Eu quero, inclusive, essa dor.

Grande Benfeitor! Querer o sofrimento, que absurdo! Quem acha inconcebível a dor ser um componente negativo, que diminui a soma daquilo que chamamos de felicidade. E, consequentemente...

Mas agora não existe nenhum "consequentemente". Tudo é puro. Tudo está nu.

À NOITE

Através das paredes de vidro do prédio — um pôr do sol com uma ventania, febrilmente róseo e alarmante. Virei a cadeira para que esse ocaso cor-de-rosa não fique pendurado diante de mim, e virei as páginas dos meus registros — e veja só: de novo, esqueci que não estou escrevendo para mim, mas para vocês, meus desconhecidos, a quem amo e de quem tenho pena; para vocês, que ainda se arrastam em algum lugar séculos atrás de nós.

Agora — sobre o Dia da Unanimidade, sobre este grande dia. Sempre adorei essa data, desde a minha infância. Parece-me que, para nós, é algo semelhante ao que era a "Páscoa" para os antigos. Lembro-me de que, na véspera, fazíamos uma espécie de pequeno calendário de horas — e exultantes, riscávamos cada hora que passava: cada hora era uma mais perto, uma hora a menos para esperar... Se eu pudesse ter certeza de que ninguém iria ver, honestamente, ainda hoje, carregaria comigo um pequeno calendário desses e marcaria quanto resta até amanhã, quando vou ver — mesmo que de longe...

(Fui interrompido: trouxeram um novo unif, recém-saído da fábrica. É costume distribuírem unifs novos para todos nós para o dia de amanhã. No corredor, é possível ouvir passos, vozes alegres, barulho.)

Continuando... Amanhã vou assistir ao mesmo emocionante espetáculo que se repete ano após ano, e, cada vez, de um modo novo: o poderoso Cálice da Concórdia, braços erguidos em reverência. Amanhã é o dia da eleição anual do Benfeitor. Amanhã, de novo, entregaremos a ele as chaves da fortaleza inabalável da nossa felicidade.

Isso, é claro, em nada se parece com as eleições desordenadas e desorganizadas dos antigos, quando — o que é uma piada — o resultado das eleições era de antemão desconhecido. Construir um Estado às cegas, com base num acaso perfeitamente não calculado — o que pode ser mais insensato? Mas, mesmo assim, foram necessários séculos para se entender isso.

Desnecessário dizer que nesse aspecto, como em tudo o mais, não há lugar para nenhuma eventualidade, não pode haver nada inesperado. E as próprias eleições têm um significado que é, antes e acima de tudo, simbólico: lembrar-nos de que somos um organismo único, poderoso, de milhões de células — que somos, usando as palavras do "Evangelho" dos antigos, uma única Igreja. Afinal, a história do Estado Único não conhece nenhum caso em que uma única voz tenha ousado violar o majestoso coro uníssono neste dia solene.

Dizem que os antigos conduziam secretamente suas eleições, sorrateiramente, como ladrões. Alguns dos nossos historiadores chegam inclusive a

O LIMITE DE UMA FUNÇÃO. A PÁSCOA. RISCANDO TUDO.

afirmar que eles apareciam nas cerimônias eleitorais completamente disfarçados (chego a imaginar aquele espetáculo fantasticamente sombrio: noite, uma praça, figuras se esgueirando furtivamente pelas paredes com capas pretas; a chama vermelha das tochas deitadas pelo vento...). Por que a necessidade de todo esse sigilo? Isso nunca foi satisfatoriamente esclarecido. Provavelmente, as eleições estavam ligadas a alguns ritos místicos, supersticiosos ou até mesmo criminosos. Para nós, não há nada a esconder ou do que nos envergonhar; celebramos as eleições aberta e honestamente, em plena luz do dia. Vejo como todos votam no Benfeitor; todos veem como eu voto no Benfeitor — e será que, de fato, pode ser de outra forma, já que "todos" e "eu" somos um único "Nós"? Quão mais nobre, sincero e elevado é esse formato do que aquele "segredo" covarde e suspeito dos antigos! E sem falar o quão mais expediente. Afinal, ainda que aconteça o impossível, isto é, alguma dissonância na monofonia habitual, bem, os Guardiões estão aqui, invisíveis, no meio das nossas tribunas: eles podem imediatamente deter os números que caíram em erro, salvando-os de futuros passos em falso e salvando o próprio Estado Único dessas pessoas. E, por fim, mais uma coisa...

Pela parede, à esquerda, em frente à porta espelhada do guarda-roupa — uma mulher apressadamente desabotoa o seu unif. Então, por um segundo, vagamente: seus olhos, lábios, duas nítidas ligaduras róseas... Então a persiana caiu, e instantaneamente todos os acontecimentos de ontem vieram à tona. Já não sei mais o que eu queria dizer com "por fim, mais uma coisa" e também não quero saber, não quero! Quero somente uma coisa, I. Eu a quero comigo todos os minutos, a cada minuto, sempre comigo e somente comigo. E o que acabei de escrever sobre a Unanimidade se tornou desnecessário, ou melhor, quero riscar, rasgar, jogar fora. Até porque sei (e daí que seja blasfêmia; que seja) que só existe celebração com ela, apenas quando ela está comigo, ao meu lado, ombro a ombro. E sem ela o sol de amanhã será apenas um pequeno círculo de lata; e o céu — lata pintada de azul, e eu mesmo...

Peguei o receptor do telefone:

— I, é você?

— Sim, sou eu. Por que está ligando tão tarde?

— Talvez ainda não seja tarde. Eu queria te pedir... quero que você esteja comigo amanhã, querida.

"Querida" — eu disse bem baixinho. E, por alguma razão, o que aconteceu no hangar esta manhã passou como um relâmpago pela minha cabeça. Por diversão, alguém colocou um relógio sob um martelo de cem toneladas... um movimento, uma brisa passando pelo rosto e um toque delicado e silencioso de cem toneladas no frágil relógio.

Uma pausa. Tive a impressão de ter ouvido o sussurro de alguém vindo do quarto de I. Então, a voz dela:

— Não, eu não posso. Bem, você entende, eu mesma não iria... Não, não posso. Por quê? Amanhã você saberá.

25º REGISTRO

Resumo

Descida do Céu.
A maior catástrofe da história.
O que é conhecido acabou.

Quando todos ficaram em pé, antes do início, o hino começou a ser executado sobre nossas cabeças, suavemente como um dossel solene — centenas de alto-falantes da Usina de Música e milhões de vozes humanas. Por um segundo, esqueci tudo: esqueci de algo alarmante que I havia dito a respeito da celebração de hoje, esqueci, ao que parece, até dela. Naquele momento, eu era o mesmo menino que, certa vez, num dia como este, chorou por causa de uma pequena mancha em seu unif, a qual só ele conseguia enxergar. E daí que ninguém próximo possa ver que estou coberto de manchas pretas e indeléveis; o que sei é que, para um criminoso como eu, não há lugar entre esses rostos francos e abertos. Ah, se eu pudesse agora me levantar e, mesmo com um nó na garganta, gritar tudo a meu respeito. E pouco importa se for o fim — e daí? Pelo menos, por um segundo, vou me sentir puro e sem propósito, como este céu puerilmente azul.

Todos os olhos se ergueram lá para cima, no azul casto da manhã: ainda úmido pelas lágrimas da noite — uma mancha quase imperceptível, ora escura, ora vestida de raios. Descendo do céu para nós, era Ele, o novo Jeová, em um aero — tão sábio e amorosamente cruel quanto o Jeová dos antigos. A cada minuto, Ele se aproximava mais e mais, e milhões de corações se erguiam mais e mais alto para encontrá-lo — e agora Ele nos via. Como se estivesse com ele, mentalmente, procurei contemplar o que os olhos dele estariam vendo lá de cima: marcados pela fina linha azul de nossos unifs, os círculos concêntricos das tribunas — como círculos de uma teia de aranha pontilhada de sóis microscópicos (as nossas placas brilhantes); e, no seu centro, no espaço de um momento, estará assentada a sábia Aranha nas vestes brancas do Benfeitor, aquele que sabiamente amarrou nossas mãos e pés nas benevolentes redes da felicidade.

Mas aqui termina Sua majestosa descida dos céus; os metais do Hino silenciaram, todos se sentaram. Imediatamente entendi: tudo é, na realidade, uma teia de aranha muito sutil, que está esticada e tremendo, um momento a mais e ela irá se romper, e algo improvável acontecerá...

Erguendo-me um pouco, olhei em volta, e meu olhar encontrou outros olhares amavelmente assustados, que corriam de um rosto a outro. E, então, alguém levantou a mão e fez um sinal, mexendo os dedos quase imperceptivelmente, para outro alguém que, por sua vez, em resposta fez um sinal com o dedo. E, então, um terceiro... E entendi: eram os Guardiões. E entendi mais: eles estão preocupados com alguma coisa, a teia estava esticada e trêmula. E dentro de mim, como em um receptor de rádio ajustado no mesmo comprimento de onda, senti um tremor em resposta.

No palco, um poeta lia uma ode pré-eleitoral, mas eu não ouvia uma única palavra: só o balanço rítmico do pêndulo hexamétrico, e, a cada uma das suas oscilações, aproximava-se a hora designada. E eu ainda olhava febrilmente para os rostos nas fileiras, um rosto após o outro, como se fossem páginas, mas não via o único que procurava, e tinha que encontrá-lo rapidamente, porque o pêndulo estava prestes a marcar, e então...

Era ele, é claro que era. Lá embaixo, perto da plataforma, deslizando sobre o vidro brilhante, passavam as orelhas-de-asas rosadas; um corpo em movimento refletia a forma de uma curva dupla e escura, como na letra S. Ele estava correndo para algum lugar nas passagens labirínticas entre as plataformas.

S e I — parece haver algum tipo de vínculo (entre eles, o tempo todo parece estar lá... só não sei de que natureza, mas um dia vou saber do que se trata). Não tirei mais os olhos dele; ele como um novelo, indo cada vez mais longe, ia deixando o fio se desenrolar atrás de si. Então, ele parou, e...

Foi como a descarga de um raio de alta voltagem: isso me perfurou, me torceu em um nó. Na nossa fileira, a apenas uns quarenta graus de mim, S parou e me cumprimentou com um aceno de cabeça. Vi I e, ao lado dela, o sorrisinho revoltante dos lábios negroides de R-13.

Meu primeiro pensamento — corra até lá e grite para ela: "Por que você está com ele hoje? Por que você não quis que eu...?". Mas a invisível e benéfica teia de aranha envolvia com força minhas mãos e pés. Sentei-me como se fosse um pedaço de ferro, com os dentes cerrados, sem baixar os olhos. Ainda sinto aquela dor *física* aguda no coração. E me lembro de ter pensado: "Se pode existir dor física a partir de causas não físicas, então está claro que...".

Infelizmente, não cheguei a terminar o raciocínio: só lembro que algo sobre uma "alma" me passou pela cabeça; um antigo ditado sem sentido, algo como "Tremi até a alma". E de repente, congelei: o hexâmetro havia parado. Agora, outra coisa está começando... Mas o quê?

DESCIDA DO CÉU. A MAIOR CATÁSTROFE DA HISTÓRIA. O QUE É CONHECIDO ACABOU.

O intervalo pré-eleitoral de cinco minutos, estabelecido pelo costume. O silêncio pré-eleitoral, estabelecido pelo costume. Mas hoje ele não era realmente tão piedoso, tão reverente como já foi: agora estava mais se parecendo como na época entre os antigos, quando eles ainda não conheciam as nossas torres acumuladoras, quando o céu indomável ainda era sacudido, de vez em quando, por "tempestades". Hoje estava como entre os antigos antes de uma tempestade.

O ar pesava como ferro fundido transparente. Dava vontade de respirar com a boca escancarada. Meu ouvido tenso até doer, percebeu que, em algum lugar lá atrás, havia um murmúrio alarmante, como de um rato roendo alguma coisa. Com os olhos abaixados, vejo, o tempo todo, diante de mim, aqueles dois, I e R, um ao lado do outro, ombro a ombro — quanto a mim, as minhas odiosas, desconhecidas e peludas mãos tremem sobre os meus joelhos.

Todos tinham em mãos suas placas com os relógios. Um. Dois. Três... Cinco minutos se passaram... Do palco, uma voz morosa e metálica dizia:

— Quem é a favor, peço que levante a mão.

Se eu pudesse olhá-Lo nos olhos, como antes, diretamente e com devoção: "Aqui estou, todo meu eu. Todo meu eu. Leve-me!". Mas agora não ousava. Com esforço, como se todas as minhas juntas estivessem enferrujadas, levantei a mão.

O barulho de milhões de mãos. Alguém abafou um "Ah!". Senti que alguma coisa estava de cabeça para baixo, mas não entendia o que era, não tinha forças nem ousava olhar...

— Quem é contra?

Este sempre foi o momento mais majestoso da celebração, todos continuavam sentados imóveis, inclinando alegremente a cabeça ao benevolente jugo do Número dos Números. Porém, aqui, com horror, ouvi novamente um barulho: muito fraco, como um suspiro, mas que fez mais barulho do que as primeiras tubas de metal que tocaram o hino. É assim o último suspiro de uma pessoa: quase inaudível. Ao seu redor, o rosto de todos que o cercam foi ficando pálido e gotas frias de suor escorriam pela testa deles.

Ergui os olhos... e...

Tudo levou um centésimo de segundo, o equivalente à espessura de um cílio. Vi milhares de mãos se levantarem "contra" — e baixarem. Vi o rosto pálido e marcado por uma cruz de I — sua mão estava levantada. Meus olhos não viram mais nada.

Outro filamento de cílio. Uma pausa; tudo quieto; uma pulsação. E, então, como se ao sinal de algum maestro insano, ouviu-se, ao mesmo tempo, em todas as tribunas, estalos, gritos, um turbilhão de unifs se dispersando, voando em fuga, Guardiões correndo desnorteados, os saltos dos sapatos de alguém jogados no ar, bem diante dos meus olhos... e perto dos saltos, alguém com a boca escancarada, extenuada por um grito que ninguém ouviu. Isso, por alguma razão, ficou gravado em mim mais nítida e profundamente do que qualquer outra coisa: milhares de bocas contorcidas em gritos que ninguém vai ouvir — como se projetado em uma tela imensa.

Vi, como em uma tela, em algum lugar bem abaixo e por um segundo, diante de mim, os lábios sem cor de O. Pressionada contra uma parede em um corredor ela protegia o ventre com os braços. Depois ela desapareceu, foi carregada pela enxurrada de gente, ou, quem sabe, fui eu que a esqueci porque...

Agora, as coisas não se passavam mais numa tela, mas dentro de mim mesmo, em meu coração apertado; em minhas têmporas que latejavam pesadamente. De repente, acima da minha cabeça, à esquerda, R-13 pulou para um banco — respingando, vermelho, agitado. Ele carregava I em seus braços, pálida, com o unif rasgado do ombro ao seio e com sangue sobre a pele branca. Ela estava firmemente agarrada ao pescoço dele; e ele, por sua vez, dando saltos enormes de um banco para outro, revoltante e ágil como um gorila, a carregava para as tribunas mais altas e para longe.

Como ocorria nos incêndios da época dos antigos, tudo ficou vermelho, e só me restava uma coisa a fazer: pular a fim de chegar até eles. Nem agora consigo explicar a mim mesmo de onde tirei tanta força, mas, como um aríete, atravessei a multidão, passei por cima de bancos, sobre ombros até, e, ao me aproximar, agarrei R pela gola:

— Não se atreva! Não se atreva, estou dizendo. Saia imediatamente! — Felizmente, não era possível ouvir a minha voz, todos gritavam alguma coisa, todos corriam.

— Quem? O que é isso? O quê? — R se virou, os lábios respingavam, ele tremia; provavelmente pensou que um dos Guardiões o tivesse agarrado.

— O quê? Olha aqui... Eu não quero... eu não vou permitir isso! Largue-a, tire as mãos dela agora!

Restou-lhe apenas a mexer os lábios com raiva, balançar a cabeça e correr para mais longe ainda. E aqui — tenho vergonha de dizer isto, mas tenho obrigação, sou e estou absolutamente obrigado a registrar tudo para que vocês, meus leitores desconhecidos, a fim de que vocês possam conhecer a história da minha doença até o fim. Neste momento, irrefletidamente o atingi na cabeça. Vocês entendem, eu bati nele! Disso me lembro muito bem. E me lembro de algo a mais: da sensação de uma espécie de liberdade, de alívio em todo o meu corpo depois de atingi-lo.

I rapidamente se desvencilhou dos braços dele.

DESCIDA DO CÉU. A MAIOR CATÁSTROFE DA HISTÓRIA. O QUE É CONHECIDO ACABOU.

— Saia daqui! — ela gritou para R. — Você não vê que ele está... Vá embora, R, vá embora!

R, sorrindo, mostrou os dentes brancos e negroides, cuspiu algumas palavras na minha cara, encolheu-se e desapareceu. Então, levantei-a em meus braços, apertei-a firmemente contra mim e a levei dali.

Meu coração batia descontroladamente dentro de mim; a cada golpe, era como se uma onda irascível, ardente e alegre se agitasse dentro de mim. E daí se algo lá tivesse se fragmentado em milhares de pedaços — não faz a menor diferença! Apenas importa que eu possa carregá-la apertada firmemente contra mim, sem jamais largá-la...

À NOITE, 22H

Mal consigo segurar a caneta: tal a minha exaustão depois de todos os acontecimentos vertiginosos desta manhã. Será possível que os muros antigos e preservadores da vida do Estado Único tenham caído? Será possível que estejamos novamente sem abrigo, naquela condição selvagem de liberdade, tal como nossos antepassados distantes? Será possível que já não haja o Benfeitor? Contra... no Dia da Unanimidade — contra? Estou envergonhado, aflito e assustado por eles. No entanto, afinal, quem são "eles"? E quem sou eu, eu mesmo: eu sou "eles" ou "nós" — será que realmente sei?

Devo prosseguir. Ela está sentada no banco de vidro aquecido pelo sol, na tribuna mais alta, para onde eu a havia trazido. Ombro direito e parte inferior, onde inicia aquela curvatura maravilhosa e incalculável, descobertos; havia um fio muito fino, como serpente, de sangue. É como se ela não percebesse que estava sangrando, que seu seio estava descoberto... Ou melhor, ela percebia tudo isso, mas era exatamente disso que ela precisava naquele momento; se seu unif estivesse fechado, ela o teria rasgado, ela...

— E amanhã... — ela dizia, respirando avidamente por entre os dentes cerrados, brilhantes e afiados. — O amanhã é um desconhecido. Você entende: nem eu nem ninguém sabe como ele é... ele é um desconhecido! Você percebe que tudo o que é conhecido acabou? A partir de agora, teremos o novo, o improvável, o sem precedentes.

Lá embaixo, eles estavam espumando e furiosos, correndo, gritando. Mas isso estava muito longe, e ficava ainda mais longe porque ela estava olhando para mim, ela me atraía lentamente para dentro de si através das estreitas janelas douradas das suas pupilas. E assim nós ficamos, por muito tempo, em silêncio. E, por algum motivo, eu me lembrei de como, certa vez, atrás da Muralha Verde, também fiquei olhando para as incompreensíveis pupilas amarelas de alguém, enquanto acima da Muralha os pássaros voavam (ou isso foi em outra época?)

— Escuta, se amanhã não acontecer nada fora do esperado, eu te levo lá, entendeu?

Não, eu não entendi. Mas, silenciosamente, balancei a cabeça. Eu estava... desfeito, eu era um infinitesimal, eu era um ponto...

No final das contas, dentro dessa condição de ponto existe uma lógica própria (a de hoje): num ponto há mais incógnitas do que qualquer coisa; tudo o que ele precisa é se mover, agitar-se e isso pode transformá-lo em milhares de curvas diferentes, centenas de sólidos geométricos.

Eu estava com medo de me mexer: no que vou me transformar? E a mim parecia que todos estavam com medo, assim como eu, do menor movimento. Aqui e agora, enquanto estou escrevendo essas coisas, todos estão sentados, acovardados em suas próprias gaiolas de vidro, e esperando por alguma coisa. O zumbido habitual dos elevadores no corredor a esta hora já não é audível, nem os risos e passos. De vez em quando vejo números entrarem a dois, olhando para trás, andando na ponta dos pés pelo corredor, sussurrando...

O que acontecerá amanhã? No que vou me transformar amanhã?

26º REGISTRO

Resumo

O mundo existe.
Erupção.
41° C.

É de manhã. Através do teto vê-se que o céu está, como sempre, firme, redondo, corado. Acho que teria ficado menos surpreso se tivesse visto acima da minha cabeça um insólito sol quadrado; ou pessoas vestidas com peles de cores variadas de animais; ou paredes de pedra e sem serem transparentes. Então, consequentemente, será que se pode dizer que o mundo — *o nosso mundo* — ainda existe? Ou será que isso é apenas resultado da inércia: o gerador agora está desligado, mas as engrenagens ainda fazem barulho e giram — duas voltas, três voltas — e na quarta elas vão parar...

Vocês conhecem a seguinte sensação: à noite, você acordou, abriu seus olhos no escuro, e, de repente, sente que não tem a menor ideia de onde está? E, mais que rapidamente, começa a tatear, em busca de algo familiar e firme: uma parede, uma luminária, uma cadeira. Foi me sentindo exatamente desse modo que comecei a tatear, tão rápido quanto pude, procurando a *Gazeta do Estado Único*, e me deparo com isto:

> *O Dia da Unanimidade, aguardado com tanta impaciência por todos, aconteceu ontem. Pela 48ª vez, o mesmo Benfeitor, que repetidamente demonstrou sua inabalável sabedoria, foi escolhido por unanimidade. O júbilo do evento foi obscurecido por tumultos provocados pelos inimigos da felicidade, os quais, por essa mesma razão, naturalmente privaram a si mesmos do direito de se tornarem pedras da fundação do Estado Único, que ontem foi renovada. Está claro para todos que levar em conta as suas vozes seria tão absurdo quanto considerar a tosse de pessoas doentes, presentes, por acaso, numa sala de concertos, como parte de uma magnífica sinfonia heroica...*

Ah, muito sábio! Mesmo assim, estamos realmente seguros, apesar de tudo? Mas como, de fato, se pode levantar alguma objeção a um silogismo tão cristalino?

E, mais adiante, estava também escrito:

Hoje, às 12h, terá lugar uma sessão conjunta do Departamento Administrativo, da Departamento Médico e do Departamento dos Guardiões. Dentro de poucos dias, espera-se um importante decreto do Estado Único.

Não, as paredes ainda estão de pé, aqui estão elas, posso tocá-las. E já não há mais aquela estranha sensação de estar perdido, de estar em algum lugar desconhecido, de ter perdido o rumo. Já não acho nada surpreendente o fato de eu ver o céu azul, o sol redondo; e todos estarem, como sempre, saindo para o trabalho.

Caminhei ao longo da avenida de modo especialmente vibrante e firme, e tive a impressão de que todos os outros caminhavam da mesma forma. Mas, então, num cruzamento, ao virar uma esquina, vi um comportamento estranho: as pessoas se afastando de um prédio, como se algo tivesse estourado na parede, um cano, e a água fria que caía dele estivesse impedindo que elas pudessem seguir adiante na calçada.

Mais cinco, dez passos, e também fui atingido pela água fria, que me fez sair da calçada... Na parede, a uns dois metros de altura, havia uma folha quadrada de papel, e nela as venenosamente incompreensíveis letras verdes.

MEPHI

Aqui embaixo, a coluna curvada em forma de S, orelhas de asas, balançando com transparente ira ou agitação. Com a mão direita levantada e a esquerda esticada impotentemente para trás, como uma asa dolorida e ferida, ele estava pulando para arrancar o pedaço de papel; mas, por muito pouco, não conseguiu.

Cada um dos que passavam provavelmente pensava: "Se eu me aproximar sozinho, em meio a todos, será que ele não vai pensar que eu sou culpado de alguma coisa e é por isso que quero ajudá-lo...". Confesso que também pensei a mesma coisa. Mas me lembrei de quantas vezes ele foi meu verdadeiro anjo da guarda, de quantas vezes ele me salvou; então, eu me aproximei, estendi a mão e arranquei a folha.

S se virou, e rapidamente as brocas entraram em mim, até o fundo, e dali ele conseguiu extrair algo. Ele, então, ergueu a sobrancelha esquerda e piscou parecendo se referir à parede onde a folha com as letras *Mephi* estava pendurada. Vi o canto do seu sorriso brilhar para mim e, para minha surpresa, como se estivesse alegre. Mas, afinal, o que há nisso tudo para ser algo surpreendente? Um médico sempre irá preferir uma erupção cutânea e uma febre de 40° C à temperatura que aumenta opressiva e lentamente durante um período de incubação de uma doença: bem, neste caso, pelo menos a natureza da doença é clara. O *Mephi* que surgiu nas paredes hoje é uma erupção cutânea. Entendo o sorriso dele...*

Desci até à estação do metrô, sob os meus pés, no vidro imaculado dos degraus, encontrei, mais uma vez, a folha branca *Mephi*. Da mesma forma, na parede, no banco, no espelho no vagão (evidentemente colada às pressas, de modo fortuito e torto) — por toda parte, lá estava a mesma e aterrorizante erupção branca.

No silêncio, o barulho distinto das rodas era como o barulho de sangue inflamado. Ao ser tocado no ombro, alguém estremeceu e deixou cair um rolo de papéis. À minha esquerda, outro: continuava lendo sempre e exatamente a mesma linha no jornal, que tremia imperceptivelmente. Sinto como se em todos os lugares — nas rodas, nas mãos, nos jornais, nos cílios — o pulso batesse com maior frequência; e talvez hoje, quando eu chegar lá com I, a temperatura está subindo... 39°, 40°, 41° — isso é marcado no termômetro pelas linhas pretas...

No hangar, o mesmo zumbido calmo, como um propulsor distante e invisível. As máquinas estavam em silêncio, pareciam de mau humor. Só os guindastes, quase inaudíveis, como se estivessem se movendo na ponta dos pés, deslizavam, abaixavam-se, agarravam com suas pinças os blocos azulados de ar congelado e os carregavam nos tanques de bordo da *Integral*: eram os preparativos para o voo experimental.

— Bem, o que você acha, terminaremos de carregar em uma semana?

Esse sou eu fazendo uma pergunta para o Segundo Construtor. Aquele com o rosto de porcelana fina, ornamentado com doces flores de um azul pálido e de um rosa delicado (olhos, lábios), mas hoje essas florezinhas estão de certo modo murchas e desbotadas. Começamos a fazer os cálculos em voz alta, mas de repente parei no meio de uma palavra e fiquei de pé, com a boca aberta: no alto da cúpula, no bloco azulado que havia sido levantado pelo guindaste, vi, preso, um pequeno quadrado branco quase imperceptível. O meu corpo todo tremia, talvez de tanto rir. Sim, eu podia me ouvir gargalhando (sabe aquela sensação de quando você ouve sua própria risada?).

— Não, escute... — eu disse a ele. — Imagine que você está num avião antigo, o altímetro está marcando cinco mil metros e uma asa quebra. Você cai como

---

* Devo confessar que só encontrei resposta precisa para aquele sorriso depois de muitos dias cheios até ao topo dos acontecimentos mais estranhos e inesperados.

um pombo em queda livre e, no caminho, você calcula: "Amanhã, das 12h às 14h tem isso... daí das 14h às 18h tem isso e isso... e às 18h é jantar... Pensa bem se não é ridículo. Mas é exatamente assim que estamos agindo!

As pequenas flores azuladas se agitaram e abriram-se amplamente. E se eu fosse de vidro e ele pudesse ver que em cerca de três a quatro horas...

27º REGISTRO

Resumo

Sem resumo — impossível.

Estou sozinho naqueles corredores infinitos — naqueles mesmos corredores, com um céu mudo e de concreto. Em algum lugar, a água está pingando na pedra. Uma porta familiar, pesada e opaca; e atrás dela, um ruído surdo.

Ela disse que me encontraria exatamente às 16h. Mas já se passaram cinco, dez, quinze minutos: ninguém. Por um segundo, vi meu antigo eu, para quem é assustador se aquela porta se abrir. "Mais cinco minutos, e se ela não vier..."

Em algum lugar, a água está pingando na pedra. Ninguém. Com uma alegria melancólica sinto: estou salvo. Volto, lentamente, pelo corredor. A linha pontilhada de lâmpadas tremeluzentes no teto vai ficando cada vez mais fraca...

De repente, atrás de mim, uma porta bateu precipitadamente, e o som da batida rápida de pés ricocheteia suavemente no teto, nas paredes: é ela, correndo em minha direção, ofegante e respirando pela boca.

— Eu sabia! Você estaria aqui, você viria aqui! Eu sabia: você... você...

As lanças de seus cílios se afastaram, me deixaram entrar e... Como posso começar a falar sobre o que esse ritual antigo, absurdo e maravilhoso faz comigo, quando os lábios dela tocam os meus? Que fórmula pode expressar o turbilhão que varre tudo da minha alma, menos ela? Sim, sim, da minha *alma* — podem rir se quiserem.

Lentamente, com esforço, ela levantou as pálpebras; depois, devagar, com dificuldade, pronunciou as palavras:

— Não, chega... depois... Agora, vamos.

A porta se abriu. Degraus bem desgastados, velhos. Era uma miscelânea de sons insuportavelmente confusa, assobios, e uma luz...

Vinte e quatro horas se passaram desde então; dentro de mim, tudo está um pouco mais calmo; e, no entanto, extraordinariamente difícil conseguir dar uma

NÓS

descrição mais ou menos precisa. É como se tivessem explodido uma bomba na minha cabeça; e, ao meu lado, em pilhas e mais pilhas, bocas abertas, asas, gritos, folhas, palavras, pedras...

Lembro-me de que o meu primeiro pensamento foi: "Rápido, volte correndo como um louco!". É que havia ficado claro para mim que, enquanto eu esperava ali, nos corredores, *eles*, de alguma forma, haviam explodido ou demolido a Muralha Verde, e tudo o que havia daquele lado, como uma onda, invadiu e inundou nossa cidade, que, até então, havia sido expurgada do mundo inferior.

Provavelmente, eu disse algo do tipo para I. Ela riu:

— Nada disso! Nós simplesmente viemos para *o outro lado da Muralha Verde*...

Então, abri os olhos — e cara a cara comigo, na realidade, estava a mesma coisa que até agora ninguém entre os vivos tinha visto, a não ser mil vezes diminuído, debilitado, subjugado pelo vidro embaçado da Muralha.

O sol... não era o nosso, uniformemente distribuído pelas superfícies espelhadas das ruas: ele era uma espécie de conjunto de fragmentos vivos, manchas em contínuo movimento, que cegavam nossos olhos e faziam girar a nossa cabeça. E as árvores — como velas erguidas ao céu, como aranhas agachadas no chão com as patas retorcidas; como nascentes verdes mudas... E tudo isso rastejava, se mexia, farfalhava; uma espécie de bola peluda se rompe sob os meus pés, e parece que estou acorrentado, sem conseguir dar um passo, porque, sob os meus pés, não há uma superfície plana, mas algo revoltantemente macio, flexível, vivo, verde, elástico.

Fiquei atordoado com tudo isso, afogado — essa talvez seja a palavra mais adequada. Fiquei de pé, agarrando-me com as duas mãos a algum galho.

— Não é nada, não é nada! É só o começo, já passou. Seja corajoso!

Ao lado de I, sobre a rede verde vertiginosa e saltitante, o perfil fino, muito fino de alguém, como que recortado em papel... Mas não, não é o de "qualquer pessoa" — eu o conheço. E eu me lembro: é o médico. Não, não, eu agora entendo tudo com muita clareza. E também entendo: os dois, rindo, agarraram-me pelos braços e começaram a me puxar. Meus pés estavam cambaleando e deslizando... Ali havia grasnados, musgo, colinas, guinchos, galhos, troncos, asas, folhas, um assobio...

Então as árvores foram ficando mais esparsas, uma clareira luminosa, e, na clareira, pessoas... ou, agora já nem sei mais como descrever... talvez, mais precisamente, seres.

Aqui está o mais difícil, porque isso ultrapassou todos os limites da probabilidade. E agora ficou claro para mim por que I, teimosamente, sempre manteve silêncio: eu mesmo ainda não teria acreditado — nem sequer nela. É possível que amanhã eu não acredite nem em mim mesmo nem neste meu registro.

Na clareira, em torno de uma pedra nua semelhante a uma caveira, fazendo barulho, havia uma multidão de umas trezentas ou quatrocentas... *pessoas* — vamos ficar com a palavra "pessoas", tenho dificuldade em usar outro termo. Assim como nas nossas tribunas, da soma total de rostos que vemos, inicialmente, percebemos apenas aqueles que nos são familiares. Aqui também foi da mesma maneira; inicialmente, notei apenas os familiares, também aqui, inicialmente, notei apenas os nossos unifs azul-claros. Mas, depois de um segundo, agora em meio aos unifs, distingui perfeita e claramente o que seriam pessoas: negras, ruivas, loiras, pardas, grisalhas, brancas. Todas estavam sem roupa, cobertas apenas por um pelo curto e brilhante, como o do tipo que qualquer um pode ver no cavalo empalhado que tem no Museu Pré-Histórico. Mas as mulheres tinham o rosto exatamente igual ao das nossas mulheres: delicadamente rosado e sem pelos, e também tinham seios livres de pelos, que eram grandes e firmes, de magnífico formato geométrico. Os homens tinham apenas parte do rosto liso, como tinham os nossos antepassados.

Era tudo a tal modo improvável, a tal ponto inesperado, que fiquei ali calmamente parado; digo e repito, fiquei ali calmamente parado, apenas olhando. Como uma balança: quando um lado já está tão sobrecarregado, você pode colocar o quanto quiser de peso no outro, o ponteiro não vai se mover.

De repente, eu estava sozinho. Neste momento, I não está comigo... eu não sei como ou para onde ela havia desaparecido. Ao meu redor, só havia *esses seres* de pele acetinada que brilhavam ao sol. Agarrei o ombro quente, forte e negro de alguém:

— Escute, pelo amor do Benfeitor, por acaso, você viu para onde ela foi? Ela estava aqui agora mesmo, neste minuto...

Sobrancelhas peludas e austeras em cima de mim:

— Shh-shh-shh! Calma! — E eles, balançando os pelos, com um aceno de cabeça, indicaram um ponto ao centro, onde estava a pedra amarela semelhante a uma caveira.

Lá, em cima, acima das cabeças, acima de todos, eu a vi. O sol batia diretamente nos meus olhos, vindo do outro lado, de trás dela; e, por causa disso, ela aparecia contra o céu azul, uma silhueta de carbono desenhada sobre o azul — nítida e negra como carbono. Um pouco mais acima, nuvens estavam passando; bem, é como se não fossem as nuvens que estivessem passando, mas sim a pedra, e ela sobre a pedra, e atrás dela a multidão, e a clareira

— tudo, em silêncio, deslizava como um barco, e com tanta leveza que o chão parecia flutuar sob os pés...

— Irmãos... — É ela. — Irmãos! Todos vocês sabem: do outro lado da Muralha, na cidade, estão construindo a *Integral*. E vocês sabem: chegou o dia em que destruiremos esta Muralha — todas as muralhas — de modo que o vento verde sopre de ponta a ponta, por toda a Terra. Mas a *Integral* está para levar essas muralhas lá para cima, para milhares de outros mundos, cuja luz, esta noite mesmo, irá falar a vocês através das folhas negras da noite...

Contra a pedra: batem ondas, espuma e vento:

— Abaixo a *Integral*! Abaixo!

— Não, irmãos, não abaixo. Mas a *Integral* deve ser nossa. Naquele dia, quando ela decolar para o céu pela primeira vez, nós estaremos nela. Porque o Construtor da *Integral* está conosco. Ele abandonou as muralhas, está aqui comigo, para estar entre vocês. Viva o Construtor!

Um instante e eu estava acima de todos — abaixo de mim, cabeças, cabeças, cabeças e bocas abertas gritando, braços se erguendo e se abaixando. Foi extraordinariamente estranho, inebriante: senti-me *superior a todos*, eu era eu, uma coisa separada, um mundo; havia deixado de ser uma parte, como sempre tinha sido, e me tornei uma unidade.

E aqui estou, com o corpo amassado, feliz e dolorido, como depois que nos deixamos cair no abraço do amor, encontrei-me no chão, bem perto da pedra. O sol, as vozes que vinham de cima — o sorriso de I. Uma certa mulher de cabelos loiros, de corpo dourado como o cetim e exalando um cheiro de ervas, trazia nas mãos uma taça que parecia ser de madeira. Após beber da taça com seus lábios vermelhos, ela a entregou a mim. De olhos fechados, bebi avidamente como que para inundar o fogo que me consumia — bebi suas faíscas doces, espinhosas, frias.

E, então, o sangue em mim e o mundo inteiro começaram a girar mil vezes mais rápido, o chão parecia voar, leve como penugem. Tudo para mim se tornou leve, simples, claro.

Foi quando vi na própria pedra as enormes e familiares letras: MEPHI; e, por alguma razão, entendi que é *necessário* que seja assim, é o fio simples e perene que une tudo. Vi um desenho tosco, talvez nessa mesma pedra: um jovem alado, um corpo transparente e ali, onde deveria estar o coração, havia um carvão em brasa ofuscante. E de novo: eu entendo esse carvão... ou melhor, eu o *sinto*, da mesma forma como sinto cada palavra, sem ouvir (ela falava lá de cima, da pedra), como sinto todos respirarem juntos; e que todos irão voar juntos para algum lugar, como os pássaros, daquela vez, acima da Muralha...

SEM RESUMO — IMPOSSÍVEL.

De trás, da densa massa de corpos ofegantes, uma voz alta:

— Mas isso é uma loucura!

E parecia que tinha sido eu — sim, fui mesmo eu quem subiu na pedra, atrás da qual o sol com as cabeças sobre fundo azul formava uma espécie de serra dentada verde, e gritava:

— Sim, é exatamente isso! E é preciso que todos enlouqueçam, é fundamental que todos enlouqueçam o quanto antes! É imprescindível, tenho certeza disso.

Ao meu lado, I. Seu sorriso — duas linhas escuras — saindo dos cantos da boca e apontando para cima, formando um ângulo; já, dentro de mim, aquele carvão em brasa estava queimando quase sem dor, momentânea, tranquila e magnificamente...

Depois disso, apenas fragmentos estranhos que ficaram presos.

Lentamente e voando baixo, um pássaro. Vi que estava vivo como eu; como um ser humano, ele virava a sua cabeça para a direita, para a esquerda; e seus redondos olhos negros me perfuram...

Mais: as costas cobertas com pelos brilhantes, cor de marfim velho. Nelas, rastejava um inseto com pequenas asas transparentes — as costas estremeciam para afugentá-lo, e de novo estremeciam...

Mais: das folhas, uma sombra entrelaçada, treliçada. Nessa sombra, as pessoas estavam deitadas e mastigavam algo que lembra uma lendária comida dos antigos: uma fruta longa e amarela e um pedaço de uma coisa escura. Uma mulher enfiou uma fruta dessas na minha mão, mas achei essa coisa engraçada: não sei se vou conseguir comê-la.

Então, novamente: multidão, cabeças, pés, mãos, bocas. Os rostos apareciam e desapareciam em questão de segundos, sumindo como bolhas. E, por um instante, ou talvez seja apenas impressão minha: orelhas-asas transparentes, voadoras.

Com todas as minhas forças, apertei a mão de I. Ela olhou para trás:

— O que há com você?

— Ele está aqui... Foi o que me pareceu...

— Ele quem?

— S... Aqui, agora mesmo, no meio da multidão...

As sobrancelhas finas e pretas como carvão se ergueram para as têmporas, formando o triângulo afiado que é o sorriso dela. Para mim não está claro: por que ela estava sorrindo. Como ela poderia sorrir?

— Você não entende, I, você não entende o que significa se ele ou se algum deles estiver aqui?

— Você é engraçado! Passaria pela cabeça de alguém do lado de lá, atrás da Muralha, que nós estamos aqui? Pensa bem, você está aqui, você alguma vez imaginou que isso seria possível? Eles estão nos caçando *lá*, então deixe eles caçarem! Você está delirando.

Ela, então, deu um sorriso leve e alegre, e eu sorri também; a terra inebriada, alegre, leve flutuava, flutuava...

28º REGISTRO

Resumo

Ambas.
Entropia e Energia.
Parte não transparente do corpo.

Então vejamos: se o seu mundo é semelhante ao mundo dos nossos distantes antepassados, então imagine que, certa vez, você se depara com uma sexta, uma sétima parte do mundo no oceano, uma espécie de Atlântida. E lá fantásticas cidades-labirinto: pessoas voando no ar sem a ajuda de asas ou aeros, pedras erguidas pela força de um olhar — em resumo, algo que jamais passaria pela sua cabeça, mesmo quando você está sofrendo de sonhos doentios. Bem, ontem foi o mesmo comigo. Porque, você entende, ninguém entre nós jamais esteve além da Muralha desde a época da Guerra dos Duzentos Anos — já falei a respeito disso com vocês.

Eu sei: meu dever perante vocês, desconhecidos amigos, é lhes contar mais detalhes sobre esse mundo estranho e inesperado que me foi revelado ontem. Mas, por enquanto, não posso voltar a isso. Coisas novas, o tempo todo, coisas novas: uma espécie de chuva torrencial de eventos, e não há o suficiente de mim mesmo para coletar tudo: estendo uma parte do meu unif, faço uma concha com as mãos, mas, ainda assim, baldes inteiros escapam, o máximo que consigo é recolher apenas gotas sobre estas páginas...

Primeiro, ouvi vozes altas vindas detrás da porta da minha casa, e reconheci a voz dela, I, flexível, metálica; e uma outra voz, beirando o inflexível, como uma régua de madeira, era a voz de U. Então a porta se abriu com um estrondo e ambas praticamente avançaram em cima de mim, para dentro da sala. É isso mesmo: praticamente *avançaram* para dentro.

I colocou a mão no encosto da minha cadeira, e, por cima do ombro, à direita, sorriu para a outra, só com os dentes. Eu não gostaria de ficar sob aquele sorriso.

— Escute — disse-me I. — Parece que essa mulher tomou para si a missão de proteger você de mim, como um bebezinho. Isso foi com a sua permissão?

A outra, com as guelras tremendo, respondeu:

— Sim, ele *é* um bebê. Sim! É só por isso que ele não vê que o fato de você estar com ele é tudo... somente para... que tudo é uma farsa. Sim! E o meu dever é...

Por um instante, no espelho — a linha quebrada e nervosa das minhas sobrancelhas. Dei um pulo e, com dificuldade, contendo o outro dentro de mim, aquele dos punhos peludos e exaltados, com dificuldade medindo cada palavra, gritei, à queima-roupa — bem na cara das guelras de peixe:

— Neste e-xa-to segundo! Fora daqui! Saia imediatamente!

As guelras de peixe incharam até ficarem vermelhas como tijolo, depois voltaram ao normal e ficaram cinzentas. Ela abriu a boca para dizer alguma coisa, mas, sem dizer nada, acabou saindo, batendo a porta com força.

Corri até I:

— Eu não vou perdoar, nunca vou me perdoar por isso! Ela ousou fazer isso com você? Mas você não pode pensar que eu penso, que... que ela... Que tudo isso é porque ela quer se inscrever para mim, mas eu...

— Felizmente, ela não vai conseguir se inscrever. E mesmo que haja mil como ela, para mim não importa. Eu sei que você vai acreditar somente em mim, e não nesses outros mil. Porque, depois de ontem, eu sou inteiramente sua, até o fim, como você quis. Estou em suas mãos, você pode... sempre que quiser...

— Posso o quê, sempre que eu quiser...

Então eu imediatamente entendi o que era esse *"o quê"*, o sangue me subiu aos ouvidos e ao rosto, e gritei:

— Não sobre isso, nunca fale comigo sobre isso! Você entende que foi o *outro* eu, o antigo, mas agora...

— Como posso saber? O homem é como um romance: você não sabe como vai terminar até chegar à última página. Caso contrário, não valeria a pena a leitura...

I estava acariciando minha cabeça. Não dava para ver o seu rosto, mas ouvi em sua voz que, naquele momento, ela estava olhando para algum lugar muito distante; os seus olhos estavam fixos em uma nuvem que flutuava silenciosa e lentamente, sem saber para onde...

De repente, de modo firme, mas terno, ela me afastou para o lado com a mão:

— Escute, eu vim dizer a você que pode ser que estejamos vivendo os últimos dias... Você sabia que, a partir desta noite, todas as palestras nos auditórios estarão suspensas?

— Suspensas?

— Sim. Eu passei por lá e vi: os auditórios estão sendo preparados para alguma coisa: colocaram mesas, há médicos de branco.

— Mas o que isso significa?

AMBAS. ENTROPIA E ENERGIA. PARTE NÃO TRANSPARENTE DO CORPO.

— Não sei. Até agora, ninguém sabe. E isso é o pior. Só sei que: ligaram a corrente elétrica, a faísca está correndo pelos fios, se não hoje, então será amanhã... Mas pode ser que eles não consigam...

Há muito tempo deixei de entender: quem eram *eles* e quem éramos *nós*. Eu não entendia o que *eu* queria: que eles conseguissem ou que não conseguissem. Apenas uma coisa está clara para mim: I havia chegado ao limite, um instante a mais e...

— Mas isso é uma loucura — eu disse. — Você lutar contra o Estado Único é a mesma coisa que tentar cobrir o cano de uma arma com a mão, achando que seria possível parar um tiro. É a mais perfeita loucura!

Um sorriso:

— "E é preciso que todos enlouqueçam, é fundamental que todos enlouqueçam o quanto antes!", alguém disse isso ontem. Você lembra? Lá...

Sim, ela está certa, inclusive tenho isso anotado. E, portanto, isso de fato aconteceu. Eu olhava fixamente, em silêncio, para o rosto dela; especialmente para a agora visível cruz escura nele.

— I, querida, enquanto ainda não é tarde demais... Se você quiser, jogo tudo para o alto, esqueço tudo, e iremos, juntos, para o outro lado da Muralha, com *eles*... aqueles que eu nem mesmo sei quem são.

Ela balançou a cabeça. Pelas janelas escuras dos seus olhos, ali, dentro dela, vi um fogo aceso, faíscas, línguas de fogo subindo e lambendo um amontoado de lenha seca e resinosa. Ficou claro para mim: é tarde demais agora, minhas palavras já não podem...

I se levantou, logo ela partiria. Talvez estes tenham sido os últimos dias... os últimos minutos... agarrei sua mão.

— Não! Fique só mais um pouco, pelo amor de... pelo amor de...

Ela levantou lentamente minha mão em direção à luz, a minha mão peluda que eu tanto odiava. Eu queria puxar a mão, mas ela a segurou com firmeza.

— Sua mão... Você não sabe, e poucos sabem disso, mas as mulheres daqui, da cidade, costumavam amar mãos como essas. E, muito provavelmente, você tem algumas gotas desse sangue solar e da floresta. Talvez seja por isso que eu...

Uma pausa silenciosa. E foi estranho como em meio a esse silêncio, esse vazio, o próprio nada, meu coração continuava disparado. Foi quando gritei:

— Ah! Não, você ainda não vai! Você não vai até me falar a respeito *deles*, porque você os ama, e eu nem sei quem são, de onde vêm. Quem são eles? A metade que perdemos? Quando temos H_2 e temos O, são duas metades, mas para termos água — H_2O, riachos, mares, cachoeiras, ondas, tempestades — é preciso que as metades se unam...

Lembro-me claramente de cada movimento dela. Lembro-me de como ela pegou meu triângulo de vidro da mesa e, durante todo o tempo enquanto falava, pressionava uma das suas pontas afiadas contra o rosto, até que lhe apareceu uma marca branca na bochecha, que depois ficou rosada e que, por fim, desapareceu. E é surpreendente: não consigo me lembrar das suas palavras, especialmente as do início — apenas imagens fragmentadas e cores. Primeiro — agora me lembro — ela falou sobre a Guerra dos Duzentos Anos. De como o vermelho foi tomando conta do verde da grama, da argila escura, do tom azulado da neve; peças vermelhas que não secavam. Depois as folhas amarelas, queimadas pelo sol; as pessoas amarelas nuas e enlameadas — e cães enlameados — lado a lado, eles caíam em meio a cadáveres inchados de cães, ou quem sabe de humanos... Isso, é claro, era fora das muralhas: porque a cidade havia vencido e já desfrutava agora do alimento que hoje comemos — um derivado do petróleo. Cortando o céu e descendo para a Terra, cortinas negras e pesadas, que se estendiam sobre as florestas, sobre as aldeias; eram como colunas lentas de fumaça. Lamentos abafados, filas negras intermináveis de pessoas eram levadas para dentro da cidade — para serem salvas à força, para serem ensinadas sobre a felicidade.

— Você sabia de quase tudo isso?

— Sim, de quase tudo.

— Mas o que você não sabia, e que poucos sabiam, é que uma pequena parte deles ainda permanecia intacta, vivendo lá fora das Muralhas. Nus, eles partiram para a floresta. Lá aprenderam com as árvores, as feras, os pássaros, as flores, o sol. E ficaram cobertos de pelos, mas, com isso, sob essa camada de pelos, eles preservaram seu sangue quente e vermelho. Com vocês foi pior, vocês se cobriram de algarismos; algarismos que rastejam sobre vocês como piolhos. É preciso que vocês se livrem de todas essas coisas e voltem nus à floresta. Que eles aprendam a tremer de medo, de alegria, de ira furiosa, de frio, que orem ao fogo. E nós, Mephis, nós queremos...

— Não, espere. *Mephi*? O que é um *Mephi*?

— Mephi*? É um nome antigo... é aquele que... Você se lembra, lá, na pedra, do jovem desenhado... Ou, espera: é melhor se eu me expressar na sua

---

* Mefistófeles é uma personagem da Idade Média, conhecida como uma das encarnações do mal, aliada de Lúcifer e Lucius na captura de almas inocentes por meio da sedução e do encanto. Mas é um dos demônios mais cruéis e em muitas culturas é considerado o próprio Diabo. Para o histórico Johann Georg Faust (*c.* 1480-*c.* 1540), é provável que o nome Mefistófeles tenha sido inventado pelo autor anônimo do primeiro *Faustbuch* (1587). Mefistófeles é uma personagem-chave em todas as versões de *Fausto*, sendo a mais popular dessas a do escritor alemão Johann Wolfgang von Goethe (1749-1832). Mefistófeles aparece ao dr. Fausto, um velho cientista, cansado da vida e frustrado por não possuir conhecimentos tão vastos como gostaria de ter. Em troca de alcançar o grau máximo da sabedoria, ser rejuvenéscido e obter o amor de uma bela donzela, Fausto decide entregar a sua alma a Mefistófeles. (N. T.)

AMBAS. ENTROPIA E ENERGIA. PARTE NÃO TRANSPARENTE DO CORPO.

língua, assim você vai entender mais rápido. Existem duas forças no mundo, a entropia e a energia. Uma leva à calma feliz, ao equilíbrio feliz; a outra conduz à destruição do equilíbrio, ao movimento agonizantemente perpétuo. Os cristãos, os nossos, ou melhor, os seus antepassados, reverenciavam a entropia como Deus. Mas nós, os anticristãos, nós...

Naquele momento, quase inaudível, como num sussurro, ouvi uma batida na porta; e, num instante, pulou para dentro do quarto aquele mesmo homem com o rosto amassado, com a testa baixa sobre os olhos, o qual mais de uma vez havia me trazido as mensagens de I.

Ele correu até nós e parou; arfava como se fosse uma bomba de ar, e não conseguia dizer uma palavra: muito provavelmente, havia corrido com todas as suas forças.

— O que aconteceu? Diga logo! — perguntou-lhe I, agarrando-o pela mão.

— Eles estão vindo para cá... A bomba de ar finalmente funcionou. Os Guardi... e com eles aquele, ah, como é que é... aquele como uma pequena corcunda...

— S?

— Sim! Ali ao lado, na casa. Eles estarão aqui em instantes. Rápido, rápido!

— Bobagem, temos tempo! — I disse rindo, em seus olhos — faíscas, pequenas e alegres línguas de fogo.

Ou era coragem absurda e imprudente ou havia aqui alguma coisa que eu ainda não compreendia.

— I, em nome do Benfeitor! Você entende que, bem, isso é...

— Em nome do Benfeitor? — E aquele sorriso triangular afiado.

— Bem, então, por mim... eu te imploro...

— Ah, eu ainda tenho mais uma coisa para conversar com você... Bom, não faz diferença: amanhã...

Ela alegremente (sim: alegremente) acenou para mim; o outro também, mas por baixo do toldo daquela testa caída. E, então, me vi sozinho.

Rapidamente, sentei-me à mesa. Abri meus registros, peguei uma caneta para que *eles* me encontrassem trabalhando, em benefício do Estado Único. E, de repente, todos os cabelos da minha cabeça ficaram como vivos, separados e agitados. E se eles pegarem e lerem apenas uma página, dessas últimas?

Permaneci sentado à mesa, imóvel. Vi como se as paredes estivessem tremendo, a caneta na minha mão estivesse tremendo, as letras estivessem se contorcendo, fundindo-se umas nas outras...

Escondê-los? Mas onde: tudo é de vidro. Queimá-los? Mas do corredor e dos quartos vizinhos todos veriam. Além disso, eu não posso, não conseguiria destruir esse pedaço mais doloroso e talvez mais querido de mim mesmo.

À distância, vozes vindas do corredor e, agora, passos. O máximo que consegui fazer foi agarrar um punhado de papéis e me sentar sobre eles. E ali estava eu, soldado à cadeira, da qual cada átomo tremia; e o chão sob os meus pés oscilava, para cima e para baixo, como o convés de um navio...

Encolhendo-me até ficar como um pequeno caroço, refugiando-me sob o abrigo do meu cenho, dei um jeito de espiar por entre as sobrancelhas, disfarçadamente, vi que eles passavam de quarto em quarto, começando na extremidade direita do corredor, chegando cada vez mais perto. Alguns permaneciam imóveis, como eu; outros saltavam para recebê-los, abrindo a porta. Sortudos! Ah, se ao menos eu pudesse fazer o mesmo...

"O Benfeitor é o mais perfeito desinfetante, essencial para a humanidade, e em consequência disso, não há peristalses no organismo do Estado Único...".

Espremi de dentro de mim esse perfeito absurdo com uma caneta saltitante, cada vez mais debruçado sobre esta mesa, e, na minha cabeça, funcionava uma ferraria maluca; nas minhas costas, a maçaneta da porta fez barulho, uma lufada de ar, a cadeira embaixo de mim dançou.

Só então, com dificuldade, me desvencilhei da página e me voltei para quem havia entrado (como é difícil representar uma farsa... Ah, mas quem mesmo falou comigo hoje sobre farsa?). Bem na minha frente, estava S, taciturno e silencioso, rapidamente ele me perfurou com os olhos, depois a minha cadeira, e depois as páginas que tremiam na minha mão. Então, por um segundo, na portaria, rostos familiares e cotidianos, e entre eles um rosto agora se destacou, o das guelras flácidas e inchadas, castanho-rosadas...

Lembrei-me de tudo o que havia acontecido naquele quarto há meia hora, e ficou claro para mim que agora ela... Toda a minha essência batia e pulsava naquela parte (felizmente opaca) do meu corpo com a qual cobri o manuscrito.

U se aproximou dele, S, por trás, tocou-lhe cautelosamente na manga e disse baixinho:

— Este é D-503, Construtor da *Integral*. Você, provavelmente, já ouviu falar a respeito? Ele está sempre assim, sentado à mesa... Não se poupa em nada!

... E eu pensando... Que mulher maravilhosa e surpreendente.

S deslizou até mim, curvou-se sobre o ombro — na direção da mesa. Escondi o que estava escrito com o cotovelo, mas ele gritou, severamente:

— Mostre-me imediatamente o que você tem aí!

Corado de vergonha, entreguei-lhe a folha de papel. Ele leu, e vi um sorriso saltar-lhe dos olhos, deslizar rapidamente pelo seu rosto e, praticamente sem abanar o rabo, acomodar-se em algum lugar no canto direito de sua boca...

— Um pouco ambíguo, mas, mesmo assim... Muito bem, continue: não vamos mais incomodá-lo.

Ele, como se pisando em poças de água, foi em direção à porta, e, a cada passo dele, meus pés, minhas mãos, meus dedos, gradualmente voltavam para mim, a alma também foi se distribuindo uniformemente por todo o meu corpo, voltei a respirar...

Uma última coisa: U havia ficado no quarto. Ela se aproximou de mim, inclinou-se e sussurrou no meu ouvido:

— A sua sorte é que eu...

No momento, foi simplesmente impossível compreender o que ela quis dizer com isso.

Mais tarde, à noite, descobri: eles haviam levado três. No entanto, ninguém falava em voz alta sobre isso, assim como sobre qualquer outra coisa que está acontecendo (o que comprova a influência dos Guardiões, os quais estão, invisíveis, presentes em nosso meio). As conversas geralmente são sobre a rápida queda do barômetro e a mudança do clima.

29º REGISTRO

Resumo

Fios no rosto.
Brotos.
Compressão nada natural.

Estranho: o barômetro está baixando, mas ainda não há vento. Silêncio. Lá em cima, ainda não audível para nós, uma tempestade já começou. As nuvens estão sendo carregadas a toda velocidade. Por enquanto, são poucas, fragmentos separados, como rodas dentadas. Nesse sentido: é como se uma cidade lá em cima já tivesse sido arremessada e destroços dos muros e das torres estivessem caindo e se amontoando diante de nossos olhos com uma velocidade assustadora — cada vez mais perto —, mas ainda precisassem viajar pelo infinito azulado por dias, antes de desabarem sobre nós aqui embaixo.

Aqui embaixo, silêncio. No ar, fios finos, incompreensíveis, praticamente invisíveis. Eles são trazidos para cá todo outono, vindos de lá, do outro lado da Muralha. Vêm flutuando lentamente, e, num piscar de olhos, você sente algo estranho e invisível no seu rosto; você tenta retirar, mas não: não consegue, não há como remover...

Há muitos desses fios, especialmente ao longo da Muralha Verde, por onde caminhei esta manhã: I especificou que eu me encontrasse com ela na Casa Antiga — naquele nosso "apartamento".

Eu estava me aproximando da massa volumosa que é a Casa Antiga quando, por trás, ouvi passos pequenos e apressados e uma respiração rápida. Olhei para trás e vi, era O correndo, tentando me alcançar.

Ela estava, de algum modo, com os contornos finamente nítidos e firmemente arredondada. Seus braços, o bojo dos seus seios, todo o seu corpo, tão familiar para mim, estava todo arredondado e preenchendo o seu unif, o qual logo se romperia, expondo tudo ali para o sol, para o mundo. Então, me ocorreu: ali, na selva verde, na primavera, os brotos avançam pela terra com a mesma teimosia para que, quanto mais rapidamente lançar galhos e folhas, mais rapidamente floresça.

Ela ficou em silêncio por algum tempo, o azul dos seus olhos refletia radiante em meu rosto.

FIOS NO ROSTO. BROTOS. COMPRESSÃO NADA NATURAL.

— Eu vi você, lá... no Dia da Unanimidade.

— Eu também vi você.

E imediatamente me veio à mente como ela estava lá embaixo, no corredor estreito, pressionada contra a parede, cobrindo a barriga com os braços.

Involuntariamente, olhei para sua barriga, arredondada sob o unif.

Ela, evidentemente, percebeu, e ficou toda redondamente rosada, com um sorriso rosado.

— Estou tão feliz, tão feliz... estou completa, você entende, completa até a borda. E quando estou caminhando, eu não ouço nada do que está ao meu redor; apenas escuto, o tempo todo, tudo o que há dentro de mim mesma...

Mantive-me em silêncio. No meu rosto, algo estranho me incomodava; eu não conseguia, de jeito nenhum, me livrar daquilo. Então, de repente, inesperadamente, ainda mais azul, radiante, ela agarrou minha mão, e na minha mão senti os seus lábios... Foi a primeira vez na minha vida. Essa era uma espécie de carícia antiga, que até então eu desconhecia. E havia tanta vergonha e dor nisso que eu (talvez até de modo rude) puxei minha mão.

— Escute, você enlouqueceu! E não apenas por isso, mas no geral, você... Por que você está feliz? Você realmente acha que pode esquecer o que está aguardando por você? Se não agora, daqui a um mês, dois meses...

Seu brilho se apagou, extinguiu-se; todas as suas curvas imediatamente cederam, murcharam. E no meu coração, uma compressão desagradável, dolorosa até, ligada a uma sensação de pena (o coração não é nada além de uma bomba ideal; se comprime, encolhe — a sucção de um fluido por uma bomba é um absurdo técnico; disso fica claro: em essência, quão absurdos, antinaturais e dolorosos são todos os "amores", "lástimas" e tudo o que se lhes assemelhe que provoque tal compressão).

Silêncio. À esquerda, o vidro verde embaçado da Muralha. À frente, uma massa volumosa vermelho-escura. E esses dois componentes coloridos colocados juntos produziram em mim, na forma de uma força resultante, o que me pareceu ser uma ideia esplêndida.

— Espere! Eu sei como salvá-la. Eu vou poupá-la disto: de ver seu bebê por um instante e logo depois ser enviada à morte. Você poderá criá-lo, me entende; você acompanhará, em seus braços, crescer, desenvolver-se e tomar forma como uma fruta...

Ela estremeceu e se agarrou a mim.

— Você se lembra daquela mulher... um tempo atrás, na nossa caminhada. Bem isso já faz algum tempo. Então, ela está aqui, agora, na Casa Antiga. Iremos até ela, e eu prometo... vou providenciar tudo sem demora.

Pude me ver, com I, conduzindo O pelos corredores. I estava lá, entre as flores, a grama e as folhas... Mas ela se afastou de mim, as pontas de sua lua crescente rosada estremeceram e se curvaram para baixo.

— Mas é... a *mesma* que — disse ela.

— É... — Por algum motivo, fiquei confuso. — Bem, sim, ela mesma.

— E você quer que eu vá até *ela*, que eu peça a ela, que eu... Não se atreva a falar a respeito disso comigo novamente!

Curvando-se, ela rapidamente me deixou. Como se tivesse lembrado de algo, ela se virou e gritou:

— Que eu vou morrer, sim, é verdade. E daí? Isso não é da sua conta. Por acaso você se importa com alguma coisa?

Silêncio. Eles começam a cair do alto, com uma rapidez assustadora, vão ficando maiores à vista: são pedaços de torres e de paredes azuis. Mas eles ainda têm horas — talvez dias — para voarem pelo infinito. Os fios invisíveis flutuam lentamente, caem no rosto, e não há como tirá-los, não há como se livrar deles.

Vou caminhando vagarosamente até a Casa Antiga. No meu coração, uma compressão absurda e agonizante...

30º REGISTRO

Resumo

O último número.
O erro de Galileu.
Não seria melhor?

Aqui está a conversa que tive ontem com I, lá na Casa Antiga — uma procissão lógica de pensamentos no meio de um barulho ensurdecedor e heterogêneo, vermelhos, verdes, amarelos-bronze, brancos, laranja... E o tempo todo sob o sorriso congelado de mármore do antigo poeta de nariz arrebitado.

Vou reproduzir a conversa literalmente, porque ela terá, ao que me parece, um significado enorme e decisivo para o destino do Estado Único — e mais: do universo. E, então, meus leitores desconhecidos, talvez vocês encontrem aqui uma espécie de justificativa da minha parte...

Sem estabelecer qualquer base, I jogou tudo sobre mim, de uma só vez:

— Eu sei: depois de amanhã vocês farão o primeiro voo experimental da *Integral*. Nesse dia, vamos tomar posse dela.

— O quê? Depois de amanhã?

— Sim. Sente-se, não fique agitado. Não podemos perder um minuto. Entre as centenas que foram aleatoriamente presos ontem pelos Guardiões, doze são Mephis. E se deixarmos passar dois ou três dias... eles estarão perdidos.

Permaneci em silêncio.

— A fim de acompanhar o andamento do teste, vão enviar a você eletrotécnicos, mecânicos, médicos e meteorologistas. E exatamente às 12h, lembre-se disso, quando tocarem a campainha para o almoço, nós ficaremos no corredor; depois que todos estiverem no refeitório, iremos trancá-los lá dentro, e a *Integral* será nossa... Você entende, é necessário que seja assim, não importa o que possa acontecer. A *Integral* em nossas mãos será a arma que nos ajudará a terminar tudo de uma vez, rapidamente, sem dor. Os aeros deles — ah! Não passarão de uma simples e insignificante horda de mosquitos contra um falcão. E, então, caso seja inevitável poderemos inclusive direcionar os tubos propulsores para baixo, e deixar que as coisas tomem o seu curso...

Dei um pulo:

— Isso é impensável! Isso é absurdo! Você não vê: o que você está planejando — isso é revolução?

— Sim, uma revolução! Por que é absurdo?

— É absurdo porque não pode haver uma revolução. Porque a *nossa* — não é você, mas eu que estou dizendo —, a nossa revolução foi a final. E não pode haver outras revoluções. Todos sabem muito bem que...

O afiado e mordaz triângulo de sobrancelhas se seguiu.

— Meu querido, você é um matemático. E mais ainda: você é um filósofo da matemática. Bem, então, me diga o último número.

— Como é que é? Eu... eu não entendo, que *último* número?

— Ora, o último, o mais elevado, maior.

— Mas, I... isso é um absurdo. Uma vez que o número dos números é infinito, como você pode ter um último número?

— E como você pode ter uma *última* revolução? Não existe uma última revolução, as revoluções são infinitas. A "última" é história para crianças: o infinito as assusta, e é necessário que elas não tenham medo para que durmam tranquilamente à noite...

— Mas qual é o significado, qual é o significado de tudo isso, em nome do Benfeitor? Qual é o significado se todos já são felizes?

— Bem, tudo bem. Então, suponhamos que seja verdade. E depois?

— É engraçado! Aí está uma pergunta perfeitamente infantil. Conte qualquer história para as crianças, até o fim, e elas sempre vão perguntar: "E depois?", "E por quê?".

— As crianças são os únicos filósofos ousados. E filósofos ousados, impreterivelmente, são crianças. E sim, definitivamente, como as crianças, é sempre necessário perguntar: "E depois?".

— Depois... não há mais nada! Ponto-final. Por todo o universo, existe um fluxo uniforme em todos os lugares...

— Ah! ... uniforme, em todos os lugares! Eis a entropia, a entropia psicológica, no seu máximo. Você, como um matemático, não sabia que somente as diferenças — as diferenças — de temperatura, apenas os contrastes térmicos possibilitam a vida? E se, por todo lado, por todo o universo, houver corpos identicamente quentes — ou identicamente frios... Precisamos fazê-los colidir — para que haja fogo, explosão, Geena.* E nós vamos, sim, fazê-los colidir.

---

* Geena, um termo grego para a palavra hebraica "Ge-hinom" (vale de Hinom), é o nome de um vale estreito no sudoeste da antiga Jerusalém, era conhecido como um local infame por sacrificar crianças com fogo como oferta na época do reino de Israel. Desde que o rei Josias aboliu esse sacrifício, os israelitas detestavam esse lugar e o converteram em uma estação de incineração não apena de lixo, mas também de cadáveres de animais e de alguns criminosos que eram executados, mas não enterrados. (N. T.)

FIOS NO ROSTO. BROTOS. COMPRESSÃO NADA NATURAL.

— Mas, I, por favor, entenda: os nossos antepassados — na época da Guerra dos Duzentos Anos — fizeram exatamente isso...

— Ah, e eles estavam certos — mil vezes certos. Mas cometeram apenas um erro: mais tarde, acreditaram que eram o último número... ele não existe na natureza, nenhum. O erro deles foi o erro de Galileu:* ele estava certo, a Terra se move em torno do Sol, mas o que ele não sabia era que todo o sistema solar se move em torno de algum outro centro, ele não sabia que a órbita real — e não a relativa — da Terra não é, de forma alguma, um círculo ingênuo...

— E vocês?

— E nós, por ora, sabemos que não existe um último número. Talvez nós venhamos a esquecê-lo. Não, é até mais provável que venhamos a nos esquecer quando envelhecermos, dado que inevitavelmente tudo envelhece. E, então, nós também inevitavelmente venhamos a cair, como as folhas de uma árvore no outono, como você vai, depois de amanhã... Não, não, querido, não "tu". "Tu"... estás conosco, tu és um dos nossos!

Incandescente, cintilante, um relâmpago — eu nunca a tinha visto assim — ela me abraçou com todo o seu ser, com todo o seu corpo... e eu desapareci nela...

Por fim, olhando firme e demoradamente nos meus olhos:

— Então lembre-se, às 12h.

Eu disse:

— Sim, vou lembrar.

E ela se foi. Fiquei sozinho em meio ao barulho tempestuoso e discordante de azuis, vermelhos, verdes, amarelos-bronze, laranja...

Sim, às 12h... E, de repente, me sobreveio a sensação absurda daquela coisa estranha caindo no meu rosto, não há como ignorar. De repente, os acontecimentos de ontem de manhã, de U, de tudo o que ela gritou no rosto de I... Por que me lembrar disso? Que absurdo essa coisa toda.

Apressei-me para sair e chegar em casa o mais rapidamente possível...

Em algum lugar, atrás de mim, ouvi o pio agudo dos pássaros acima da Muralha. À frente, sob o sol poente — em meio ao que parecia fogo estático cor de framboesa — estavam as esferas das cúpulas, as enormes casas-cubo fumegantes, o pináculo da Torre Acumuladora, como um relâmpago congelado no céu. E tudo isso, toda essa beleza geométrica impecável, eu mesmo teria que... com minhas próprias mãos... Será que realmente não há outro caminho, não há saída?

---

* Galileu Galilei (1564-1652), filósofo natural, astrônomo e matemático italiano que fez contribuições fundamentais para as ciências do movimento, astronomia e resistência dos materiais e para o desenvolvimento do método científico. Sua formulação da inércia (circular), da lei da queda dos corpos e das trajetórias parabólicas marcou o início de uma mudança fundamental no estudo do movimento. (N. T.)

NÓS

Passei por um auditório (não me lembro o número). Dentro, bancos empilhados contra as paredes; no meio, mesas cobertas com lâminas de vidro branco puro; sobre a sua brancura, uma mancha de sangue solar rosado. E, em meio a tudo isso, está escondido um desconhecido — e, portanto, aterrorizante — amanhã. Não é natural: um ser que pensa e enxerga viver em meio a irregularidades, incógnitas, Xs... É como se eles vendassem seus olhos e o obrigassem a caminhar, a tatear, a tropeçar, e você soubesse que, em algum lugar bem próximo, existe a beira de um precipício, basta mais um único passo e restará de você apenas um pedaço de carne esmagada e contorcida. Isso não é a mesma coisa?

... Mas e se, sem ninguém esperar, você se jogasse dali de cima por iniciativa própria? Não seria esse o único e correto caminho para resolver tudo de uma vez por todas?

31º REGISTRO

Resumo

A grande operação.
Eu perdoei tudo.
Colisão de trens.

Salvo! No momento decisivo, quando parecia que não havia nada em que me agarrar com firmeza, quando tudo parecia estar acabado...

É como se você já tivesse subido os degraus da ameaçadora Máquina do Benfeitor, e então, com um forte soar, a campânula de vidro descesse sobre você, e, pela última vez na vida, você sorvesse o céu azul com os olhos... E, de repente: tudo havia sido apenas um "sonho". O sol está rosado e alegre; e a parede... Como é bom poder acariciar a parede fria com a mão! E o travesseiro, desfrutar da pequena cavidade onde enterramos a cabeça no travesseiro branco...

Foi essa sensação que tive ao ler a *Gazeta do Estado Único* esta manhã. Não passara de um sonho assustador, e ele havia terminado. E eu, o tímido, eu, o incrédulo, já tinha, inclusive, contemplado o suicídio. Estou envergonhado agora, relendo as últimas linhas que escrevi ontem. Mas não importa: e daí se elas ficarem como lembrança do evento improvável que poderia ter acontecido e que já não acontecerá mais... sim, não acontecerá! Na primeira página da *Gazeta do Estado Único* brilhava:

ALEGREMO-NOS:

Pois, de hoje em diante, vocês são perfeitos! Até hoje, as suas próprias criações e os seus mecanismos eram mais perfeitos que vocês.

COMO?

Cada centelha de um dínamo é uma centelha da mais pura razão; cada movimento de um pistão é um silogismo imaculado. Mas essa mesma razão perfeita não está também dentro de vocês? A filosofia dos guindastes, das prensas e das bombas é completa e clara como um círculo. Mas a sua filosofia é realmente menos circular?

A beleza de um mecanismo está no seu ritmo constante e preciso, como um pêndulo. Mas vocês, nutridos pelo sistema de Taylor desde a infância, não passaram a ter a precisão de um pêndulo?

Há, contudo, um detalhe:

Os mecanismos não têm imaginação.

Vocês já viram o mais remoto sorriso sonhador e sem sentido na fisionomia do cilindro de uma bomba enquanto ela trabalha?

Vocês já ouviram guindastes se revirando e suspirando inquietos à noite, durante as horas designadas para descanso?

NÃO!

Mas, entre vocês (corem de vergonha!), os Guardiões têm visto cada vez mais esses sorrisos e suspiros. E (cubram o rosto de vergonha!) os historiadores do Estado Único imploram para serem desativados só para não terem que registrar acontecimentos tão vergonhosos.

Porém a culpa não é sua, vocês estão doentes. O nome dessa doença é:

IMAGINAÇÃO.

Ela é o verme que vai abrindo rugas pretas nas suas testas. É a febre que leva vocês a correrem cada vez mais longe, mesmo que esse "mais longe" comece onde termina a felicidade. É a última barricada no caminho para a felicidade.

Mas alegrem-se: ela foi finalmente destruída.

O caminho está livre.

O avanço mais recente da Ciência do Estado: a descoberta da localização do centro da imaginação — um desprezível gânglio cerebral na região da ponte de Varólio. Uma tripla cauterização desse gânglio com raios X — e você fica curado da imaginação...*

PARA SEMPRE!

Vocês se tornaram perfeitos, vocês ficaram iguais a máquinas, o caminho para cem por cento de felicidade está aberto. Apressem-se, então, todos vocês, velhos e jovens, apressem-se

---

* Protuberância/ponte de Varólio é uma estrutura pertencente ao tronco cerebral, que conecta os sinais do cérebro, medula e cerebelo. Contém núcleos que regulam, principalmente, sono, respiração, deglutição, bexiga, audição, equilíbrio, paladar, movimento dos olhos, expressões faciais, sensação facial e postura. (N. T.)

para se submeterem à Grande Operação. Corram para os auditórios onde está sendo realizada a Grande Operação.

> *Viva a Grande Operação!*
> *Viva o Estado Único!*
> *Viva o Benfeitor!*

Se vocês não estivessem lendo tudo isso nos meus registros, que mais parecem um romance antigo e caprichoso; mas, se, tremulando nas suas mãos, como nas minhas, estivesse esta página de jornal, ainda com cheiro de tinta fresca; se vocês soubessem, como eu sei, que tudo isso é a mais real das realidades, se não a de hoje, então a de amanhã, vocês não sentiriam a mesma coisa que eu sinto? A cabeça de vocês não estaria girando, como está a minha agora? Não sentiriam esse mesmo formigamento aterrorizante, como picadas doces e geladas percorrendo sua coluna, seus braços? Não lhes pareceria que vocês são o gigante Atlas, e que caso se erguessem, certamente bateriam com a cabeça no teto de vidro?

Peguei o receptor do telefone:

— I-330... Sim, sim: 330. — Quase engasgando, eu disse, então, em voz alta: — Você está em casa, não está? Você leu, está lendo o jornal? Bem, é, é... é extraordinário!

— Sim... — E um longo e sombrio silêncio. Só dava para ouvir o zumbido do receptor, ela estava pensando algo... — Eu preciso ver você hoje, sem falta. Sim, na minha casa, depois das 16h. Sem falta.

Querida! Como é... querida! "Sem falta", ela disse. Percebi que eu estava sorrindo e não conseguiria parar por nada, e continuaria carregando esse sorriso pela rua, como uma lanterna, bem no alto da minha cabeça...

Lá fora, o vento soprava em minha direção. Rodopiava, assobiava, batia forte. Mas isso só me deixou mais alegre. Chore, uive, agora é tudo a mesma coisa, você não pode mais derrubar paredes. As nuvens cinzentas como chumbo negro desabavam do alto — o que importa, podem cair... vocês não podem escurecer o sol. Nós o prendemos para sempre com uma corrente até o zênite — nós somos Josués,* filhos de Num.**

---

* Josué, cujo nome significa "Deus salva", ou "YHWH é Salvação", foi o sucessor de Moisés, que liderou o povo de Israel na conquista da terra prometida. Ele conquistou a cidade de Jericó e organizou a divisão da terra de Canaã entre as doze tribos. Sua marca é a grande coragem e fé. (N. T.)

** Num foi pai de Josué. Ele cresceu e pode ter vivido toda a sua vida no cativeiro dos israelitas, onde os egípcios os fizeram trabalhar sem descanso, "tornando-lhes a vida amarga com o trabalho árduo

Na esquina, um numeroso grupo de Josué-filhos-de-Num esperava, com a testa colada no vidro da parede. Lá dentro, alguém estava agora deitado sobre uma mesa deslumbrantemente branca. As duas solas dos pés descalços aparecendo por debaixo do lençol, formavam um ângulo amarelo. Os médicos brancos estavam debruçados sobre a sua cabeça, e uma mão branca passou uma seringa cheia de algo para outra mão.

— E você, por que não entra? — perguntei a alguém, a ninguém, ou melhor, a todos.

— E por que não entra você? — disse a cabeça redonda de alguém, voltando-se para mim.

— Eu vou, mais tarde. Primeiro, eu ainda preciso...

Um tanto constrangido, me retirei. Eu realmente precisava primeiro me encontrar com I. Mas por que "primeiro" não consegui explicar nem para mim.

O hangar. A *Integral* brilhava, cintilava, toda azul e gelada. Na sala de máquinas, o dínamo zumbia ternamente, repetindo uma e a mesma palavra, indefinidamente, uma palavra que me parecia familiar, que era minha. Curvei-me e acariciei o longo e frio tubo do motor. Querida... Como é... querida. Amanhã você ganhará vida; amanhã, pela primeira vez na sua vida, você vai estremecer com os respingos de fogo nas suas entranhas...

Se tudo tivesse permanecido como ontem, como eu poderia estar agora olhando para esse poderoso monstro de vidro? Se eu soubesse que amanhã, às 12h, eu o trairia... sim, trairia...

Cautelosamente, alguém tocou no meu cotovelo por trás. Eu me virei: o rosto plano e em forma de prato do Segundo Construtor.

— Você já sabe? — ele perguntou.

— Do quê? Da Operação? Sim, é verdade? Como tudo, tudo tão... repentino?

— Não, não é isso: eles cancelaram o voo experimental até depois de amanhã. Tudo por causa dessa Operação... Toda essa pressa em vão, tanto esforço para nada.

"Tudo por causa dessa Operação"... Que pessoa engraçada e tacanha. Ele não vê nada além da própria cara. Se ele ao menos soubesse, se não fosse pela Operação, amanhã às 12h ele estaria sentado e trancado em uma gaiola de vidro, correndo, escalando as paredes...

— procurar argila, fazer tijolos, todos os tipos de trabalho do campo; e em todo esse trabalho duro não foram misericordiosos com eles". (N. T.)

A GRANDE OPERAÇÃO. EU PERDOEI TUDO. COLISÃO DE TRENS.

Às 15h30 eu já estava em casa. Entrei e vi U. Ela estava sentada à minha mesa — ossuda, ereta, inabalável; firmemente sustentando a bochecha direita com a mão. Ao que parece, ela já estava esperando havia muito tempo: porque, quando se levantou para me cumprimentar, as impressões dos seus cinco dedos permaneceram marcadas na bochecha dela.

Por um segundo, dentro de mim — aquela manhã infeliz, aqui mesmo, perto da mesa, ao lado de I, enfurecida... Mas isso durou só um segundo — tudo foi imediatamente lavado pelo sol de hoje. É como quando, num dia claro, você entra em um quarto e, sem querer, liga o interruptor, a lâmpada acende, mas é como se ela não estivesse ali; tão patética, insignificante e desnecessária ela é em tal situação...

Sem pensar, estendi a mão para ela, perdoei-lhe tudo; ela agarrou as minhas duas mãos com firmeza, apertou-as com os dedos ossudos; emocionada, estremeceu as bochechas flácidas, que mais parecem enfeites antigos. Ela disse:

— Eu estava te esperando... só preciso de um minuto... só queria dizer: como estou feliz, como estou cheia de alegria por você! Você entende: amanhã ou depois de amanhã você estará perfeitamente saudável, você terá nascido de novo...

Vi algumas folhas sobre a mesa — as duas últimas páginas do registro de ontem: ficaram ali desde a noite passada, exatamente como as deixei. Se ela tivesse visto o que escrevi ali... Seja como for, não importa; agora é história, está ridiculamente distante, como quando se olha através dos binóculos quando eles estão virados...

— Sim — eu disse. — E sabe: agora há pouco, eu estava caminhando na avenida, na minha frente, ia um homem, e a sombra dele se projetava na calçada. E sabe, a sombra brilhava. E me pareceu que, na verdade, quanto a isso tenho certeza, amanhã não haverá mais sombras, nem sequer de um único homem, de uma única coisa — o sol vai passar através de tudo...

Com ternura e firmeza, ela disse:

— Você é fantasioso! Eu jamais permitiria que minhas crianças, lá na escola, falassem desse modo!

Depois, falou alguma coisa sobre as crianças, e como ela as havia levado, o bando todo, de uma só vez, para a Operação, e como lá elas tiveram que ser amarradas, e sobre "Ser necessário amar de modo implacável, sim, de modo implacável", e que ela, ao que parece, finalmente havia decidido...

Ela alisou a dobra cinza-azulada do unif entre os joelhos, silenciosa e rapidamente; envolveu-me todo com um sorriso e saiu.

E, felizmente, o sol hoje ainda não havia parado, o sol corria, e agora já eram 16h; estou batendo à porta, meu coração também batia...

— Entre!

No chão, ao lado da cadeira dela, abracei-lhe as pernas e levantei a cabeça para olhá-la nos olhos, ora em um, ora em outro — e me ver em cada um deles, em um cativeiro maravilhoso...

E lá, do outro lado da parede, uma tempestade — lá, as nuvens escuras cada vez mais cinza e pesadas, mas e daí! Na minha cabeça, não há espaço suficiente para as palavras; elas estão agitadas e barulhentas, como que transbordando — quanto a mim, estou voando com o sol para algum lugar... Não, *agora* já sabemos para onde — e, atrás de mim, planetas — planetas em erupção, repletos de chamas e povoados por flores ígneas e cantantes; planetas mudos e azuis, onde as pedras racionais se unem em sociedades organizadas; planetas que atingiram, como a nossa Terra, o cume do absoluto, cem por cento de felicidade...

E de repente, vindo de cima de mim, uma voz:

— Mas você não acha que os cumes são precisamente *pedras* unidas numa sociedade organizada? — perguntou. E o triângulo, cada vez mais afiado, cada vez mais escuro, e ela continuou: — E essa felicidade... O que é isso! Bem, os desejos geram dor, não é assim? Então, está claro: só existe felicidade quando já não existem quaisquer desejos, nem um sequer... Que erro, que preconceito absurdo termos, até agora, colocado o sinal de + antes da felicidade; já antes da felicidade absoluta, é claro, está o sinal de –... o menos divino.

Eu me lembro de ter murmurado um pouco perplexo:

— O menos absoluto é –273° C...

— Menos 273°, isso mesmo. Um pouco frio, mas isso, por si só, não prova que estamos no topo?

Como antes, já há algum tempo, ela de alguma forma falava por mim, de mim, dava seguimento aos meus pensamentos até o fim. Mas havia algo de muito assustador nisso, não consegui me conter... e, com esforço, arranquei de dentro de mim um "não".

— Não — eu disse. — Você... você está brincando...

Ela riu alto, muito alto. Rapidamente, em um segundo, chegou ao limite extremo do riso; daí tropeçou e caiu... Pausa.

Ela se levantou. Colocou as mãos sobre os meus ombros. Ficou olhando por um longo tempo... vagarosamente. Então, me puxou para si — e logo já não havia mais nada; apenas seus lábios afiados e quentes.

— Adeus!

Esse adeus veio de longe, lá de cima... e demorou para me alcançar — talvez um minuto, dois.

— Como assim, "adeus"?

A GRANDE OPERAÇÃO. EU PERDOEI TUDO. COLISÃO DE TRENS.

— Você está doente, você cometeu crimes por minha causa — não foi doloroso para você? E agora, com essa Operação, você vai se curar de mim. Por isso o adeus.

— Não! — eu gritei.

O triângulo se tornou implacavelmente afiado; preto sobre branco:

— Como assim? Você não quer a felicidade?

Minha cabeça disparou, dois trens lógicos colidiram e subiram um sobre o outro; bateram e entraram em colapso...

— Então, o que é que vai ser, estou esperando, escolha: a Operação e seus cem por cento de felicidade, ou...

— Eu não posso viver sem você, sem você eu não... — eu disse, ou apenas pensei, não sei, mas I entendeu.

— Sim, eu sei — ela respondeu. E, então, ainda com as mãos nos meus ombros e sem liberar os meus olhos: — Então, até amanhã. Amanhã, às 12h. Você lembra?

— Não. O voo experimental foi adiado por um dia... Ficou para depois de amanhã...

— Melhor para nós. Às 12h, depois de amanhã...

Caminhei sozinho pela rua escura. O vento me fazia girar, me carregava, me levava como se eu fosse um pedacinho de papel. Fragmentos do céu de chumbo voavam — eles ainda tinham que voar pelo infinito mais um dia ou dois... Os unifs daqueles que passavam por mim roçavam no meu, mas eu caminhava sozinho. Ficou claro para mim: todos estavam salvos, mas para mim já não havia salvação, *não quero salvação*...

32º REGISTRO

Resumo

Eu não acredito.
Tratores.
Uma sobra humana.

Vocês acreditam que *vão morrer*? Sim, os humanos são mortais, eu sou humano: logo... Não, não é isso: sei que vocês sabem disso. Minha questão é: já aconteceu de vocês *acreditarem nisso*; acreditarem completamente, acreditarem não com a mente, mas *com o corpo*; sentirem que um dia os dedos que seguram esta mesma página ficarão amarelos, gelados...

Não: é claro, vocês não acreditam... E é por isso que, até agora, vocês não pularam do décimo andar; por isso que, até agora, vocês estão comendo, virando páginas, fazendo a barba, sorrindo, escrevendo...

É assim — exatamente assim — que me encontro hoje. Sei que este ponteiro preto do relógio vai se arrastar até aqui, até a meia-noite, e lentamente descer e subir de novo, até o último traço, e um improvável dia de amanhã vai começar. *Sei* disso, mas, mesmo assim, *não acredito* — ou, talvez, me pareça que vinte e quatro horas são vinte e quatro anos. E, então, eu ainda posso fazer alguma coisa, sair correndo para algum lugar, responder a perguntas, subir a escada até a *Integral*. Ainda sinto como a nave agita a superfície da água, e sei que devo agarrar com firmeza o corrimão e sinto o vidro frio sob minha mão. Vejo como os guindastes, máquinas vivas e transparentes, dobrando seu longo pescoço, curvam-se e esticam seu bico para, com cuidado e ternura, alimentarem a *Integral* com a assustadora comida destinada aos seus motores. E lá embaixo, no rio, vejo claramente as veias azuis e aquosas, e os pequenos nós formados na água, levantados pelo vento. Mas é assim: tudo isso está muito separado de mim, é alheio a mim — plano, como um esquemático numa folha de papel. E é estranho que a face plana e esquemática do Segundo Construtor, de repente, comece a falar comigo:

— Então, como vai ser? Quanto combustível estamos levando para os motores? Se considerarmos que três... bem, três horas e meia...

Vejo diante de mim — como uma projeção no esquemático — a minha mão com o aparelho de medição e a tabela de logaritmos marcando o número 15.

— Quinze toneladas. Mas, se é assim, melhor levar ... sim: leva cem de uma vez...

Eu disse isso porque *sei* muito bem que amanhã... E, pelo canto do olho, vi como a minha mão que estava segurando a tabela de logaritmos havia começado, quase imperceptivelmente, a tremer.

— Cem? E por que tanto? Bem, isso dá para uma semana. De jeito nenhum, uma semana: muito mais!

— Bem, nunca se sabe...

Eu sabia...

O vento assobiava, o ar como um todo parecia tomado por algo invisível. Estava com dificuldade para respirar, dificuldade para andar... e, com dificuldade, devagar, sem parar nem um segundo, o ponteiro se arrasta no relógio da Torre Acumuladora, lá no final da avenida. O pináculo da torre, em meio às nuvens, é de uma cor azul-escura e uiva baixinho, enquanto absorve eletricidade. Também os alto-falantes da Usina de Música uivavam.

Como sempre, em filas, quatro a quatro. Entretanto, por algum motivo, as fileiras não estão firmes; estão oscilando, serpenteando, dobrando-se, talvez, por causa do vento. Cada vez mais. A certa altura, elas bateram em alguma coisa, na esquina, e começaram a recuar; e o que se tem agora é um aglomerado sólido, congelado e apertado respirando rapidamente. De uma só vez, todos ficaram com o pescoço longo e arrepiado, como o de gansos.

— Olhem! Não, olhem para lá, rápido!

— *Eles*! São *eles*!

— Quanto a mim, de jeito nenhum... De jeito nenhum, prefiro enfiar minha cabeça dentro da Máquina...

— Fica quieto! Você é louco...

Na esquina, a porta do auditório estava escancarada, e dali saía uma coluna lenta e pesada de cerca de cinquenta pessoas. No entanto, "pessoas" — não é bem assim: não tinham pés, mas um tipo de rodas vinculadas pesadas, movidas por algum sistema de tração invisível. Não eram mais pessoas: mas uma espécie de trator em forma humana. Sobre a cabeça deles, uma bandeira branca que balançava ao vento, com um sol dourado bordado, e, nos raios solares, a inscrição: "Somos os primeiros! Já fomos operados! Façam como nós!".

Lenta e irrepreensivelmente, eles iam abrindo caminho — e ficou muito claro que, se, no caminho deles, houvesse um muro, uma árvore, uma casa, em vez de nós, eles, da mesma forma e sem parar, iriam avançar sobre o muro, a árvore, a casa. Eles estavam agora no meio da avenida. Com os braços presos uns nos outros, se espalharam, formando uma cadeia, de frente para nós. E nós, um aglomerado tenso de cabeças erguidas, ficamos esperando. Com o pescoço esticado, como o de gansos. Nuvens. O vento assobiando.

De repente, as pontas da formação em cadeia, à direita e à esquerda, rapidamente começaram a se dobrar para dentro, vindo sobre nós, mais e mais rápido, como uma máquina pesada, morro abaixo. Elas nos espremeram em um anel e começaram a nos empurrar em direção à porta que estava escancarada, para dentro do auditório...

Nisso, o grito estridente de alguém:

— Eles estão nos levando para dentro! Corram!

Então todos se puseram a correr. Bem junto à parede, ainda havia uma passagem estreita para onde todos correram. Com a cabeça projetada para a frente, usada como cunha, instantaneamente afiada — depois os cotovelos, as costelas, os ombros, os quadris. Como uma corrente de água constrita e depois expulsa por uma mangueira de incêndio, eles se derramaram por toda parte, batendo os pés, balançando os braços, os unifs. Por um instante, em meio àquela confusão, meus olhos bateram sobre um corpo duplamente curvo, uma letra S, com as orelhas-asas transparentes, mas logo ele desapareceu como que sugado pela terra, e me vi sozinho, no meio de um mar de mãos e pés; e corri...

Tomei fôlego em alguma soleira, as costas firmemente coladas à porta... e, de repente, como se tivesse sido jogada pelo vento na minha direção, uma pequena sobra humana.

— Eu tenho... o tempo todo... te seguido. Eu não quero... você entende, eu não quero. Eu concordo...

Mãos minúsculas e redondas agarradas à minha manga, e olhos azuis e redondos em mim: era ela, O-90. Então, toda ela deslizou ao longo da parede até o chão. Curvada, ali embaixo, em uma pequena bolinha redonda, ela se deixou ficar nos degraus frios e eu, acima dela, acariciei sua cabeça, seu rosto; minhas mãos ficaram molhadas. Parece-me como se eu fosse muito grande e ela absolutamente pequena — uma pequena parte de mim mesmo. Era algo completamente diferente de como é com I — e só agora me dei conta: algo semelhante poderia ter existido entre os antigos em relação aos seus filhos pessoais.

Ali embaixo, através das mãos que lhe cobriam o rosto, mal se conseguia ouvir:

— Todas as noites eu... eu não posso... E se eles vierem me curar... Todas as noites, sozinha, no escuro, eu penso nele, no bebê, em como ele vai ser, em como eu vou... Não haverá nada pelo que eu viver, você entende? E você tem que, você tem que...

EU NÃO ACREDITO. TRATORES. UMA SOBRA HUMANA.

Um sentimento absurdo — mas, de fato, estou certo de que sim, eu precisava. Absurdo, por um lado, porque, sim, era meu dever; no entanto, mais um crime. Absurdo, porque o branco não pode ser ao mesmo tempo preto; porque dever e crime não podem coincidir. A menos que, na vida, não exista nem preto nem branco, e a cor dependa apenas da premissa lógica inicial. E, se a premissa foi eu ter ilegalmente feito nela um filho...

— Bem, tudo bem, só não, só não... — eu disse. — Você entende que devo levá-la até I, tal como propus da outra vez, para que ela...

— Sim... — ela concordou serenamente, sem tirar as mãos do rosto.

Eu a ajudei a se levantar. E silenciosamente, cada um pensando seus próprios pensamentos — ou, talvez, a mesma coisa —, caminhamos ao longo da rua que ia escurecendo, entre casas mudas e cinzentas, em meio a galhos rígidos que nos fustigavam devido ao vento...

Em um momento óbvio de tensão, ouvi, apesar do assobio do vento, passos familiares, como se estivessem passando por poças de água. Ao virar, olhei para trás, em meio às nuvens que voavam rápidas — como se viradas de cabeça para baixo. Devido ao seu reflexo no vidro escuro da calçada, vi S. Imediatamente, meus braços pararam de obedecer, balançando fora do ritmo das pernas, e comecei a dizer a O, em voz alta, que era amanhã... sim, era amanhã o primeiro voo da *Integral*, disse que seria algo completamente sem precedentes, maravilhoso, temível.

O-90 olhava para mim com os olhos azuis arregalados totalmente surpresa, ela também percebeu que meus braços balançavam barulhentos e fora de ritmo. Mas não deixei que ela dissesse uma palavra e continuei falando, falando. Contudo dentro de mim um pensamento febrilmente zunia e martelava lá no fundo: *Não posso... tem que ter outra forma... não posso levá-lo a I...*

Em vez de virar à esquerda, virei à direita. Uma ponte expunha servilmente sua submissa espinha dorsal para nós três: para mim, O e para ele, S, que vinha em nosso encalço. Dos edifícios iluminados da outra margem, luzes salpicavam pela água, divididas em milhares de faíscas, agitadas e salpicadas pela espuma branca raivosa. O vento zunia como uma corda grossa e esticada de um contrabaixo. E entre as notas do baixo, atrás de nós, o tempo todo, vinha...

Chegamos à casa onde moro. À porta, O parou, começou a dizer alguma coisa:

— Não! Você prometeu que...

Mas não a deixei terminar e fui, delicada e apressadamente, empurrando-a pela porta, assim fomos parar no saguão. Sobre a pequena mesa de controle, as familiares bochechas caídas, trêmulas devido à agitação. Ao seu redor, um amontado compacto de números envolvidos em algum tipo de discussão; do segundo andar, cabeças espreitavam entre as grades, as quais haviam começado a descer, sempre uma por uma. Mas isso fica para mais tarde. Nesse momento, rapidamente arrastei O para o canto oposto, sentei-me de costas para a parede (ali, atrás da parede eu vi: perambulando pela calçada, para a frente e para trás, a grande e escura sombra de uma cabeça) e peguei meu bloco de notas.

O-90 se acomodou lentamente em sua poltrona, como se sob o unif seu corpo estivesse evaporando, derretendo, e ali restasse apenas uma roupa vazia, com olhos igualmente vazios — um vácuo azul de sucção.

Exausta, ela perguntou:

— Por que você me trouxe aqui? Você me enganou?

— Não... fale baixo! Olha ali... está vendo aquilo atrás da parede?

— Sim. Uma sombra.

— Ele fica atrás de mim o tempo todo... eu não posso te levar lá. Você entende? Eu não posso. Vou escrever um bilhete, você vai pegá-lo e vai sozinha. Eu sei: ele vai ficar aqui.

Sob o unif, o corpo inchado se agitou novamente, a barriga voltou a ficar arredondada, o rosto voltou a ter cor... as cores quase imperceptíveis de um amanhecer.

Coloquei o bilhete entre seus dedos frios, apertei-lhe a mão com força e colhi um olhar de seus olhos azuis pela última vez.

— Adeus! Talvez, algum dia ainda...

Ela retirou a mão. Com o corpo curvado, ela se afastou lentamente, deu dois passos — voltou-se rapidamente para trás e, de novo, ficou ao meu lado. Seus lábios se moviam, disse alguma palavra, depois disse com os olhos, com os seus lábios — toda ela, repetiam uma só, uma e a mesma palavra para mim... E que sorriso insuportável, quanta dor...

E então, essa sobra humana se dirigiu até a porta, e, pela parede, eu vi essa pequena sombra curvada ir rapidamente embora, cada vez mais rapidamente, sem olhar para trás...

Fui até a pequena escrivaninha de U. Agitada e indignada, inflando as bochechas flácidas, ela me disse:

— Veja você: é como se todo mundo tivesse enlouquecido! Esse aqui me garante ter visto algo parecido com um humano, lá perto da Casa Antiga, ele estava nu e todo coberto de pelos...

Do denso amontoado cheio de cabeças, uma voz:

— Sim, eu vi! E repito de novo, eu vi, sim.

— Bem, o que você acha disso, hein? Não é um delírio?

EU NÃO ACREDITO. TRATORES. UMA SOBRA HUMANA.

E ela disse "delírio" de um modo tão certo, tão convicto, que cheguei a me perguntar: "Será que tudo o que está acontecendo recentemente comigo e ao meu redor é, na verdade, um delírio?".

Mas dei uma olhada nas minhas mãos peludas e me lembrei: "Muito provavelmente, você tem algumas gotas desse sangue solar e da floresta... Talvez seja por isso que eu...".

Não, felizmente não é um delírio. Não, infelizmente não é um delírio.

33º REGISTRO

Resumo

(Não tem resumo, registros feitos apressadamente; final.)

Chegou o dia.

Corri para o jornal: talvez — ali... Li o jornal com esses meus olhos (isso mesmo: os meus olhos eram, neste momento, como uma caneta, como uma calculadora, algo que você está segurando, você está sentindo, em suas mãos — é algo estranho, é um instrumento).

Ali, em letras garrafais, em toda a primeira página:

"OS INIMIGOS DA FELICIDADE NÃO DORMEM.
SEGUREM A FELICIDADE COM AS DUAS MÃOS!
AMANHÃ TODAS AS ATIVIDADES SERÃO
INTERROMPIDAS — TODOS OS NÚMEROS
SERÃO SUBMETIDOS À OPERAÇÃO. AQUELES
QUE NÃO SE SUBMETEREM ESTARÃO SUJEITOS
À MÁQUINA DO BENFEITOR."

Amanhã! Pode realmente existir — haverá, de fato, algum amanhã?

Por puro hábito, estendi a mão (um instrumento) até a estante para colocar o jornal de hoje com os demais, em encadernação adornada com ouro. Em meio a esse gesto, pensei: "Para quê? Que diferença faz? Bem, este quarto aqui — Nunca mais vou estar, jamais...". Nisso, o jornal caiu das minhas mãos no chão.

Encontro-me em pé, olhando ao redor, detalhe por detalhe do quarto. Estou levando-o comigo às pressas, e febrilmente colocando em uma mala invisível tudo o que eu lamentava deixar para trás. Mesa. Livros. Poltrona. Certa vez, I esteve sentada naquela poltrona... e eu estava no chão... A cama...

Mantive-me assim — um minuto, dois —, absurdamente esperando por algum milagre, talvez o telefone toque, e talvez ela me diga que...

Não. Nenhum milagre.

[NÃO TEM RESUMO, REGISTROS FEITOS APRESSADAMENTE; FINAL.]

Estou partindo para o desconhecido. Estas são minhas últimas linhas. Adeus a vocês, desconhecidos, a vocês, amados, com quem convivi ao longo de tantas páginas; a quem eu, doente da alma, revelei tudo, até o último parafuso mais moído, até a última mola mais destroçada...

Estou indo embora.

34º REGISTRO

Resumo

Os desobrigados.
Noite ensolarada.
A Rádio Valquíria.

Ah, se, ao menos, eu tivesse esmagado a mim mesmo e a todos em pedacinhos; se, ao menos, eu me encontrasse — junto a ela — em algum lugar do outro lado da Muralha, em meio a feras exibindo aqueles caninos amarelos, se eu jamais tivesse voltado aqui. Tudo — mil, um milhão de vezes mais fácil. Mas, e agora? Ir e estrangular aquela... Mas isso, de fato, ajudaria em alguma coisa?

Não, não, não! Controle-se, D-503. Coloque-se em um eixo lógico firme, mesmo que por pouco tempo, coloque todas as suas forças na alavanca e, como os escravos da Antiguidade, gire as moendas dos silogismos, até ter compreendido e registrado tudo o que aconteceu...

Quando entrei na *Integral* — todos já estavam trabalhando, todos em seus postos, todos os favos da gigantesca colmeia de vidro estavam completos. Através do vidro dos pavimentos, era possível ver as pessoas lá embaixo, minúsculas formigas humanas, perto dos telégrafos, dos dínamos, transformadores, altímetros, válvulas, cursores, motores, bombas, tubulações. Na cabine, havia pessoas — provavelmente designadas pelo Departamento de Ciência — sempre de olho nos gráficos e instrumentos. Perto delas está o Segundo Construtor com dois dos seus assistentes.

Todos os três tinham a cabeça retraída e enfiada nos ombros, como tartarugas; o rosto deles exibia o cinza sem brilho de outono.

— Então, como estão as coisas? — perguntei.

— Mais ou menos... Tudo é um pouco assustador... — sorriu um sorriso cinza, sem brilho.

— Talvez tenhamos que pousar em algum lugar pouco conhecido. E, em geral, nada é, de fato, conhecido...

Para mim, era insuportável ficar olhando para eles, para aqueles a quem, em uma hora, com minhas próprias mãos, eu iria para sempre privar dos confortáveis algarismos que compunham a Tábua dos Horários; para sempre arrancar do materno seio do Estado Único. Eles me lembraram dos personagens trágicos de "Os três desobrigados"

OS DESOBRIGADOS. NOITE ENSOLARADA. A RÁDIO VALQUÍRIA.

— uma história conhecida que qualquer estudante entre nós conhece muito bem. É a história de como, numa espécie de experimento, três números foram liberados do trabalho durante um mês: "façam o que quiserem, vão aonde quiserem".*

Os infelizes perambulavam perto de seu local de trabalho habitual e, com olhos famintos, espiavam para dentro; ficavam em praças e, durante horas, realizavam os mesmos movimentos que, em horários determinados do dia, haviam passado a ser uma necessidade para seus organismos. Eles serravam e aplainavam o ar, pregavam pregos invisíveis, com martelos invisíveis, em blocos invisíveis. Então, finalmente, no décimo dia, eles não conseguiram mais suportar, deram-se as mãos, entraram no rio e, ao som da Marcha, continuaram indo cada vez mais fundo, até que a água acabou com seu tormento...

Repito: era-me doloroso olhar para eles. Apressei-me em sair.

— Vou verificar a sala de máquinas, eu disse, e, então, estaremos a caminho.

Eles me fizeram perguntas: qual a voltagem necessária para a explosão de lançamento, quanto de lastro de água era necessário para o tanque de popa. Havia uma espécie de fonógrafo dentro de mim: ele respondia a todas as perguntas com rapidez e precisão, enquanto, sem cessar, ocupava-me internamente dos meus problemas.

E, de repente, num pequeno corredor estreito, isso me tomou por dentro, como um flash; e daquele momento, em essência, tudo começou.

Naquele pequeno corredor estreito, à medida que unifs cinzentos e rostos cinzentos passavam rapidamente, havia lá, por um segundo, um alguém entre eles: cabelos puxados para baixo, olhos que olhavam por baixo e por entre as sobrancelhas — *era o mesmo homem*. Eu entendi: *eles* estavam ali, e para mim já não há nenhuma saída de tudo isso; restavam apenas alguns minutos, algumas dezenas de minutos... Um tremor molecular ínfimo passou por todo o meu corpo (e não parou até o fim), como se um enorme motor tivesse sido montado dentro de mim, e o edifício do meu corpo fosse demasiado pequeno para ele, e assim todas as paredes, divisórias, cabos, vigas, luzes... tudo tremesse...

Eu ainda não sabia se *ela* estava lá. Mas, neste momento, já não havia tempo para averiguar. Vieram me chamar, para me apressar em subir até a cabine de comando: hora de partir... Para onde?

Rostos cinzentos e sem brilho. Veias azuis e tensas corriam lá embaixo, na água. Camadas pesadas de um céu que parecia feito de chumbo negro. Como foi difícil levantar minha mão de ferro fundido, pegar o receptor do telefone de comando.

---

* Isso foi há muito tempo, ainda no século III após a Tábua.

— Para cima, 45°!

Uma explosão surda — um tranco — e uma descarga desenfreada de uma montanha de água verde-esbranquiçada na popa. O pavimento sob os pés recuou, macio, como borracha... e tudo foi ficando lá embaixo, toda a vida, para sempre... Num segundo, caindo cada vez mais fundo em um funil, tudo ao redor foi se contraindo, o plano azul-congelado convexo da cidade, as bexigas redondas das suas cúpulas, o solitário dedo de chumbo da Torre Acumuladora. Então, atravessamos uma momentânea cortina de nuvens de algodão, depois para o sol, o céu azul. Segundos, minutos, quilômetros depois — o azul foi rapidamente ficando mais denso, revestindo-se de escuridão, e as estrelas apareceram, como gotas de suor frio e prateado...

E agora — uma noite triste, misteriosa, insuportavelmente brilhante, negra, estrelada; uma noite brilhante como se iluminada pelo sol. Então, foi como se, de repente, tivéssemos ficado surdos: ainda se podiam ver as trombetas rugindo, mas só era possível *vê-las*: elas haviam ficado mudas, em silêncio. Com o sol, ocorreu o mesmo: ele ficou mudo.

Isso era natural, também era esperado. Havíamos deixado a atmosfera da Terra. Mas, de algum modo, tudo aconteceu tão rapidamente, tão de surpresa, que deixou todos tímidos e em silêncio. No entanto, para mim, tudo pareceu ficar mais fácil sob este sol fantástico e mudo: era como se eu, convulsionando pela última vez, tivesse agora atravessado um limiar inevitável e tivesse deixado o meu corpo em algum lugar lá embaixo, enquanto sou carregado através de um novo mundo, onde tudo não teria nenhuma semelhança com o que ficou, onde tudo seria revogado...

— Mantenham-se em frente! Gritei no receptor de comando; ou melhor, não eu, mas aquele mesmo fonógrafo dentro de mim; e aquele fonógrafo, com mão mecânica e articulada, empurrou o receptor de comando para o Segundo Construtor. E eu, todo vestido com o mais fino tremor até às moléculas, que só eu ouvia, desci correndo, a fim de procurar por...

Aproximei-me da porta da cabine... essa mesma porta que, em uma hora, vai bater forte e ser trancada... Perto da porta, alguém que eu não conheço, muito baixinho, com um rosto igual ao de centenas, de milhares, de outros rostos, perdido na multidão; apenas seus braços eram extraordinariamente longos, iam até os joelhos: parecia que, por engano, foram tirados às pressas de outro conjunto humano.

Um desses longos braços se esticou e bloqueou meu caminho:

— Você está indo para onde?

OS DESOBRIGADOS. NOITE ENSOLARADA. A RÁDIO VALQUÍRIA.

Para mim ficou claro: ele não sabe que eu sei de tudo. Tanto faz, talvez é necessário que seja assim. Então, olhando de cima, com ar de superioridade e intencionalmente arrogante, eu disse:

— Eu sou o Construtor da *Integral*. E eu sou o responsável pelo voo experimental. Entendeu?

Ele baixou o braço.

Cabine de comando. Sobre os instrumentos e mapas, havia várias cabeças debruçadas: algumas grisalhas, outras amarelas, as carecas, além das maduras. Rapidamente, apenas com um olhar, reconheci todos eles; desci pelo corredor, passei pela galeria, até chegar à sala de máquinas. Lá — calor e o barulho ensurdecedor dos canos incandescentes devido às explosões. As válvulas borboleta cintilavam em uma dança desesperada e entorpecida; sem parar nem por um segundo, de modo quase imperceptível, os ponteiros dos mostradores tremiam...

E então, finalmente, perto do tacômetro, estava aquele com a testa baixa, olhando para um caderno de anotações...

— Escute... (muito barulho: tive que gritar diretamente no ouvido dele) — Ela está aqui? Onde ela está?

Na sombra, sorrindo, testa baixa e olhando por entre as sobrancelhas:

— Ela? Está ali. Na sala de rádio...

Ele mal terminou de falar, e eu já estava lá. Havia três — três deles. Cada um usava um capacete com dispositivos de ouvido que mais pareciam asas. E ela parecia mais alta que o normal, alada, brilhante, voadora, como as antigas Valquírias.* É como se as enormes faíscas azuis que saíam da ponta da antena do rádio viessem dela mesma... e dela também, o suave cheiro de ozônio — devido às faíscas.

— Alguém... não, que tal, sim, você... — eu disse para ela, ofegante (de tanto correr). — Preciso enviar uma mensagem para a Terra, para o hangar... Venha, vou ditá-la para você...

Ao lado da sala de equipamentos, havia uma cabine muito pequena. Sentei-me à mesa, ao lado dela. Achei a sua mão, tomei-a e apertei-a com força.

— Bem, e agora? O que vai acontecer?

---

* Valquírias, na mitologia nórdica, são divindades, que serviram ao deus Odin e foram enviadas por ele aos campos de batalha para escolher os mortos que seriam dignos de um lugar em Valhalla. Elas cavalgavam para o campo de batalha, usando capacetes e escudos; em alguns relatos, voavam pelo ar e sobre o mar. Algumas tinham o poder de causar a morte dos guerreiros que não favoreciam; outras, especialmente as heroínas Valquírias, guardavam a vida e o navio daqueles que eram queridos. São seres associados à justiça, ao brilho e ao ouro, bem como ao derramamento de sangue. (N. T.)

— Não sei. Você entende quão maravilhoso é tudo isso: voar sem saber para onde, e também faz diferença para onde se está voando...? Logo será 12h, e o que acontecerá... desconhece-se. E à noite... onde vamos estar esta noite? Talvez na relva, sobre as folhas secas...

Dela saíam faíscas azuis e o cheiro de ozônio dos raios; e o tremor dentro de mim...mais rápido.

— Escreva — eu lhe disse em voz alta, e ainda ofegante (de tanto correr). — Horário: 11h30. Velocidade: 6800...

Ela, por baixo do capacete alado, sem tirar os olhos do papel, disse serenamente:

— ... Ontem à noite, ela veio até mim com o seu bilhete... Eu sei, eu sei tudo: não precisa dizer nada. Mas o bebê, ele é mesmo seu? Sendo assim, eu já a enviei, ela já está do outro lado da Muralha. Ela vai viver...

Estou de volta à cabine de comando. Novamente, a noite delirante, com o céu negro estrelado e o sol ofuscante; devagar, o ponteiro do relógio na parede ia se arrastando de um minuto para outro; e tudo parece estar vestido por uma névoa e tremendo de modo quase imperceptível (apenas para mim).

Por alguma razão, me parecia melhor que tudo acontecesse não aqui, mas em algum lugar abaixo, mais perto da Terra.

— Pare tudo! Gritei ao microfone.

Mesmo assim, continuamos a avançar — pela inércia, cada vez mais lentamente. Em determinado momento, como que por um segundo, a *Integral* pareceu ter ficado presa em algum filamento, e, por um instante, ficou pendurada, imóvel; então o filamento se partiu, e a *Integral* começou a cair como uma pedra, cada vez mais rápido — e assim permaneceu, em silêncio, por minutos, por dezenas de minutos. Eu podia ouvir o meu pulso; o ponteiro ia, bem diante dos meus olhos, se aproximando cada vez mais do 12. Nesse instante, ficou claro para mim: a pedra sou eu; a Terra, I. Eu sou a pedra atirada por alguém, e essa pedra deve, inevitavelmente, cair com força contra a Terra, para que se despedace. Mas e se... lá embaixo, a firme fumaça azul das nuvens fosse agora... Mas e se...

Mas o fonógrafo dentro de mim, em um gesto articulado e preciso, pegou o receptor e ordenou que a velocidade fosse diminuída: a pedra, então, parou de cair. E agora, os quatro tubos de apoio — dois na popa, dois na proa — estão cansadamente roncando, com a única função de neutralizar o peso da *Integral*, e a *Integral*, praticamente sem tremer, parou no ar, firme, a cerca de um quilômetro da Terra, como se estivesse ancorada.

Todos se espalharam pelo convés (daqui a pouco, às 12h, soaria a campainha para o almoço) e, curvando-se sobre a grade de vidro, apressadamente, sem parar,

OS DESOBRIGADOS. NOITE ENSOLARADA. A RÁDIO VALQUÍRIA.

engoliram com os olhos o mundo desconhecido que ficava do outro lado da Muralha, e se prolongava para baixo de onde estávamos. Âmbar, verde, azul: floresta de outono, pradarias, lago. Na borda de um pequeno disco azul, algumas ruínas amareladas, parecidas com ossos; um dedo amarelado, ameaçador e ressecado, muito provavelmente a torre de uma antiga igreja, que, por milagre, escapou da destruição.

— Olhem, olhem! Ali, à direita!

Lá, através do deserto verde, uma mancha rápida voava como uma sombra marrom. Eu estava com os binóculos; levei-os mecanicamente aos olhos: tratava-se de uma manada de cavalos marrons com os rabos esvoaçantes que galopava na relva, e, mas suas garupas, levavam *eles*, de cor morena, branca, negra...

Atrás de mim:

— Estou dizendo: eu vi um rosto.

— Por favor... dizer uma coisa dessas na frente dos outros?

— Bem, aqui, pegue, pegue os binóculos...

Mas agora eles haviam desaparecido, sobrou apenas o infinito deserto verde...

O deserto, até eu, acabou invadido pelo toque da campainha: almoço; em um minuto seriam 12h.

O mundo — momentaneamente, ficou espalhado em pedaços de escombros incoerentes. Nos degraus, a vibrante placa de ouro de alguém — não dei importância: e agora se esmigalhou debaixo dos meus pés. Então a voz insistiu:

— Estou dizendo... um rosto!

Um retângulo escuro na parede: a sombra da porta aberta da cabine. Sorrindo... dentes cerrados e consideravelmente brancos...

Naquele momento, quando o relógio começou a bater infinitamente devagar, sem respirar de uma batida para outra, e as primeiras fileiras já haviam começado a se mover, o quadrado da porta foi repentinamente atravessado por dois braços familiares e anormalmente longos:

— PARE!

Dedos se cravaram na palma da minha mão, era I, estava do meu lado.

— Quem? Você o conhece?

— Mas ele não é... ele não é...?

Ele estava sobre os ombros de alguém. Acima de centenas de rostos, o dele era idêntico a centenas, milhares de outros rostos, mas, ainda assim, único entre todos...

— Em nome dos Guardiões... Vocês, a quem estou me dirigindo, que vocês me ouçam bem: *nós sabemos*. Ainda não sabemos os seus números, mas sabemos tudo. A *Integral* nunca será de vocês! O voo experimental será levado a cabo, e nenhum de vocês ousem fazer qualquer movimento. Vocês, com suas próprias mãos, vão trabalhar, normalmente, até a conclusão do teste. E só, então, darei tudo por encerrado.

Silêncio. As placas de vidro sob os pés pareciam moles, como algodão; e meus pés moles, como algodão. Ao meu lado, ela — com aquele sorriso perfeitamente branco; e, na cabeça, as faíscas azuis e vertiginosas. Entre os dentes, ela me disse ao ouvido:

— Então foi você? Então, você "cumpriu seu dever"? Bem, e agora...?

Ela arrancou a mão das minhas; em fúria, afastou-se para bem longe naquele capacete alado de Valquíria. Fiquei sozinho, congelado, caminhando, silenciosamente, como todos os demais para a cabine...

— Mas não fui eu... não fui eu! Não falei a respeito disso com ninguém, só com estas minhas páginas brancas e mudas... Dentro de mim, eu gritava — silenciosa e desesperadamente — para ela. Ela se sentou do outro lado da mesa, do lado oposto — e nem sequer uma vez me tocou com os olhos. Ao seu lado está a careca velha e amarelada de alguém. Eu a ouvi dizer para ele (mas era para mim):

— Nobreza? Mas, meu caro professor, mesmo uma simples análise filológica dessa palavra mostra que é um preconceito, um vestígio dos antigos, das épocas feudais. Já nós...

Logo senti: comecei a empalidecer; mais um minuto e todos iriam perceber... Mas o fonógrafo dentro de mim executou os cinquenta movimentos de mastigação estabelecidos para cada bocado. Tranquei-me dentro de mim, como uma daquelas casas antigas e opacas, e empilhei pedras na porta, cobri as janelas...

Mais tarde, o receptor de comando nas minhas mãos, o voo — em um sofrimento final e gelado — através das nuvens para uma noite gelada, estrelada e ofuscante. Minutos, horas. E, evidentemente, dentro de mim, todo esse tempo, de modo febril e a toda velocidade, um motor lógico funcionava, inaudível até para mim mesmo. Acontece que, de repente, num certo ponto do espaço azul, lembrei: lá está minha escrivaninha e, sobre ela, as bochechas de guelra de U e as folhas esquecidas que continham os meus registros. Está mais do que claro agora: ninguém, além dela... tudo ficou claro...

Ah, se, ao menos... se, ao menos, eu conseguisse chegar à sala de rádio... Capacetes alados, o cheiro da luz azul das faíscas... Lembro-me... de dizer-lhe algo em voz alta; e lembro-me também dela, olhando *através* de mim como se eu fosse de vidro e respondendo de modo distante:

— Estou ocupada recebendo uma mensagem lá de baixo. Aqui, dite a sua para ela... — Apontando para outra pessoa.

OS DESOBRIGADOS. NOITE ENSOLARADA. A RÁDIO VALQUÍRIA.

Na minúscula cabine, depois de pensar por um minuto, eu ditei com firmeza:

— Hora: 14h40. Descida! Desligar os motores. Tudo encerrado.

Retornei à cabine de comando. O coração mecânico da *Integral* parou, estamos caindo; já o meu coração não consegue acompanhar o ritmo da queda, ficando para trás, subindo cada vez mais na minha garganta. Atravessamos as nuvens e depois começamos a ver uma mancha verde, que foi ficando cada vez mais verde, cada vez mais evidente, como se um redemoinho se precipitasse sobre nós num momento, vindo depois o fim...

Provavelmente foi o Segundo Construtor, o do rosto contorcido e branco como porcelana, quem me empurrou com toda a força. Bati com a cabeça em alguma coisa e tudo ficou escuro e eu caí, ao longe ouvi vagamente:

— Motores de popa — velocidade máxima!

Um salto brusco... e não me lembro de mais nada.

35º REGISTRO

Resumo

Em um aro.
Um toco de cenoura.
Assassinato.

Não dormi a noite toda; a noite toda com uma ideia fixa na cabeça.

Depois dos acontecimentos de ontem, estou com a cabeça toda enfaixada. Bem, não é bem um curativo, mas um aro: um anel implacável de aço de vidro, um aro rebitado diretamente na minha cabeça. E orbitando sem parar dentro desse círculo de ferro um pensamento: matar U.

Matar U, e depois ir até I e dizer: "E, agora, você acredita?". O mais repugnante de tudo é que matar faz muita sujeira, é algo primitivo; esmagar uma cabeça com alguma coisa. Isso traz uma sensação estranha, como se disso viesse algo revoltantemente doce à boca. Não consigo engolir a saliva, fico o tempo todo cuspindo em um lenço e minha boca está seca.

No meu guarda-roupa, guardo uma haste pesada de um pistão que havia rompido após a fundição (eu precisava analisar no microscópio a estrutura na qual ocorreu o rompimento). Enrolei minhas anotações no formato de um tubo (que ela as leia até à última letra), enfiei dentro desse tubo o pedaço de pistão e desci. A escada parecia não ter fim, os degraus estavam repugnantemente escorregadios e líquidos. O tempo todo, eu limpava a boca com um lenço...

Cheguei ao térreo. Meu coração disparou. Parei, puxei o pistão e fui em direção à pequena mesa de controle...

Mas U não estava lá: apenas um tampo de mesa vazio e gelado. Lembrei: hoje todos os trabalhos estavam cancelados: todos tiveram que ir para a Operação, e compreensivelmente não havia motivo para ela estar ali, não havia ninguém aqui para se inscrever...

Na rua. Vento. O céu parecia de placas de chumbo negro que corriam no ar. E assim como foi em determinado momento ontem: era como se o mundo inteiro tivesse se quebrado em pequenos pedaços separados, afiados e independentes; e, cada um deles, ao cair de cabeça para baixo, parava por um segundo e ficava suspenso no ar bem na minha frente e, de repente, evaporava sem deixar vestígio.

OS DESOBRIGADOS. NOITE ENSOLARADA. A RÁDIO VALQUÍRIA.

Como se as letras desta página, pretas e precisas, repentinamente começassem, assustadas, a se mover, e saíssem a galope para algum lugar, e não restasse no papel nenhuma uma única palavra, mas apenas coisas sem sentido: as-gal-al. Na rua, a multidão apresentava o mesmo tipo de comportamento dispersivo; não estavam mais em fileiras — alguns iam para a frente, outros para trás, outros ainda caminhavam diagonal ou transversalmente.

Então, de repente, ninguém. Depois, por um segundo, correndo precipitadamente, tudo ficou congelado: ali, no segundo andar, em pé, em uma célula de vidro suspensa no ar um homem e uma mulher estavam se beijando; depois, ela moveu o corpo inteiro, inclinando-se, desanimadamente, um pouco para trás. Foi a última vez, para sempre...

Em uma esquina — um arbusto espinhoso de cabeças se mexendo. Acima das cabeças, separadamente, no ar, voava uma faixa com as palavras: "Abaixo as máquinas! Abaixo a Operação!". Nisso, o meu outro eu, momentaneamente, pensou: *Será que todos realmente sentem tanta dor que ela só pode ser arrancada de dentro se junto se arrancar também o coração? Será que é necessário que todos façam alguma coisa, antes que....* Então, por um segundo, não há nada no mundo exceto a (minha) mão bestial carregando aquele tubo pesado de chumbo negro...

Agora: um garotinho tinha uma marca escura sob o lábio inferior, o qual parecia estar virado, como o punho de uma manga arregaçada; dava a impressão de que o rosto todo do menino estava virado do avesso. Ele estava gritando e fugindo de alguém, correndo o máximo que podia. Atrás dele, o som de passos...

Ver o menino me fez lembrar: "U deve estar na escola hoje, tenho que me apressar!". Corri até a estação de metrô mais próxima.

Quando já ia descer, alguém correndo gritou para mim:

— Não está funcionando! Os trens hoje não estão funcionando. Tem...

Desci mesmo assim. E ali — um delírio generalizado. Um brilho dos sóis cristalinos facetados. A plataforma — abarrotada de cabeças. Um trem vazio e congelado.

Em meio ao silêncio, uma voz. Era dela, contudo eu não a via; mas eu sei, conheço essa voz flexível e cortante como um chicote. Em algum lugar está um triângulo pontiagudo de sobrancelhas voltado para as têmporas...

Então gritei:

— Deixem-me passar! Eu preciso...

Mas alguém pinçou meus braços e ombros. E, no silêncio, a voz dizia:

— Não, corra para cima! Lá eles vão curar você, lá vão alimentá-lo com a mais deliciosa felicidade; e, saciado, você vai adormecer pacificamente; e organizadamente, vai ressonar no ritmo certo. Você não consegue ouvir a grande sinfonia de pessoas ressonando? Bando de tolos! Vocês não entenderam que eles querem libertá-los dos pontos de interrogação que se contorcem dentro de vocês como vermes, consumindo-os de modo a levá-los à agonia, tal como fazem os vermes? E você está parado aqui, me ouvindo. Corra, rápido, vá lá para cima, vá se submeter à Grande Operação! Qual o problema de vocês de eu ficar aqui sozinha? O que interessa a vocês se eu não quero que outros queiram em meu lugar, mas quero sim ter as minhas próprias vontades — se eu quero o impossível...?

Uma outra voz, lenta e pesada, respondeu-lhe:

— Ah! O impossível? Isso significa o quê? Perseguir suas fantasias tolas que ficam sacudindo o rabo na frente do seu nariz? Não, nós as pegaremos pelo rabo e as esmagaremos, e mais tarde...

— E, mais tarde, coma e ressone, e logo você vai precisar de um novo rabo sendo sacudido na frente do seu nariz. Dizem que os antigos tinham um animal que se comportava assim, o burro. Para forçá-lo a ir sempre para a frente, eles amarravam uma cenoura na vara do arreio, bem na frente de seu focinho, só para que ele não conseguisse agarrá-la. E só poderia comê-la se conseguisse pegá-la...

De repente, as pinças me soltaram. Corri para o meio, onde ela estava falando, e naquele exato momento se instalou uma desordem ainda maior. De algum lugar lá atrás, um grito:

— Lá, olhem, eles estão vindo para cá!

A luz explodiu e tudo ficou escuro, alguém cortou o cabo; num instante se desencadeou uma avalanche de corpos, gritos, chiados, cabeças, dedos...

Não sei por quanto tempo percorremos aquele túnel subterrâneo naquelas condições. Finalmente: os degraus de uma escada, uma penumbra. Tudo foi ficando mais claro somente quando, finalmente, alcançamos a rua, onde as pessoas se dispersaram em diferentes direções, como um leque aberto...

Então, novamente, sozinho... Vento e um final de tarde baixo e cinzento acima da minha cabeça. No vidro molhado da calçada, em algum lugar bem lá no fundo, via-se o reflexo de luzes, paredes de cabeça para baixo e figuras se movendo com os pés para cima. E o terrivelmente pesado rolo em minhas mãos me puxou para dentro desse abismo.

Lá embaixo, ainda não havia sinal de U na sua pequena mesa; e o seu quarto estava vazio e escuro.

Subi até minha casa, acendi a luz. Fortemente presas por aquele aro, minhas têmporas latejavam. Fiquei caminhando, agrilhoado dentro do mesmo círculo: a escrivaninha, o tubo branco sobre a escrivaninha, a cama, a porta, a escrivaninha, o tubo branco... No quarto à esquerda, as persianas estavam abaixadas. À direita, sobre um livro, a parábola de uma imensa testa amarela em uma

OS DESOBRIGADOS. NOITE ENSOLARADA. A RÁDIO VALQUÍRIA.

careca protuberante. Rugas na testa, uma fileira de linhas amarelas e indecifráveis. Às vezes, nossos olhos se encontravam, e eu sentia: essas linhas amarelas têm a ver comigo.

Tudo aconteceu exatamente às 21h. U apareceu sozinha. Apenas uma coisa permanecia nítida na minha memória: eu respirava tão alto que ouvia minha própria respiração, e o tempo todo queria respirar mais silenciosamente, mas... não conseguia.

Ela se sentou e endireitou o unif sobre os joelhos. As bochechas flácidas castanho-rosadas se contraíram nervosamente.

— Ah, querido, então é verdade, você está ferido? Assim que eu fiquei sabendo, vim imediatamente...

O pistão quebrado estava na minha frente, em cima da mesa. Dei um pulo, respirando ainda mais alto. Ela me ouviu, parou no meio da palavra e, por algum motivo, também se levantou. Eu havia identificado o ponto na sua cabeça onde eu deveria... Na minha boca, eu já sentia um gosto doce e revoltante... Procurei por um lenço, mas não havia lenço nenhum, cuspi no chão mesmo.

Aquele da parede à direita, que tem as rugas amarelas, as quais tinham a ver comigo; é preciso que ele não veja, seria mais repugnante se ele estivesse olhando... Apertei o botão, e daí se eu não tinha o direito de baixar as persianas; tudo estava diferente agora, e as persianas foram baixadas.

Ela evidentemente sentiu alguma coisa, percebeu e correu para a porta. Mas eu cheguei antes dela. E, respirando alto, sem baixar os olhos um só segundo daquele ponto em sua cabeça...

— Você... você enlouqueceu! Você não se atreveria...

Ela recuou e se sentou, ou melhor, deixou-se cair sentada na cama; tremendo, deslizou as mãos cruzadas, com as palmas juntas, entre os joelhos. Sem perdê-la de vista por um instante, como uma mola, lentamente estendi minha mão para a mesa, apenas uma mão se moveu, agarrei o pedaço de pistão.

— Eu imploro! Um dia... um dia apenas! Amanhã eu... amanhã vou fazer tudo o que...

Do que ela estava falando? Levantei meu braço...

Eu pensei... eu a matei. Sim, meus leitores desconhecidos, vocês têm o direito de me chamar de assassino. Sei que teria dado com aquele pedaço de pistão na cabeça dela se, de repente, ela não tivesse gritado:

— Pelo amor de... pelo amor de... eu concordo. Eu... só um momento.

Com as mãos trêmulas, ela mesma arrancou o unif e jogou o corpo flácido e amarelo de cabeça para baixo na cama... Só então entendi. Ela achava que eu tinha baixado as persianas, que era para... que eu queria...

Isso foi tão inesperado, tão estúpido, que eu caí na gargalhada. E imediatamente a mola firmemente contraída em mim relaxou, minha mão afrouxou, e o pedaço de pistão bateu no chão. Aqui eu vi, por experiência própria, que o riso é a arma mais terrível de todas: com o riso é possível matar tudo, até o assassinato.

Sentei-me à mesa e ri, uma risada final e desesperada. Eu não via saída para aquela situação absurda. Não sei como tudo isso teria terminado se tudo tivesse evoluído de forma natural; mas, de repente, surgiu um componente externo novo: o telefone tocou.

Corri até lá, apertei o botão. Talvez fosse ela. E no receptor, ouvi uma voz desconhecida:

— Um momento.

Começou um zumbido exasperante, que não terminava. De longe, era possível ouvir passos pesados, cada vez mais próximos, cada vez mais estrondosos, soando cada vez mais pesados como chumbo, até que...

— D-503? É o Benfeitor quem está falando com você. Venha me ver imediatamente!

Clique. Desligou. Clique.

U ainda estava espalhada na cama, com olhos fechados, bochechas flácidas bem abertas com um sorriso de orelha a orelha. Peguei a roupa dela do chão, joguei-a sobre ela e, entre os dentes, disse:

— Vamos, mexa-se, rápido!

Ela se apoiou no cotovelo, os seios caíram para o lado, os olhos redondos, toda ela virou cera.

— Como é que é?

— Isso mesmo. Vista-se de uma vez!

Apertando o unif firmemente contra o corpo e com a voz embargada, ela disse:

— Vire-se...

Virei-me e encostei a testa no vidro. No espelho negro e molhado, tremulavam luzes, vultos, faíscas. Não, isso tudo era eu, estava tudo dentro de mim... Por que Ele está me chamando? Ele já saberia dela, de mim, de tudo?

U, agora vestida, estava à porta. Dei dois passos em direção a ela, tomei-lhe as mãos e apertei-as como se pudesse arrancar delas exatamente o que precisava, gota a gota:

— Escute... O nome dela, você sabe de quem, você deu o nome dela? Não? Só a verdade, é do que eu preciso, para você não faz diferença, mas eu preciso da verdade...

— Não.

OS DESOBRIGADOS. NOITE ENSOLARADA. A RÁDIO VALQUÍRIA.

— Não? Mas como? Afinal, você foi lá e fez o relato...

O lábio inferior dela, de repente, ficou virado como o daquele menino. E das bochechas, pelas bochechas corriam-lhe...

— É que eu... eu fiquei com medo, que se... que por causa disso tudo... você pudesse deixar de me amar.... Ah, eu não posso, eu não teria conseguido...

Entendi: era a verdade. Ela estava dizendo a absurda, cômica e humana verdade! Abri a porta.

36º REGISTRO

Resumo

Páginas vazias.
O Deus cristão.
Sobre minha mãe.

É estranho, aqui, na minha cabeça, é como se houvesse uma página em branco. Como cheguei lá, como esperei (sei que esperei), não me lembro de nada, nem de um som, nem de um rosto, nem de um gesto. É como se todas as linhas que me ligavam ao mundo tivessem sido cortadas.

Assim que cheguei, fui imediatamente à presença d'Ele. Assustava-me a ideia de levantar os olhos; vi apenas as Suas enormes mãos de ferro apoiadas sobre os joelhos. Essas mãos oprimiam até a Ele, fazendo-o dobrar os próprios joelhos. Ele moveu lentamente os dedos. Porque o Seu rosto ficava mais acima, em meio à névoa, é que Sua voz, que vinha de tão alto, não me ensurdeceu como um trovão, antes ainda parecia se assemelhar a uma voz humana comum.

— E, então, você também? Você, o Construtor da *Integral*? Você, a quem foi concedido se tornar o maior dos *conquistadores*? Você, cujo nome deveria ter iniciado um novo e brilhante capítulo da história do Estado Único... Você?

O sangue me subiu violentamente à cabeça, ao rosto. Novamente, a página vazia: apenas o latejar nas têmporas e a voz retumbante que vinha lá de cima, mas nenhuma palavra. Quando a voz silenciou, voltei a mim. A mão de duas toneladas se moveu lentamente até mim, em seguida ergueu um dedo e apontou-o categoricamente para mim.

— Então? Por que você está em silêncio? "Ele é um carrasco", você pensou isso ou não?

— Sim — respondi submissamente.

Daí em diante, ouvi claramente cada palavra Dele:

— Então, você acha que eu tenho medo dessa palavra? Mas você já tentou arrancar-lhe a casca e ver o que tem dentro dela? Pois agora vou te mostrar. Lembre-se: uma colina sob um céu azul, uma cruz, uma multidão. Alguns, na parte de cima, respingados de sangue, estão pregando o corpo na cruz; outros, em baixo, respingados de lágrimas, estão observando. Não te parece que o papel

OS DESOBRIGADOS. NOITE ENSOLARADA. A RÁDIO VALQUÍRIA.

daqueles que estão lá em cima é o mais difícil, o mais importante? Se não fosse por eles, toda essa tragédia majestosa teria acontecido? Eles foram vaiados pela multidão ignorante: mas então, por isso, o autor da tragédia, Deus, deveria tê-los recompensado ainda mais generosamente. Mas o próprio e misericordiosíssimo Deus dos cristãos, que lentamente queima todos os insubmissos no fogo do inferno — não é Ele mesmo senão um carrasco? Os que foram queimados na fogueira pelos cristãos são em menor número do que os cristãos que foram queimados? E, mesmo assim, perceba bem, eles ainda continuaram a glorificar esse Deus por séculos como o Deus do amor. Um absurdo? Não, pelo contrário, trata-se de uma prova evidente, assinada com sangue da inextirpável prudência do ser humano. Mesmo quando não era mais do que um selvagem peludo, ele já havia compreendido que o amor verdadeiro e algébrico pela humanidade deve ser desumano, e que o sinal inegável da verdade é sua crueldade. Tal como acontece com o fogo, o melhor sinal para reconhecê-lo inegavelmente é o fato de que ele queima. Mostre-me um fogo que não queima? Bem, mostre-me, argumente!

Como eu poderia argumentar? Como eu poderia argumentar quando essas foram (anteriormente) as minhas próprias ideias, embora eu nunca tivesse encontrado um modo de colocá-las em uma armadura de ferro forjado tão brilhante? Apenas fiquei em silêncio...

— Se isso significa que você concorda comigo, então vamos conversar como adultos depois que as crianças forem para a cama. Vamos tratar de tudo até o fim. Eu pergunto: pelo que as pessoas, desde as fraldas, rezaram, sonharam, se angustiaram? Por alguém que lhes diga, de uma vez por todas, o que é a felicidade, e que depois as algeme a essa felicidade com uma corrente. O que mais estamos fazendo agora, se não isto? O antigo sonho do Paraíso... Lembre-se: no Paraíso eles não sabem o que é desejo pelo agora, não sabem o que é a piedade, não sabem o que é o amor; é lá que se encontram os bem-aventurados, aqueles que tiveram suas imaginações retiradas (só por isso eles são bem-aventurados) são os anjos, os escravos de Deus... E aqui, no momento em que já tínhamos alcançado esse sonho, quando já o tínhamos agarrado aqui bem desse jeito — ele cerrou a mão com uma força tal que, se houvesse uma pedra, seiva teria espirrado de dentro dela —, quando agora a única coisa que faltava era cortar a presa em partes e dividi-la, neste exato momento você, você...

O estrondo de ferro parou abruptamente. Eu estava vermelho como uma barra de ferro na bigorna sob um martelo. O martelo estava suspenso sobre mim, silencioso, só esperando, e isso é ainda... mais assust...

De repente:

— Quantos anos você tem?

— Trinta e dois.

— E você é duas vezes mais ingênuo do que um garoto de dezesseis anos! Ouça, nunca lhe passou pela cabeça que, para *eles* (ainda não sabemos seus nomes, mas tenho certeza de que você irá nos informar), você era necessário apenas por ser o Construtor da *Integral*, apenas para poder, através de você...

— Chega, chega! — gritei.

Como se, ao gritar, eu pudesse me proteger com as mãos de uma bala que já havia sido disparada na minha direção: você ainda ouve seu ridículo "chega", mas a bala agora o atingiu, e você está se contorcendo no chão.

Sim, sim, o Construtor da *Integral*... Sim, sim... e então, de repente, como num relâmpago, vejo o rosto enfurecido de U, com as guelras trêmulas e vermelhas como tijolos, como naquela manhã, quando ambas estavam no meu quarto...

Lembrei-me muito claramente e comecei a rir... levantei os olhos. Na minha frente, estava sentado um homem careca, socraticamente careca, e sua cabeça careca estava repleta de pequenas gotas de suor.

Como tudo é simples. Quão majestosamente banal e risivelmente simples.

As gargalhadas haviam começado a me sufocar, irrompendo em bufadas incessantes. Cobri minha boca com o pulso e saí correndo.

Escadas, vento, fragmentos molhados de luz, rostos. Enquanto eu corria, só pensava: *Não! Preciso vê-la! Só mais uma vez... vê-la!*.

Aqui, novamente, mais uma página em branco. Só me lembro de pés. Não das pessoas, mas dos pés: centenas de pés batendo desajeitadamente, caindo na calçada vindos de algum lugar acima, uma forte chuva de pés. E uma música alegre e maldosa, e um grito (muito provavelmente para mim):

— Ei! Ei! Por aqui, venha conosco!

Então, uma praça deserta, completamente tomada por um vento forte que não parava. No meio dela, um volume turvo, pesado e ameaçador: era a Máquina do Benfeitor. A máquina trouxe de dentro de mim o que parecia ser o eco inesperado de uma imagem: um travesseiro branco brilhante; no travesseiro, uma cabeça jogada para trás com os olhos semicerrados. Eu podia ver uma fileira de dentes afiados e doces... E tudo isso está de alguma forma absurdamente, assustadoramente relacionado com a Máquina... Eu sei como, mas ainda não quero ver, não quero dizer o nome em voz alta, eu não quero... não.

Fechei os olhos e me sentei nos degraus que subiam para a Máquina. Provavelmente estava chovendo: meu rosto estava molhado. Em algum lugar distante, gritos abafados. Mas ninguém ouve enquanto eu grito:

— Salve-me disso tudo, salve-me!

OS DESOBRIGADOS. NOITE ENSOLARADA. A RÁDIO VALQUÍRIA.

Se eu tivesse mãe, como tinham os antigos: *minha* — é isso, é bem isso — mãe. De modo que, só para ela, eu não seria o Construtor da *Integral*, nem o número D-503, e nem uma molécula do Estado Único, mas um simples pedaço de um ser humano — um pedaço dela mesma — um pedaço pisoteado, esmagado, descartado... E daí se eu estou crucificando ou se estou sendo crucificado — talvez seja tudo a mesma coisa —, de modo que só ela ouviria o que ninguém mais ouve, de modo que os seus velhos lábios completamente enrugados...

37º REGISTRO

Resumo

Infusório.
Fim do mundo.
O quarto dela.

Esta manhã no refeitório, o vizinho da esquerda, em um sussurro assustado para mim:

— Vamos, coma! Eles estão olhando para você!

Com todas as minhas forças, eu sorri. E senti uma espécie de rachadura no meu rosto. A cada sorriso as bordas da rachadura iam se abrindo, cada vez mais largas, provocando uma dor cada vez mais profunda...

E, depois, aconteceu isto: eu mal havia conseguido espetar um cubinho com o garfo, quando imediatamente o garfo estremeceu em minha mão e acabou caindo. Ao bater no prato, parece que tudo estremeceu: as mesas, as paredes, os pratos, o ar; lá fora, isso se traduziu em um estrondo fortíssimo, como um trovão que foi subindo, rolando para o céu, passando pelas cabeças, passando pelas casas e morrendo ao longe em pequenos círculos cada vez maiores e imperceptíveis, como na água.

Vi os rostos instantaneamente desvanecerem, ficarem pálidos; vi as bocas pararem, os garfos ficarem no meio do caminho, no ar.

Então o tumulto se instalou, tudo saiu do rumo há muito assentado; as pessoas saltaram de seus lugares (sem nem mesmo terem cantado o hino), já mastigando fora do ritmo, engasgando-se, uns agarrando os outros e perguntando:

— O quê? O que aconteceu? O que foi?

Então, os fragmentos desordenados de uma grande e outrora bem equilibrada Máquina, derramaram-se para os elevadores, para as escadas e pelos degraus. Ouviam-se passos, fragmentos de palavras, como as que se veem em pedaços de uma carta rasgada que ficam girando pelo vento...

Da mesma forma, as pessoas vertiam de dentro dos prédios vizinhos e, em um minuto, a avenida parecia uma gota de água sob um microscópio: presa dentro de uma gota transparente como vidro, com os infusórios* correndo desnorteados, para os lados, para cima, para baixo.

---

* Os infusórios são um agrupamento de protozoários de água doce. (N. T.)

OS DESOBRIGADOS. NOITE ENSOLARADA. A RÁDIO VALQUÍRIA.

— Ah! — exclama a voz exultante de alguém.

Na minha frente, vejo a nuca e um dedo apontado para o céu, lembro-me bem distintamente da unha amarelo-rosada, e, na parte baixa da unha, uma parte branca, como lua crescente como se estivesse se erguendo por trás do horizonte. Esse parecia uma bússola: centenas de olhos, seguindo-o, voltaram-se para o céu.

Ali, fugindo de alguma perseguição invisível, as nuvens corriam, acotovelavam-se e saltavam umas sobre as outras; e tingidos pela cor das nuvens, os aeros escuros dos Guardiões voavam com seus tubos negros de observação pendurados — e, ainda mais longe — ali, a oeste, algo parecido com...

A princípio ninguém entendeu do que se tratava — nem eu, a quem (infelizmente) foi revelado mais do que a todos os outros, também não entendi. Assemelhava-se a um enorme enxame de aeros pretos. Voavam a uma altura tão improvável que mais pareciam pontos rápidos quase imperceptíveis.

À medida que se aproximavam, vindos de cima, sons roucos e guturais, e, finalmente, vimos que, sobre as nossas cabeças, voavam pássaros. Eles enchiam o céu com seus afiados triângulos negros e penetrantes; conforme eram tomados pela tempestade, pousavam nas cúpulas, nos telhados, nos pilares, nas varandas.

— Ah! — A nuca exultante se virou, e eu vi quem era... Aquele que olha por baixo e entre as sobrancelhas. Mas agora só lhe restava o primeiro traço; de alguma forma, ele havia saído daquela posição de eterna testa e sobrancelhas baixas; agora, em seu rosto — ao redor dos olhos, ao redor dos lábios — brotavam raios, como pequenas mechas de cabelo, ele sorria.

— Você entendeu — ele gritou em meio ao assobio do vento, do bater das asas e do grasnar. — Você entendeu o que aconteceu: a Muralha, a Muralha, eles a explodiram! *En-ten-deu?*

Ao longe, a todo momento, flashes de vultos com a cabeça esticada, correndo rapidamente para dentro de prédios. No meio da calçada, passava uma avalanche imensa, mas que parecia avançar lentamente (por melancolia), de operados, marchando naquela direção, para oeste.

Aquele com os pequenos fios peludos de raios ao redor dos lábios, dos olhos... agarrei-o pela mão:

— Escute: onde ela está, onde está I? Está do outro lado da Muralha ou... eu preciso vê-la, você me ouviu? Agora mesmo, não posso mais...

— Aqui, ela está aqui — ele gritou para mim como que embriagado, alegremente mostrando os dentes fortes e amarelos... — Ela está aqui, na cidade, em missão. Oh! — nós estamos fazendo um bom trabalho!

Quem são "nós"? Quem sou eu?

NÓS

Em volta dele, havia cerca de outros cinquenta. Eram iguais a ele, pareciam ter saído de debaixo de suas sobrancelhas escuras, estavam agora barulhentos, alegres. Com a boca aberta e seus dentes fortes, eles pareciam engolir a tempestade. Balançando o que pareciam ser eletrocutores pendentes e inofensivos (onde eles os arranjaram?), eles também se moviam naquela direção, a oeste, atrás dos operados, mas os evitando; vinham pela avenida 48, em paralelo...

Tropeçando nos cabos rígidos enredados pelo vento, corri para procurá-la. Para quê? Não sei. Eu tropeçava. As ruas estavam vazias, a cidade estranha e primitiva, o ruído incessante dos pássaros exultantes — o fim do mundo.

Através dos vidros das paredes, em várias casas, vi (essas coisas estão gravadas em mim) números femininos e masculinos copulando descaradamente, sem nem sequer baixarem as persianas, sem os cupons, em plena luz do dia...

Um prédio... o prédio dela. A porta estava escancarada. Na entrada, a mesa de controle estava vazia. O elevador havia ficado preso no meio do poço. Já sem ar, subi correndo uma escada sem fim. Cheguei ao corredor. Como raios de uma roda, os números nas portas iam passando por mim: 320, 326, 330... I-330, sim!

Então, pela porta de vidro, vi que tudo no quarto estava espalhado, revirado, amarrotado. A cadeira estava de cabeça para baixo, como que virada às pressas, estava de bruços, com as quatro pernas para cima, como um animal morto. A cama havia sido movida, ficando em uma posição absurdamente oblíqua, afastada da parede. No chão, como pétalas pisoteadas, havia cupons rosados espalhados.

Abaixei-me, peguei um, outro, um terceiro: em todos estava o número D-503; eu estava em cada um deles, gotas de mim mesmo, do meu eu derretido e derramado. E isso tudo foi o que restou...

Por alguma razão, era-me impossível deixá-los assim, no chão, para serem pisados. Peguei mais um punhado deles, coloquei-os sobre a mesa, alisei-os com cuidado, dei uma olhada e... ri. Antes eu não sabia, agora eu sei, e você sabe: o riso vem em cores diferentes. Ele é apenas o eco distante de uma explosão que acontece dentro de você: pode ser o vermelho, azul, dourado festivo dos foguetes; pode também ser os fragmentos de um corpo humano que explode em uma decolagem...

Nos cupons, um nome apareceu de relance, totalmente desconhecido para mim. Não me lembro dos algarismos, apenas da letra: F. Joguei todos os cupons da mesa no chão, pisei neles, pisei em mim mesmo, com o calcanhar — aqui, assim, toma — e saí...

Sentei-me no corredor, no parapeito da janela em frente à porta, e fiquei teimosamente esperando por alguma coisa, por um longo tempo. Ouvi passos demorados vindos da esquerda. Era um velho: o rosto era como de uma bexiga

OS DESOBRIGADOS. NOITE ENSOLARADA. A RÁDIO VALQUÍRIA.

perfurada, vazia e enrugada, de onde escorria lentamente algo transparente. Pouco a pouco, demoradamente, entendi: eram lágrimas. E só quando o velho já estava longe é que, de repente, voltei a mim e gritei para ele:

— Escute, por favor… Você conhece o número I-330?

O velho se virou, acenou com a mão em desespero e continuou mancando…

Ao anoitecer, voltei para casa. A oeste, o céu ia se fechando, segundo a segundo, em espasmos azulados, e de lá vinha um estrondo abafado. Os telhados estavam cobertos de pedaços pretos e carbonizados, eram as aves.

Deitei-me na cama, e imediatamente, como um animal selvagem, o sono desceu sobre mim, sufocando-me…

38º REGISTRO

Resumo

(Não sei qual. Talvez todo o resumo possa ser: uma bituca de cigarro descartada.)

Acordei com uma luz brilhante, que machucava os olhos. Mantive-os semicerrados, e senti, na minha cabeça, uma espécie de fumaça azul e acre; e me percebi mergulhado em uma névoa. Foi quando disse comigo:

— Mas eu não acendi a luz... Como...

Então dei um pulo da cama... À mesa, estava I, apoiando o queixo com a mão e olhando para mim com um sorriso largo...

Neste momento, estou escrevendo nessa mesma mesa. Aqueles dez a quinze minutos, cruelmente comprimidos na mais tensa mola, já se passaram. Mas, para mim, parece que só agora a porta se fechou atrás dela, e que ainda é possível alcançá-la, agarrá-la pelas mãos e, talvez, ela ria e diga...

I sentou-se à mesa. Corri até ela.

— Você, você! Eu fui até... eu vi o seu quarto... pensei que você...

Mas o que eu ia dizer acabou ficando no meio do caminho, esbarrei nas lanças afiadas e imóveis dos cílios dos olhos dela e parei. Lembrei que foi assim que ela me olhou naquela vez, na *Integral*. E aqui, num segundo, eu tinha que contar tudo logo para ela acreditar que eu... Caso contrário, certamente, eu jamais...

— Escute, eu, eu tenho que... eu devo... tudo o que... Não, não, só um pouco, eu... eu só vou beber um pouco de água...

A minha boca estava completamente seca, como se tivesse sido coberta por mata-borrão. Eu me servi de um pouco de água, mas não consegui beber. Coloquei o copo sobre a mesa e segurei a jarra com as duas mãos.

Só então percebi, a fumaça azul era de um cigarro. Ela o levou aos lábios, puxou, tragou avidamente a fumaça — como tentei fazer com a água —, e disse:

— Não. Não diga nada. Não tem importância, você não vê? De todo modo, eu vim. Eles estão esperando por mim lá embaixo... E você quer que esses nossos minutos finais...

[NÃO SEI QUAL. TALVEZ TODO O RESUMO POSSA SER: UMA BITUCA DE CIGARRO DESCARTADA.]

Ela jogou o cigarro no chão e se inclinou para trás, sobre o braço da poltrona (o botão estava ali na parede, e era difícil acessá-lo) — me recordo de que a poltrona balançou, dois dos pés se levantaram do chão. Então as persianas caíram.

Ela se aproximou e me segurou firmemente em seus braços. Seus joelhos sob o vestido eram um veneno lento, macio, quente, envolvente e penetrante.

Acontece que, quando se está mergulhado em um sonho doce e quente e, de repente, somos picados, estremecemos, e então nossos olhos ficam bem abertos... Foi o que aconteceu, de súbito, me lembrei do chão do quarto dela, dos cupons cor-de-rosa pisoteados, e em um deles a letra F e alguns algarismos... Dentro de mim, isso tudo colidiu e se enredou em uma coisa só; mesmo agora não sei dizer que tipo de sentimento me tomou, mas eu a apertei com tanta força que ela gritou de dor...

Mais um minuto — um daqueles dez a quinze — com a cabeça deitada sobre o travesseiro ofuscantemente branco e com os olhos semicerrados, eu via a afiada e doce fileira de dentes. E, o tempo todo, isso tudo me lembra obsessiva, absurda e agonizantemente de algo, do que é impossível, do que agora não deve ser. E eu a apertei ainda mais ternamente, ainda mais cruelmente. E eram ainda mais distintas as manchas azuis que os meus dedos deixavam nela...

Sem abrir os olhos (o que eu notei), ela disse:

— Estão dizendo que ontem você esteve com o Benfeitor. É verdade?

— Sim, é verdade.

Então os olhos dela se arregalaram, e observei com prazer a rapidez com que tudo em seu rosto empalideceu, ficou completamente branco, pareceu desfalecer; tudo menos os olhos.

Contei tudo a ela. Só que... não sei por que... não, não é verdade, eu sei por quê... Só não revelei uma coisa... o que Ele disse no final, a respeito de que eu havia sido usado por eles...

Aos poucos, como uma imagem fotográfica em pleno processo de revelação, o rosto dela foi aparecendo: as faces, a fileira branca de dentes, os lábios. Ela se levantou e foi até a porta espelhada do guarda-roupa.

Voltei a sentir a boca seca. Servi-me de água, mas repugnou-me, coloquei o copo sobre a mesa e perguntei:

— Foi para isso que você veio, por que precisava descobrir?

Do espelho, ela olhou para mim, vi o triângulo pontiagudo e irônico formado pelas sobrancelhas levantadas até as têmporas. Ela se virou para me dizer algo, mas não disse nada.

Não era preciso. Eu sabia.

NÓS

Despedir-me dela? Movi meus pés (pés que não eram meus, mas de um estranho) e acabei batendo na cadeira, que caiu no chão, como morta, como aquela no quarto dela. Seus lábios estavam frios, como já esteve o chão, aqui no meu quarto, perto da cama.

Quando ela saiu, eu me sentei no chão, debruçado sobre o cigarro descartado...

Não consigo mais escrever, não quero mais!

39º REGISTRO

Resumo

Fim

Tudo isso foi como um último grão de sal jogado em uma solução saturada: rapidamente, espinhosos como agulhas, os cristais se espalham, endurecem, congelam. Para mim ficou claro: tudo estava decidido, amanhã de manhã *levarei tudo a cabo*. Isso é a mesma coisa que cometer suicídio, mas talvez só assim eu possa ressuscitar. Porque apenas o que está morto pode ser ressuscitado.

No oeste, o céu tremia em espasmos azulados a cada segundo. Minha cabeça estava queimando e latejando. Fiquei assim a noite toda e adormeci somente por volta das sete da manhã, quando a escuridão já havia se recolhido, começando a ficar verde e os telhados repletos de pássaros se tornavam visíveis.

Quando acordei, já eram dez horas (hoje, evidentemente, a campainha não foi tocada). Sobre a escrivaninha, ainda estava o copo de água de ontem. Bebi avidamente a água e saí correndo: era preciso fazer tudo o mais rápido possível.

O céu estava azul e deserto, totalmente consumido pela tempestade. As sombras tinham cantos nítidos, tudo parecia ter sido esculpido pelo ar azul do outono — um ar rarefeito. Tudo era tão frágil que dava medo até de tocar, parecia que poderia, a qualquer momento, quebrar e se dispersar como pó de vidro. Dentro de mim há algo semelhante: não devo pensar, não posso pensar, não posso, caso contrário...

E eu não estava pensando, talvez nem estivesse vendo direito, apenas registrando. Na calçada, havia galhos vindos sabe-se lá de onde, as suas folhas eram verdes, âmbar e carmesim. Lá em cima, pássaros e aeros cruzavam uns com os outros em voos rápidos. Já em outro lugar, vi cabeças, bocas abertas, braços agitando galhos. Tudo isso provavelmente gritava, grasnia, zumbia...

Depois — as ruas desertas, como se tivessem sido varridas pela peste. Lembro-me de ter tropeçado em algo insuportavelmente macio, flexível e, mesmo assim, imóvel. Abaixei-me: era um cadáver. Estava deitado de costas, com as pernas abertas, como uma mulher. O rosto... Reconheci os lábios grossos e negroides, parecia que ainda hoje poderiam respingar de tanto rir. Com os olhos firmemente fechados, ele estava rindo da minha cara. Um segundo, então passei por cima dele e saí correndo... porque eu não aguentava mais, eu tinha que fazer tudo rápido; senão, sentia que iria quebrar, dobrar como um trilho sobrecarregado...

Felizmente, apenas mais vinte passos e já era possível ver a placa com as letras douradas "Departamento dos Guardiões". Parei na entrada, respirei o máximo que pude e entrei.

Lá dentro, no corredor, uma cadeia infinita, em fila única, de números com folhas de papel e grossos cadernos nas mãos. Eles se moviam lentamente, um passo, dois... e, de novo, paravam.

Andei de um lado para outro ao longo da fila; minha cabeça estava acelerada — eu os agarrava pelas mangas, implorava-lhes, como um doente que, na hora do seu tormento mais agudo, implora a alguém que lhe dê rapidamente algo que coloque, de vez, um fim em sua dor.

Uma mulher, com o cinto bem apertado por cima do unif, deixava bem salientes os dois hemisférios do seu traseiro; e movia-os o tempo todo pra lá e pra cá, como se tivesse olhos exatamente ali. Ela riu na minha cara e disse:

— Ele está com dor de barriga! Leve-o ao banheiro; fica ali, segunda porta à direita...

Todos começaram a rir de mim: aquela risada fez com que algo subisse à minha garganta, e num momento eu já ia gritar, ou então... ou então...

De repente, por trás, alguém me agarrou pelo cotovelo. Eu me virei e vi as orelhas-asas transparentes. No entanto, não estavam rosadas, como de costume, mas vermelhas; o pomo de adão em seu pescoço se mexia como se, mais um pouco, e iria sair pele afora.

— Por que você está aqui? — ele perguntou rapidamente, me perfurando com aqueles olhos. Eu me agarrei a ele e disse:

— Depressa, para o seu escritório... Eu preciso falar com você... imediatamente! É bom que seja precisamente para você... Pode ser horrível que seja precisamente para você, mas tudo bem, tudo bem...

Ele também *a* conhecia, e por isso era ainda mais angustiante para mim, mas talvez ele também ficasse assustado ao ouvir o que tenho a dizer, e então seríamos dois a cometer o crime juntos; eu não estaria sozinho neste meu segundo final de vida...

A porta bateu atrás de nós. Lembrei: quando a porta se fechou, arrastou um pedaço de papel que havia ficado preso na parte de baixo. E então, um silêncio pesado caiu sobre nós, como uma campânula de vidro. Se ele tivesse dito pelo menos uma palavra — não importava qual fosse —, até mesmo a palavra mais insignificante, eu teria falado tudo de uma vez. Mas ele ficou em silêncio.

FIM

Tentei me conter a ponto de meus ouvidos começarem a zunir, mas acabei falando (sem olhar para ele):

— Eu tenho a impressão, eu sempre a odiei, desde o início. Lutei... Porém, não, não, não precisa acreditar em mim: eu poderia, mas não quis me salvar, queria perecer... Eu queria isso mais do que qualquer coisa... ou melhor, não perecer, mas para que ela... E mesmo agora, quando eu já sei de tudo... Você sabe, você sabe que o Benfeitor me convocou?

— Sim, eu sei.

— Mas as coisas que Ele me disse... Você entende, para mim não faz diferença... foi como se agora mesmo o chão sob seus pés tivesse sido arrancado, e você, com tudo ao seu redor, tudo o que está aqui na mesa, o papel, a tinta... e a tinta acaba derramando, transformando tudo em um grande e único borrão...

— Continue, continue! E se apresse, há outros esperando.

E, então, gaguejando e me enrolando todo, contei a ele tudo o que havia acontecido, tudo o que está registrado nestas páginas. Falei sobre o meu verdadeiro eu e sobre o meu eu peludo; e o que ela, daquela vez, havia me dito sobre as minhas mãos. Sim, foi precisamente assim que tudo começou — e como eu, naquele momento, intencionalmente deixei de cumprir o meu dever, e como enganei a mim mesmo, como ela havia conseguido para mim os atestados falsos e como fui enferrujando dia após dia, e sobre os corredores subterrâneos; e a minha ida para o outro lado da Muralha...

Contei tudo de modo desordenado e fragmentado, eu gaguejava, não havia palavras suficientes. Com os lábios torcidos e duplamente curvados, ele me provocava com um sorriso de escárnio e sussurrava as palavras que pareciam estar faltando; eu só balançava a cabeça, agradecido: sim, sim... e aqui (como foi mesmo?). Ele agora falava por mim, e eu apenas ouvia:

— Sim, sim. — E então: — Isso, foi exatamente assim, sim, sim!

Como se sob o efeito de éter, comecei a sentir um frio na garganta, e com dificuldade perguntei:

— Mas como...? Você não teria como saber disso...

O sorriso dele ficou ainda mais torto... E então:

— Mas, sabe, você está tentando esconder algo de mim, aqui você enumerou todos os que você viu do outro lado da Muralha, mas você se esqueceu de alguém. Você quer dizer...? Mas você não se lembra, nem mesmo de relance, por um segundo, você não se lembra de ter me visto lá? Sim, sim: eu mesmo.

Um silêncio.

E, de repente, como um raio passando pela minha cabeça, ficou vergonhosamente claro: ele também é um deles... E tudo de mim, todos os meus tormentos, tudo o que expus aqui, exausto por tanto esforço e esgotando minhas últimas forças, como se estivesse realizando uma façanha... Tudo é ridículo, como a antiga anedota sobre Abraão e Isaque. Abraão, coberto de suor gelado, já havia levantado o braço com a faca sobre o próprio filho — acima de si mesmo — e, de repente, vem uma voz lá de cima: "Pode parar. Eu estava brincando"...

Sem desviar os olhos daquele sorriso de escárnio cada vez mais torto, apoiei as mãos na beirada da mesa e, lentamente, fui me afastando, arrastando a cadeira, e então, de uma só vez, como se tomasse todo o meu corpo em meus braços, e passando em meio a bocas, gritos, escadas, tratei de sair de lá, correndo impetuosamente.

Não me lembro como foi, só sei que acordei em um dos banheiros públicos do metrô. Lá em cima, tudo estava perecendo, a maior e mais racional civilização de toda a história desmoronava, mas aqui, segundo a ironia de alguém, tudo permanecia como antes, lindo. E pensar que tudo isso estava condenado, tudo isso seria tomado pela relva; a respeito de tudo isso só restariam "mitos"...

Soltei um gemido alto. E, naquele exato momento, senti alguém tocar suavemente no meu ombro. Era meu vizinho, aquele que morava à minha esquerda. A testa, uma enorme parábola careca; na testa — as linhas amarelas indecifráveis de rugas. E essas linhas tinham a ver comigo.

— Eu entendo você, entendo perfeitamente — ele disse. — Mas, mesmo assim, acalme-se: não fique assim. Tudo isso vai voltar, tudo vai inevitavelmente voltar. O importante agora é que todos saibam da minha descoberta. Estou falando sobre isso para você, e você é o primeiro: calculei e o *infinito não existe*!

Olhei para ele com fúria.

— Sim, é como estou lhe dizendo: *infinito não existe*. Se o mundo fosse infinito, a densidade média da matéria nele deveria ser igual a zero. E como não é zero — e isso nós sabemos — então, consequentemente, o universo é finito. Ele tem a forma esférica, e o quadrado do seu raio, y^2 = a densidade média multiplicada por... E aqui só falta calcular o coeficiente numérico, e então... Você entende? Tudo é finito, tudo é simples, tudo é calculável; e então venceremos filosoficamente, entendeu? Mas você, caro senhor, devido aos seus gritos, está me atrapalhando, impedindo-me de concluir o cálculo...

Não sei o que me abalou mais: a sua descoberta ou o seu desassombro naquela hora apocalíptica que estávamos vivendo. Ele tinha nas mãos (e eu só vi isso agora) um caderno e uma tábua de logaritmos. Foi quando entendi: mesmo que tudo pereça, meu dever (diante de vocês, meus desconhecidos, amados) é deixar meus registros devidamente finalizados.

Pedi-lhe alguns papéis e escrevi, ali mesmo, estas últimas linhas...

FIM

Eu queria colocar um ponto-final naquele momento — assim como os antigos colocavam uma cruz sobre as covas nas quais jogavam os mortos, mas, de repente, o lápis tremeu e caiu dos meus dedos...

— Escute — falei, puxando o meu vizinho. — Agora, preste bem atenção! Você deve, você tem que me responder: onde termina o seu universo finito? O que há para além dele?

Ele não teve tempo de me responder; de cima, veio o som de passos, alguém descia os degraus...

40º REGISTRO

Resumo

Fatos.
O sino.
Tenho certeza.

É dia. Está claro. O barômetro está em 760 mmHg.

Será que fui eu mesmo, D-503, quem realmente escreveu essas páginas? Será que, em algum momento, realmente vivi isso tudo — ou imaginei que estava vivendo?

A caligrafia, bem, é minha. Mas o que se segue, embora seja a mesma caligrafia, felizmente, só tem de igual mesmo a caligrafia. Já não há delírios, metáforas absurdas, sentimentos: apenas fatos. Porque estou saudável, estou perfeita e absolutamente saudável. Sorrio. Não posso deixar de sorrir, afinal arrancaram uma espécie de farpa da minha cabeça; minha cabeça agora está leve e vazia. Para ser mais preciso, não é que esteja vazia, mas já não há nada estranho lá dentro, nada que interfira no sorriso (sorrir é o estado normal de uma pessoa normal).

Os fatos são assim: naquela tarde, pegaram o meu vizinho, aquele que havia descoberto a finitude do universo, me pegaram, e todos os que estavam conosco — por não possuirmos o certificado da Operação — e nos levaram ao auditório mais próximo (o número do auditório, 112, por algum motivo me era familiar). Ali fomos amarrados às mesas e submetidos à Grande Operação.

No dia seguinte, eu, D-503, apresentei-me ao Benfeitor e lhe contei tudo o que sabia sobre os inimigos da felicidade. Por que parecia tão difícil antes? Não consigo compreender. A única explicação para isso é a minha antiga doença (alma).

Na tarde do mesmo dia, sentado à mesma mesa com Ele, com o Benfeitor, eu me vi, pela primeira vez, na famosa Campânula de Gás. Trouxeram aquela mulher. Ela teve que prestar depoimento na minha presença. A mulher teimosamente mantinha silêncio e sorria. Notei que ela tinha os dentes afiados e muito brancos, e que eram lindos.

Então eles a colocaram sob a Campânula. Seu rosto ficou muito branco, e como seus olhos eram grandes e pretos, o contraste ficou muito bonito. Quando começaram a retirar o ar sob a Campânula, ela jogou a cabeça para trás, semicerrou os olhos, cerrou os lábios — isso me lembrou de algo. Ela ficou olhando para mim, enquanto agarrava firmemente os braços da cadeira, até fechar completamente os olhos. Eles, então, a retiraram de lá, rapidamente, com a ajuda de eletrodos, fizeram-na recuperar os sentidos, e depois a colocaram, novamente, sob a Campânula. Repetiram isso três vezes, e, mesmo assim, ela não disse uma única palavra. Outros, que foram trazidos com essa mulher, revelaram-se mais honestos: muitos deles começaram a falar logo na primeira vez. Amanhã subirão os degraus da Máquina do Benfeitor.

É impossível adiar porque, nos bairros ocidentais, ainda há muito caos, rugidos, cadáveres, feras e, infelizmente, uma quantidade significativa de números que traíram a razão.

Mas, do outro lado da cidade, na avenida 40, conseguiram, com sucesso, construir um muro temporário de ondas de alta tensão. Tenho esperança — iremos vencer. Mais até, tenho certeza de que iremos vencer. Porque a razão deve vencer.

Referências bibliográficas

INTRODUÇÃO

CURTIS, J. A. E. *The Englishman from Lebedian: A Life of Evgeny Zamiatin (1884-1937)*. Boston, Academic Studies Press, 2013.

FIGES, Orlando. *A People's Tragedy: A history of the Russian Revolution*. Penguin Books, 1998.

SHANE, *Alex M. The Life and Works of Evgenij Zamjatin*. Berkerley, University of California Press, 1968.

SILVA, Gabriela Soares. A constelação literária de Ievguêni Zamiátin: Tradução e comentário do ensaio "Tchékhov". *Cadernos de Tradução*, Porto Alegre, n. 45, p. 258-72. 2020.

STAUFFER, *Rachel. Dystopia as Protest: Zamyatin's We and Orwell's Nineteen Eighty-Four*. Disponível em: <https://salempress.com/Media/SalemPress/samples/protest_pgs.pdf>. Acesso em: 18 fev. 2024.

ZAMYATIN, Yevgeny (1967), *The Dragon: Fifteen Stories*, translated by Mirra Ginsburg. University of Chicago Press. pp. *ix-x*. Disponível em: <https://pt.scribd.com/document/301733766/The--Dragon-Fifteen-Stories>. Acesso em: 18 fev. 2024.

NOTA DA TRADUÇÃO

CURTIS, J. A. E. *The Englishman from Lebedian: A Life of Evgeny Zamiatin (1884-1937)*. Boston, Academic Studies Press, 2013, p. 1.

FRANÇA, Euler de. *Romance de Ievguêni Zamiátin é uma crítica corrosiva do totalitarismo soviético*. Jornal Opção, 4 mar. 2017. Disponível em: <https://www.jornalopcao.com.br/colunas-e-blogs/imprensa/romance-de-ievgueni-zamiatin-e-uma-critica-corrosiva-totalitarismo-sovietico-88586>. Acesso em: 26 fev. 2024.

KRZYCHYLKIEWICZ, Agata. From the French Synthetists to Zamiatin's concept of Synthetism to the grotesque. 2013. Disponível em: <https://journals.co.za/doi/abs/10.10520/EJC147410>.

WOZNIUK, Vladimir. *The Annotated We: A new translation of Evgeny Zamiatin's Novel*. Lehigh Universty Press, Maryland, 2015, p. xiv.

ZAMIATIN, Eugene. *We*. Tradução: Gregory Zilboorg. Nova York: E. P. Dutton, 1924.

Notas

1 SILVA, Gabriela Soares. A constelação literária de Ievguêni Zamiátin: Tradução e comentário do ensaio "Tchékhov". *Cadernos de Tradução*, Porto Alegre, n. 45, p. 258. 2020.

2 ZAMYATIN, Yevgeny (1967), *The Dragon: Fifteen Stories*, translated by Mirra Ginsburg. University of Chicago Press. pp. *ix-x*. Disponível em: <https://pt.scribd.com/document/301733766/The-Dragon-Fifteen-Stories>. Acesso em: 18 fev. 2024.

3 CURTIS, J. A. E. *The Englishman from Lebedian: A Life of Evgeny Zamiatin (1884-1937)*. Boston, Academic Studies Press, 2013, p. 277.

4 Ibid., p. 217-8.

5 Em tradução livre, *Vida e Obra de Evgenij Zamjatin*. (N. A.)

6 SHANE, *Alex M. The Life and Works of Evgenij Zamjatin*. Berkerly, University of California Press, 1968, p. 9.

7 Idem.

8 Idem.

9 Idem.

10 CURTIS, op. cit., p. 26.

11 Disponível em: <https://www.britannica.com/topic/Na-kulichkakh>.

12 Disponível em: <www.momentumsaga.com/2017/07/literatura-danosa.html>.

13 STAUFFER, *Rachel. Dystopia as Protest: Zamyatin's We and Orwell's Nineteen Eighty-Four*. Disponível em: <https://salempress.com/Media/SalemPress/samples/protest_pgs.pdf>. Acesso em: 18 fev. 2024. p. 194.

14 CURTIS, op. cit., p. 88.

15 Disponível em: <https://ru.wikipedia.org/wiki/Дом искусств>.

16 CURTIS, op. cit., p. 97.

17 Ibid., p. 90.

18 Em tradução livre, *Vontade da Rússia*. (N. A.)

19 STAUFFER, op. cit., p. 192; e CURTIS, op. cit., p. 4.

20 FIGES, Orlando. *A People's Tragedy: A history of the Russian Revolution*. Penguin Books, 1998, p. 696.

21 KRZYCHYLKIEWICZ, Agata. From the French Synthetists to Zamiatin's concept of Synthetism to the grotesque. 2013. Disponível em: <https://journals.co.za/doi/abs/10.10520/EJC147410>. Acesso em: 28 fev. 2024.

22 Idem.

23 apud CURTIS, J. A. E. *The Englishman from Lebedian: A Life of Evgeny Zamiatin (1884-1937)*. Boston, Academic Studies Press, p. 2013, p. 1.

24 FRANÇA, Euler de. *Romance de Ievguêni Zamiátin é uma crítica corrosiva do totalitarismo soviético*. Jornal Opção, 4 mar. 2017. Disponível em: <https://www.jornalopcao.com.br/colunas-e-blogs/imprensa/romance-de-ievgueni-zamiatin-e-uma-critica-corrosiva-totalitarismo-sovietico-88586>. Acesso em: 26 fev. 2024.

25 WOZNIUK, Vladimir. *The Annotated We: A new translation of Evgeny Zamiatin's Novel*. Lehigh Universty Press, Maryland, 2015, p. xiv.

26 FRANÇA, op. cit.

27 WOZNIUK, op. cit.

28 Idem.

29 ZAMIATIN, Eugene. *We*. Tradução: Gregory Zilboorg. Nova York: E. P. Dutton, 1924.

LEIA TAMBÉM:

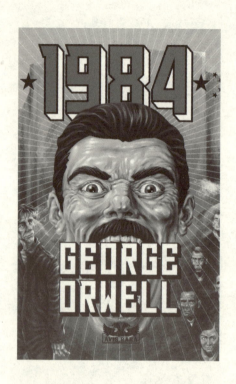

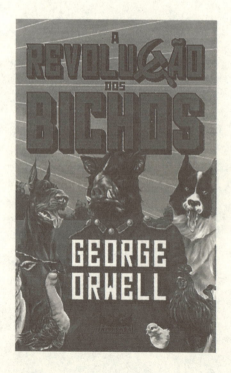

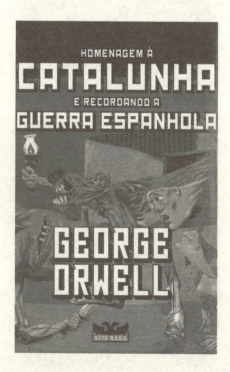

ROBERT HUGH BENSON

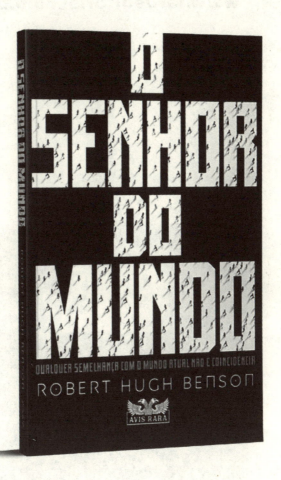

**ASSINE NOSSA NEWSLETTER E RECEBA
INFORMAÇÕES DE TODOS OS LANÇAMENTOS**

www.faroeditorial.com.br

CAMPANHA

Há um grande número de pessoas vivendo com HIV e hepatites virais que não se trata. Gratuito e sigiloso, fazer o teste de HIV e hepatite é mais rápido do que ler um livro.

FAÇA O TESTE. NÃO FIQUE NA DÚVIDA!

ESTA OBRA FOI IMPRESSA
EM JANEIRO DE 2025